清水江

侯长林 著

GUANGXI NORMAL UNIVERSITY PRESS
广西师范大学出版社
·桂林·

清水江
QINGSHUI JIANG

图书在版编目（CIP）数据

清水江 / 侯长林著. -- 桂林 ：广西师范大学出版社，2023.6
ISBN 978-7-5598-6052-1

Ⅰ. ①清… Ⅱ. ①侯… Ⅲ. ①长篇小说－中国－当代 Ⅳ. ①I247.5

中国国家版本馆 CIP 数据核字（2023）第 089864 号

广西师范大学出版社出版发行
（广西桂林市五里店路 9 号　邮政编码：541004
网址：http://www.bbtpress.com）
出版人：黄轩庄
全国新华书店经销
广西广大印务有限责任公司印刷
（桂林市临桂区秧塘工业园西城大道北侧广西师范大学出版社集团有限公司创意产业园内　邮政编码：541199）
开本：880 mm × 1 240 mm　1/32
印张：12.125　　　字数：240 千
2023 年 6 月第 1 版　　　2023 年 6 月第 1 次印刷
定价：60. 00 元

在中国的南方，有一座山城，名叫清江城。这座城市不大，但四面环山、三面环水，发源于武陵山脉主峰桃源山的大小江在此汇合，然后浩浩荡荡地下沅江、过洞庭湖，朝长江奔涌而去。大小江汇合处有一巨石，兀然耸立，名曰“中流砥柱”，其顶端建有一座亭，雕栏玉砌，蔚为壮观。从中流砥柱西面冲来的是大江，水流湍急；从北面流来的是小江，水流温文尔雅。除了每年山洪暴发时河水泛黄，其他时节的大小江及其汇合后的江水均一碧如带，清澈见底，故又叫清水江。清水江从与大小江的汇合处到冲出山门的清水塘，大约七公里的河段，地势开阔，起伏不大，适宜居住。20世纪80年代，城市沿着清水江的两岸迅速拓展。大大小小各式各样的楼房，仿佛一夜之间就从地下冒了出来。现在，清水江成了一条穿城而过的河。正因为清水江及大小江都穿城而过，人们为了方便，陆续架了许多桥，现在比较有名的桥就有西门桥、东门桥、清水桥、锦江桥、兴狮桥、坝上桥、金丝桥、吊桥等十余座。其中，最老的要算西门桥和东门桥，这两座桥是新中国成立后不久建的，清江地区的居民没有不知道这两座桥的；最现代的要算锦江桥了，这座桥是近几年才修建的，桥上方流线形的拱架以及垂吊的手腕粗的钢绳，最具有现代意味；最特别的要算下南门处的吊桥，走起来荡悠悠的，最有情趣。

清水江悠然地流淌了上千年，还在不停地流淌。

目 录

娄青苦恼

自宣布商专、财专、农专、医专、师专、地区教育学院合并组建清江学院以来，娄青的情绪一直不好。原商专的中层干部大多数已先后被抽调到学院本部去了，而她这个原商专的人事处处长居然无人问津。由于已宣布合并，原商专的行政机关已停止运转。但每天该上班的时候，娄青都有一种走向行政大楼的冲动。娄青打着伞漫步在校园里，看着在风雨中已经露出斑斑驳驳的痕迹的行政大楼，悲凉一下包裹了她的心。她想哭。

娄青是一个单纯而充满幻想的女人，风雨的飘摇和岁月的风霜，并没有改变她善良的本性，只不过让她的眼角多了一些隐隐约约弯弯曲曲的皱纹。她一向衣着朴素，就是在三十七八岁的年纪也不化妆，她相信自然的本色比什么都美。清水出芙蓉，天然去雕饰，这个道理她懂。她热爱教育，喜欢学生，对待学生就像对待自己的孩子，学生的喜怒哀乐都牵扯着她的心，再加上她随和大方，每天脸上都挂着笑容，她任教班级的学生都尊重她敬仰她，那年学校组织学生评“我心中最喜爱的老师”，她得票最多。当年，她一下成了学校的红人，被学校提为教研室主任，后当办公室副主任，就这样，她凭着自己的努力和勤奋，一步一步地走上了行政工作岗位。想不到的是，当她成为学校的中层干部，想满腔热血地为学校干一点工作的时候，由于教育政策的调整，短短的两三年内，学校就由如日中天发展到有三千多在校生一下跌到只有三百多名在校生了。娄青真是心急如焚，但又无可奈何。看着学校一步步走向衰落，就像看着她的奶奶病重后一天天走向死亡一样，让她难受，让她痛苦，让她悄悄地流泪。学校红火的时候，她和其他教职工一样，满面春风，每当有人提到他们清江商专她就会为此而感到骄傲，但学校衰落后她几乎不敢出门，怕见人。但天无绝人之路，半年前，清江地区宣布商专、财专、农专、医专、师专、地区教育学院合并组建清江学院。这无疑让娄青看到了希望，就像从黑暗的山谷中升起的月亮般明晃晃的希望。

半个月前的某一天，娄青正在给学生上课，接到通知让原商专中层干部到学院本部开会。她想：就这样撂下学生走了，不好。准备不去。正当她掉转头准备继续上课的时候，原商专办公室副主任秦风已来到教室门外，不停地向她招手。她只好向同学们表示歉意，拍了拍手上的粉笔灰，走出了教室。

“秦主任，哪样事？”

“开会。现在都什么时候，你还这么认真？”

“我不能丢下学生不管呵！”

“今天，是新学院校长到位。”一脸麻包的秦风急切地说道，“别上课了，快走！”

娄青只好回到教室，再次向学生表示歉意，说要去开个紧急会，晚上再给同学们补课。然后，她顾不得平时的温文尔雅，飞也似的下楼跑向的士，急匆匆地赶到学院本部，随着人流，第一次走进学院本部的学术报告厅，只见里面黑压压的一片，会议已开始好一会儿了。主席台上坐着一排领导，其中有地委分管组织的刘枫副书记和行署分管教育的李宇清副专员，他们两位娄青都认得。李宇清，娄青还陪他吃过饭。他一点架子都没有。娄青知道，李宇清是很随和的领导。但是每次见到他，娄青都有一种莫名其妙的感觉，觉得他是那么深不可测。也许领导都是深不可测的。娄青选了一个靠后的位置，静静地坐着，远远地看着台上的领导，中间那个中年人正在讲话，讲的是普通话，音箱里传来的是带有磁性的好听的男人的声音。难道他就是清江学院的校长？娄青有些疑惑，但凭她的经验判断肯定没错。娄青揉揉眼睛，直直地看过去。新校长在不紧不慢地说话，眼光正朝这边扫过来。这一眼，让娄青感到这位新校长好亲切好温和，而且并不老，只是面部有点黑，尤其是那浓黑的眉头很特别。娄青凭直觉，感到这位新校长肯定是好领导。新校长的话不长，枫桥副书记的话也讲得短。主持人宣布散会了，娄青还呆呆地坐在那儿没缓过神来。

走出学术报告厅，娄青还在回味新校长的讲话。虽然那些话也是老一套，没有什么特别的，但很中听。外面的阳光，火辣辣的，好刺眼，娄青急忙从包里取出花布伞遮住阳光。花布伞能遮住阳光，但挡不住热气。娄青眼角的发丝已浸透了汗水。走着走着，听后面有人叫她，她转头，原来是原商专学生处的卫青副处长和保卫处的雷军副处长。他们一脸堆笑地走来，并热情地邀她到他们在本部的办公室坐坐。娄青从他们的眼神中可以看得出，他们在说："娄青，怎么样，尽管你过去比我们红，可我们已经在新学院找到了位置，而你呢？"

是啊，娄青，你呢？娄青的心里一下像压上了千斤巨石，显得异常沉重。为了掩饰内心的不快，她只好嫣然一笑，缓缓地说："好吧，看看你们的新家。"

新学院本部的行政大楼，就是原医专的行政大楼，因为本部就设在原医专。行政大楼高大雄伟，充满着现代气息。楼前是一片花园，花园的中心是一个水池，水池的中央是人工砌的桃源山蘑菇石。娄青随卫青和雷军从水池边走过，进入行政大楼的前厅。前厅的廊柱均由云南大理石雕琢而成。雷军的办公室在一楼，卫青的办公室在三楼。娄青只在他们的办公室各小坐了一会儿就逃也似的离开了新学院的本部。她不能让别人小看她，新学院成立了那么久，原商专抽了许多人过来工作，可以说，只要有点门路的都过来了，可就是没有人想到抽她过来工作。不抽调她就证明这里不需要她，既然不需要她，她在这里闲逛干吗？让别人看笑话吗？她娄青绝不会低贱到这种地步，她有她起码的面子和自尊。

漫长的几天总算熬过去了。娄青对新校长的到来原本心存一线希望，但新校长到来后的几天，她的生活依旧如死水一般，渐渐地，那刚刚升起的一线希望，就像坝子上满满的一大片梯田里稚嫩的禾苗遇到炎热的太阳，不几天就萎缩了，枯干了。

由于没有新的工作，娄青只好整天待在家里。也许是脸上的忧郁和惆怅，让一向对她黑着脸的婆婆也吓了一跳，不得不悄悄地把当县委副书记的儿子刘山叫了回来。刘山在县里工作，不可能长时间待在家里陪老婆，在家住了一晚，见没多大事，劝了她几句就又风风火火赶往县里干他的事业去了。可刘山刚走，娄青又叹起气来，急得婆婆在屋里直打转。

早上起来，推开门，娄青见暴热了几天的晴空一下转阴了下来，就退回房里，换了一件长袖乳白色衬衣，穿上长裤，在镜前一照，那丰润的身子，依旧不减当年，尤其是那甜蜜的笑还如桃源山的鸽子花一般让人喜爱，心情倏地好了起来。她的心情就像清江的天气说变就变，说热就热得不得了，说冷气温马上就降了下来，冷热分明，几乎没有过渡。

娄青就住在原商专的校园里。她准备去街上走走，逛逛商店，然后买菜回家。但想不到，刚从楼上来到校园里，就碰到脸上长着麻包的秦风。其实，娄青不想见他，每次见到秦风时，他过分的热情让她受不了。关于男人，娄青是有教训的。记得她刚调到商专不久，正值青春妙龄，人见人爱，他们教研室有个戴着一副眼镜、五十多岁的吴老师，对她特别关心，帮她找备课资料，帮她分析班上学生的情况，帮她批改作业，总之能帮的都帮着干，无事也找话和她说。渐渐地，娄青对这个文质彬彬的吴老师有了好感。一天，吴老师带她到工厂去考察企业财务管理，回来已近中午十二点了，邀她到他家吃中饭。娄青还是多一个心眼，问吴老师的家人在不在家。吴老师十分肯定地说："在，在！"可当推开他的家门，里面却空无一人，娄青进也不是退也不是，最后，只好硬着头皮坐在他家客厅的沙发上等吴老师去煮了一碗面给她吃。但当她吃完面条要走的时候，她担心的事情果然发生了——一向文质彬彬的、和她的父亲差不多大的吴老师，突然拉住她的手，说喜欢她，爱她。幸好，她有所戒备，起身，甩手，转身，冲出了他的家门。

面对秦风笑眯眯地走来，她想避也避不开，只好先打招呼："秦大主任，今天遇到什么喜事，那么高兴？"

"唉，没有，娄处长都没有，我能有什么好事？"秦风被娄青这一问反而问得悲从心起，脸色霎时黯淡了下来，但只一瞬间，他又调整了过来，既而神秘兮兮地说："听说，新校长根本不管事，完全是个书呆子。"

"哦，哦。"娄青显得很不在意。

秦风见娄青不大关心，就只好打住。但走过了几步后又禁不住掉转头跟娄青说："娄处长，你和我不一样，要文凭有文凭，要能力有能力，要长相有长相，连你的手下赵兵都安排了，为什么不安排你？"

"赵兵都安排了？"娄青不大相信自己的耳朵。她对赵兵是了解的。赵兵只是人事处的普通办事员，能干多少事，她最清楚。

"那还有假？当然安排了，在新学院组织人事处工作。"

“哦，好，好。”娄青不想再听下去，面无表情地走了。

此时，雨也不紧不慢地来了。雨点很大，打在地上留下了一个个铜钱般大小的圆圆的湿印。娄青打开伞，慢慢地走，越想越不是滋味。当抬起头时，自己竟不自觉地来到了原商专的行政办公大楼前。楼还是原来的楼，但人来人往的热闹的时代已经过去了。娄青打开伞，站在雨中，真正地体会到了“门前冷落鞍马稀”所包含的人生的悲凉。如果仅仅是门前冷落，那也罢了，要命的是，像娄青这样的干部，居然没有人理睬，没有人过问。难道她娄青真的成为没人要的人了吗？娄青在校园里走了一圈，心情稍稍平静后，怕被人看到她凄苦的模样，只好拖着沉重的脚步往家里走。风雨中，那一把孤单的雨伞，才是她此时唯一的慰藉。

可想不到的是，当娄青刚刚跨进房门，把雨伞撑好，冷清了许久的手机铃响了。

娄青打开手机，一个声音在她的耳畔响起：“喂，你是原商专娄青同志吗？我是清江学院组织人事处王一清。”

“哦，是，我就是。”娄青的声音有些发颤。

“新校长，林志刚校长找你。”

“林校长找我？”

“是的！请你抓紧时间到学院本部来。”

娄青关上手机，在镜前拢了拢头发，提起包，带上伞，就冲入了雨中。

此时，雨明显小了，厚厚的乌云不知何时已经吹散了，天空露出了一丝纯净的色彩。

校区调研

东南师专校长林志刚从北京出差回到家，就被接到州委组织部。省委组织部何中力副部长已经在那儿等候他了。

何中力开门见山就宣布了省委对他工作的新的任命：调清江地区任刚组建的本科高校清江学院校长。

在接到新的任命的第二天，林志刚就赶到了清江学院。

林志刚在清江学院本部的学术报告厅发表就职演说后，就带着办公室临时负责人张雪峰前往各个校区进行调研。

林志刚一行最先到的是原师专。原师专坐落在清水江的南岸，环城公路从校门口经过，学校依山而建，呈阶梯状往里面延伸。学校正大门上悬挂的“清江师专”几个字写得很特别，林志刚下车后在校牌下伫立良久。张雪峰急忙跟上去，说道：“林校长，这几个字，是给省城第一楼写‘清风楼’三个字的张星弛老先生写的。张星弛老先生在这里教过书。”

“难怪，眼熟啊。”林志刚曾就读的贵仁师院就在清风楼旁边，他不止一次登临清风楼。“清风楼”几个字在他的心里留下了很深的印象。所以，一看到“清江师专”这几个字就感到很亲切，进而感叹道：“这里文化积淀深啊，真是个读书的好地方！”

张雪峰就是合并前师专的办公室主任。他何尝不知道这里是一个读书做学问的好地方，但是近几年学校内部领导层的派系之争已让具有二十多年办学历史的好端端的师专伤痕累累，举步维艰。他作为办公室主任，长年累月在各派之间周旋调和，最大的感受就是累，几乎心力交瘁，如果不是合并给他带来了希望，他肯定辞职不干了。他在这块土地上工作了多年，对这块土地有着太深的感情，也有着太深的说不清的复杂情绪。他知道他应该附和林志刚的感叹，但他只微笑了一下，就带着林志刚往里面走了。

树，是校园的一大景观，古木参天，林立成荫，枫树、柏树、栗树竞相生长，真可谓“枝枝相覆盖，叶叶相交通”，再加上高大雄伟的、有点古香古色的行政办公大楼和比较矮小的苏式建筑，以及近几年新建的现代化亭、台、楼、阁掩映其中，妙不可言。林志刚行走在其间，感觉很好。林间小道，曲径通幽，更令新来乍到的林志刚产生了无限的遐思。尤其是登临高高的瞭望台，远眺莽莽群山，俯瞰一碧清水江，让林志刚禁不住想起范仲淹的《岳阳楼记》一文中“登斯楼也，则有心旷神怡，宠辱偕忘”的句子来。张雪峰也为林志刚的情绪所感染，渐渐地忘记了心里的沉重，脸上也挂出了笑来。

“雪峰，你大学毕业就在这儿工作？”林志刚边走边问。

“是的，林校长。我从江南大学毕业就来到这儿，一待就是九年多，时间过得好快啊！”张雪峰不无感慨地说道。

“是啊，时光真的过得好快啊！”张雪峰的话似乎勾起了林志刚的回忆，他说完后，眉宇开始锁拢来，面色沉静，厚厚的嘴唇抿着，不再吭声。

微风吹来，树叶窸窸窣窣地响。张雪峰陪林志刚走过树林，就来到了运动场边。运动场上，一群学生正在踢足球。场外三三两两地围着一些人在观看。

“这是全省最标准的运动场。”张雪峰不无自豪地介绍道。

林志刚点头，但没有说话，而是沿运动场边往前走，径自来到几个学生处，问他们是几年级的学生，来自哪儿，觉得学校怎么样。同学们见他和蔼可亲，也不管他是什么人，就和他攀谈起来。远远地看去，只见他不断地点头。直到他朝张雪峰挥手，张雪峰才急忙赶拢去。

接着，他们去学生宿舍。学生还未下课，张雪峰叫宿舍管理员打开几间学生宿舍给林志刚看。学生宿舍楼虽是20世纪90年代初建的，但维护得还不错。可当打开宿舍门，一股臭气却扑面而来，里面很乱，脏鞋脏袜子胡乱地堆在床下。几间宿舍都差不多，看得林志刚直摇头。

走出学生宿舍，林志刚说道："看来管理有问题呵。"

"是！"张雪峰心想，管理上的问题何止这些，但由于摸不准林志刚的性格又不敢说得太多。

原师专的办公楼是50年代初建的，高大雄伟，虽然外墙已经脱落，但里面的木楼地板大多还完好无损，只是有些红漆已经暗淡了或者脱落了。张雪峰陪林志刚一层楼一层楼地往上看，一间一间地看望正在工作的教职工。

原师专的雷里厚书记在三楼办公，他办公室的门大大地开着，瘦小的身体坐在宽大的活动椅子上很不起眼，但他抬头扫来的那双眼睛却告诉你，这人很精明。

雷里厚见林志刚到来，一下从活动椅子上弹了起来，满脸微笑着迎上来，说道："欢迎，欢迎！"

"我们是老朋友了，不客气。"林志刚答应道。

原来他们早就认识，因为在同一个系统，都是主要领导。

林志刚坐下后，张雪峰给他倒了杯茶就自觉地退了出去，并把门轻轻地带上，让他们交谈。

林志刚就清江学院的教学、学生和后勤等方面的管理工作听取了雷里厚的意见，两人谈了半个多小时，气氛比较融洽，雷里厚把林志刚送出了门。

原师专校长刘本根在四楼办公，他的门关得紧紧的。林志刚见门关着，就准备往回走，改日再来拜访。张雪峰则跨前一步，轻轻地叩门。门“吱”的一声开了，随即漏出一地白炽灯的光。踏着灯光走出一个中等身材、肥头大耳的人，看面相，一脸的和善，远远地就把手伸过来：“欢迎林校长光临！”

在刘本根办公室，林志刚寒暄了几句，就单刀直入地问对合并组建清江学院有哪些好的建议和想法。刘本根略一沉思，向林志刚试探性地问道：“不知林校长是想采取紧密型合并呢还是松散型？”

林志刚知道在情况不明的时候是绝不能随意发表意见的，于是进一步问道：“你以为呢？”

刘本根见林志刚把皮球踢了回来，只好回答道：“我以为还是先采取松散型合并，然后逐步朝紧密型发展，这样比较稳妥。”

林志刚点头表示同意。

从原师专出来，林志刚和张雪峰就去了原农专。一进学校的大门，就看到几个老师在打扫卫生，林志刚问他们为什么要专门打扫卫生，他们说是为了欢迎新校长呵。

林志刚问：“学生哪儿去了？”

打扫卫生的几个女教师面有难色，不知是谁低低地回答道：“我们已几年没有招收学历班学生了。”

林志刚仍然点头微笑，但心里的沉重还是可以从他勉强的微笑里看出来。是啊，没有学生怎么办学？巧妇难为无米之炊的道理谁不懂？任何人都会感到肩上担子的沉重。

张雪峰为了调和气氛，叫大家坐拢来，围在林志刚的前面。林志刚一一地问他们的姓名。老师们也就一一地回答。交谈的时间不长，但看得出林志刚走时的心情比到来时好多了，他微笑着和大家道别。

紧跟着，林志刚的黑色小轿车开进了原地区教育学院的校园。原地区教育学院坐落在清江地区清水江的下游，河对面就是清江地区最有名的风景名胜区——水星阁。水星阁，是清江地区十二风景名胜之首。其实，它并非阁，也不是楼，而是一个小半岛，三面环水，地势平坦，高出水面十余米，小巧玲珑，像一颗夜明珠镶嵌在清江城东。林志刚下车后，面对水星阁伫立了良久，也许他在观看水星阁美丽的风景，也许他在想心事，也许什么也没想，就这么呆呆地站一会儿。他的心里还是沉甸甸的。他随着张雪峰在原地区教育学院的校园里不紧不慢地走着。校园里的树木大都长得很茂盛，尤其是道路旁的几棵樟木树，像大伞一样撑开，厚厚的碧绿的叶片成串地挂在上面，一簇一簇的，以至于快要升到头顶的太阳也只能洒下一些阳光的碎片。路旁的青草更是密密麻麻地生长着，齐膝那么高，真是芳草萋萋！如果这些草生长在公园里或学校的花园里，肯定会给林志刚带来诗意的好心情。但它们偏偏长在路旁。路旁的草长那么高那么好，就证明这里的人肯定少。所以，这些青草给林志刚带来的更多的是荒凉、冷落和凄清的感受。

他们穿过篮球场地，没有看到一个人。篮球场的上面，是一排低矮的平房。平房前除了斑斑点点的水泥硬化地外，也都长满了草。张雪峰叩了几处房门，都没有声音。张雪峰无奈地朝林志刚摇了摇头。林志刚依旧一脸的凝重，像对面峰峦叠嶂的深黑色的六龙山一样凝重！

他们继续往前走。走到平房的尽头，准备往上拐，却听到了从前面不远处的更矮更古旧的一栋平房里传出的一串嬉闹声。

林志刚转身朝那栋平房走去。

张雪峰急忙跨前几步，去叩门。

里面听到有人叩门，嬉闹声戛然而止，然后，紧关着的门才慢慢地打开一条缝，从缝隙里伸出一张精瘦的脸，脸上架着一副黑边眼镜，见来人是张雪峰，就嘿嘿一笑，闪身出来，并顺手把门带上，问："张主任，有事吗？"

张雪峰知道他们在屋里干什么，就停下来站着说："你们黄校长呢？这是我们清江学院新到的林志刚校长。"

那黑边眼镜听说是新到的林志刚校长，精瘦的脸一下红到了耳根，语言也禁不住结巴起来："我、我们黄校长，黄校长，就，就……"

"到底在什么地方啊？"张雪峰的意思是要他赶快说出来，自己不进屋就离开这里，哪知他半天说不出来，让张雪峰脸上都急出了汗。

"别急，慢慢说。"想不到林志刚一脸的笑容，是那么和蔼可亲。

"黄校长，他、他……哦！他今天没来学校。"那黑边眼镜的脸色渐渐地恢复了平静。

"那好，我们就在你们这儿坐坐。"林志刚边说边去推门。

那黑边眼镜心想，说黄校长不在学校不就把林志刚打发走了，当官的找当官的嘛，以免看到屋里的场面尴尬。可林志刚却要进去坐坐，这让他的脸一下又红到了耳根，手足无措，不知咋办才好。

还是张雪峰见的世面多，见已无法阻挡，就急忙叫那黑边眼镜让开，推门先跨了进去。

里面，在一枚昏暗的白炽灯下是一张方桌，桌上是散乱地堆放着的来不及收拾的麻将。围着麻将桌坐着的三个人都认识张雪峰，纷纷起身叫着“张主任”。但脸上都很尴尬，不知如何是好，一副无奈地等着挨骂的神态。

“还愣着干什么？快请林校长坐啊！”

听张雪峰这一提醒，几个人都伸手搬凳子请林志刚坐。

林志刚还是一脸的笑容，并且坐在了麻将桌前，还伸手抓了一把麻将拿在手里。

屋里一片沉默。

还是张雪峰机灵，首先打破了沉默，说：“林校长来看大家，大家给林校长汇报汇报工作和思想啊。”

那黑边眼镜抹了抹镜框，站起来向林志刚点了一下头，说：“林校长，我们上班时间打牌，不对，首先检讨。”他停了停，然后说道：“不过，不过，我们没事做，确实闲得无聊，才玩麻将。”

“是，是啊。”另外三个一起附和。

林志刚点点头，还是一脸的笑容。

黑边眼镜他们见林志刚并没有责备他们的意思，就开始给林志刚倒水递烟，把他们想说的话都一股脑说了。原来那黑边眼镜，叫刘学成，是原地区教育学院教务科副科长。另外三人，矮胖的年轻人叫王飞，是保卫科干部；瘦高个子叫侯军，是学生科干部；那年龄稍大的胡子拉碴的叫李井锋，是总务科干部。

“我能理解大家。”林志刚临走时说，“不过，今后只要大家把力都用在工作上，心往一处想，我相信我们的清江学院一定会走出低谷！”

刘学成等几个人把林志刚和张雪峰送到校门口的小轿车边，并挥手向他们告别，完全像老朋友似的。

从原地区教育学院出来，张雪峰还陪林志刚去了原财专。

原财专有一个牌坊式的大门，里面是四个连着的篮球场，球场周围是整齐的杨柳树。张雪峰陪林志刚来到行政办公大楼，听说原财专的王学会校长正在组织人员开会。林志刚示意张雪峰不打扰他们，两人在校园里走了一圈，就驱车回清江学院本部了。

解除“兵权”

半个月后，清江地委组织部代表省委组织部来到清江学院，在考察的基础上宣布了清江学院副书记和副校长人选，健全了清江学院的党政班子。校长林志刚作为党委副书记，同时主持党委工作。他虽然对党政副职的配备有自己的看法，认为从地方党政部门调来的过多，他们不熟悉学校工作，同时占了职数，以致有的学校一个领导班子成员也没有，不利于工作，尤其是像原师专党委书记雷里厚等几位干部都没有安排，要说他们没有情绪那是假的。但想到组织上把党政的权力都交给他，是组织对他的信任，他也就没有再说什么。组织上任命的党委副书记是在县里担任过县委书记职务的江枫桥。党委委员、纪委书记名叫杨盛军，是地区纪委干部出身。王学会和黄威被任命为清江学院副校长，他们一个分管教学和科研，一个分管学生和后勤、财务等工作。原师专的副校长汪兰被任命为党委委员、工会负责人。林志刚听完了清江学院党政班子任职的文件宣读，发现并没有免去原各学校领导的职务，他心里犯了嘀咕，可又不好过问。不过，他相信，这绝不是领导的疏忽，相信组织上有组织上的考虑。

林志刚在党政班子配齐到位后的第二天就召开了第一次党委会。

在第一次校党委会上，林志刚拟定了两项会议议程：一、学习文件，确定会议类型和议事规则；二、研究近期工作。

会议在校本部行政大楼的五楼召开。会议室很大，呈长方形，里面摆放着椭圆形的会议桌，可容纳三四十人开会。林志刚到时，学校其他领导已在各自的座位牌前坐好，他习惯性地看看表，离正式开会还差五分钟，这是他多年工作的规矩，作为主要领导必须提前到会，绝不能迟到。

“各位，早上好！”他微笑着和大家打过招呼，从手提包里拿出笔记本和笔，整理了一下衣服和领带，就宣布会议开始了。

张雪峰给各位领导发放了全省高等学校实行党委领导下的校长负责制的实施办法和《中国共产党普通高等学校基层组织工作条例》两份文件。

林志刚浓黑的眉头一锁，习惯性地抬头扫视了大家一眼，见江枫桥在若有所思地坐着，杨盛军在做笔记，王学会在看着林志刚，汪兰还在翻看文件。

“同志们，根据文件精神，我们首先确定会议类型和议事规则。上面两个文件告诉我们，清江学院应该实行党委领导下的校长负责制，可以召开党委会、校长办公会、党委扩大会和校长专题会。对这些会议类型，同志们有什么意见吗？”林志刚再次扫视大家。

江枫桥还是那个姿势，若有所思地坐着，林志刚的问话他压根没听到，但会场刹那的沉静却让他从过去的回忆中倏地醒悟过来，环顾左右，见大家都看着他，由于他没有听清林志刚说什么，所以他一时不知道该怎么说，不过，多年行政工作的经验让他马上用笑意掩盖了摆在他面前的略略尴尬的局面。

“没有。”王学会见林志刚看着他，马上表态说。

“没有。”江枫桥也跟着说。

“……”

“好，大家没意见，我们的会议类型就这么定了。请办公室制作这几个会议类型的文件头。”林志刚略一停顿，接着说：“议事规则，请办公室按常规，结合学校实际拟出初稿后再讨论。下面，请大家谈谈近期有哪些工作要抓。”

大家又把眼光投向江枫桥，因为他是党委副书记，省委组织部宣布的排名他的名字紧挨在林志刚的后面。这就意味着，除了林志刚就该他发言。他不说其他人都不好说。但他刚从县委书记的岗位上过来，对学校的情况不熟悉，还真不知道该说什么。他只好微笑着说：“大家说，大家说。”

大概是天气有点热的缘故，王学会宽宽的脸盘上已露出几粒细小的汗珠。他从包里取出纸巾抹了抹脸，就开始说他的想法：

“我以为当前重点是要抓教学管理。各校由于对教学的重要性认识不一样，有的管得紧，有的管得松。教学质量上不去，就培养不出好的学生。”

“当然，教学是重要的，但是，没有学生，我们教谁啊？巧妇难为无米之炊，我以为，我们当前的中心工作是抓招生宣传。我们学校刚刚升本，社会知名度底，许多学生和家长还不知道我们已经是本科高校。我们必须抓紧时间进行宣传。”黄威虽然在班子中年龄最大，已经五十一岁了，两鬓斑白，但快人快语，再加上他是从招不起生的原地区教育学院来的，深知没有学生的艰难和苦衷。没等王学会说完，他就迫不及待地说了那么一通话。

杨盛军把矮胖胖的身子挪了挪，马上附和道：“对，有道理。”

“小汪，你呢？”林志刚见汪兰不说话就直接提问。

汪兰本不想说，心想自己只是个党委委员，连工会主席都还没有当上，只是个工会负责人，有那么多老领导说就够了。但经林志刚这么一点将，没想好的一个问题，一下就脱口而出了——“林校长，我在想要是您的指示与我们师专雷书记和刘校长的意见不一致时，我们该怎么办？”

昏昏欲睡的江枫桥听汪兰问这个问题，一下没有了睡意，抬头看着林志刚，心想看你怎么办。

其他几位也都相继抬头看看林志刚又看看汪兰。

林志刚微微地笑着，没有说话。

会议室里再次出现了少有的安静，尤其是几位领导直直地射来的眼光让汪兰知道自己问了不该问的话，本来白里透红的脸一下红到了耳根。

还是林志刚打破了平静，他说：“我认为大家说的都有道理。大家继续说吧。”

“现在，离考生填志愿还有一个多月，老黄说的有道理。”王学会听了黄威的一席话，觉得当前首先还是要把招生放在第一位，主动放弃自己的意见。

林志刚听他们的发言，尤其是王学会在发言中所体现出的实事求是、坚持真理的态度，想到亚里士多德所说过的“吾爱吾师，吾更爱真理”的话，于是会心一笑。

是啊，大家都坚持真理就好办了，怕就怕横着扯，不讲真理，不讲道理。所以，他为有王学会这样的班子成员而高兴。

“我看实质性合并的步伐得加快。”汪兰平静下来后建议道。

“是啊，我看小汪的意见有道理。”杨盛军把头转过来一字一句地说，“如果不尽快进行实质性合并，工作就会受影响。”

“应该这样。”黄威也发表意见支持汪兰的观点。

王学会点点头表示赞同。

当惯了主要领导的江枫桥见时机已经成熟，就发表了他的意见：“同志们说得都有道理，我看当前主要有两件大事要抓紧做，一是党委方面，主要抓实质性合并的工作；二是行政方面，在维护正常教育教学秩序的同时派专人下县进行招生宣传。”

林志刚听了一直没有发言的江枫桥的话，觉得毕竟是当过县委书记的人，还是有水平的，于是，说道：“我看，枫桥书记的总结归纳有道理，当前我们要把实质性合并和招生宣传作为重点工作来抓，实质性合并主要由枫桥副书记牵头、学会副校长协助，招生宣传工作由黄威副校长牵头、汪兰协助。两项工作都要抓好落实。”

紧接着，会议对两大工作议定了几条原则。

散会后的当晚，林志刚想起汪兰“您的指示与我们师专雷书记和刘校长的意见不一致时，我们该怎么办？”的话，翻来覆去睡不着。后来，勉强睡着了一会儿，又做了一个噩梦，第二天就去了省城，第三天赶了回来，并于当晚召开党委会，校本部行政大楼的灯光一直亮到深夜。

一上班，就开始找人谈话，九点钟，原商专、财专、农专、医专、师专、地区教育学院未提拔到学校担任领导职务的校级领导，都被通知到校本部会议室集中开会。平时开会总是稀稀拉拉，这次好像是预约过似的，齐刷刷地都到了，而且都提前到会。会场虽有说话声、问候声，但气氛是凝固的，像一潭死水，没有丝毫的波纹和浪花。

林志刚和江枫桥在九点前几分钟走进了会场。见领导到来，会场出现轻微的唏嘘声，不过，一会儿就什么声音也没有了，仿佛一根针掉在地上也能听到。

会议由江枫桥主持并宣读撤校建院和临时负责人指派的文件。同时，文件明确写了一条：雷里厚、刘本根、汪秋华、陆丰年、王强、万亮等改非后组成学校领导顾问小组，雷里厚担任学校领导顾问小组组长。文件宣布完毕，江枫桥习惯性地用右手抹了抹他光光的头顶和稀疏的头发，说：“请林志刚校长讲话。”

在零星的几声掌声中，林志刚站起来给大家点了点头，开始了他的即兴讲话：

“同志们，从这零星的掌声，我知道，或者是大家心里有情绪，或者是我们这个班子还不被大家接受。要是我是你们中的一员，可能也不会鼓掌，因为我还不知道这个班子能不能带领大家走出困境，能不能尽快实现由大专向本科的转型，能不能把清江学院做大做强。所以，我理解大家，能够有零星的掌声，我已经知足了。”

想不到林志刚的话音未落，会场已经响起了一片掌声。

待掌声渐歇，林志刚接着开口：

“要想尽快走出低谷，我们必须首先理顺组织管理系统。撤校建院，就是在走这重要的第一步，希望同志们理解和支持！在座的都是原六校的校级领导，你们在过去的工作中都为学院的发展做出了贡献，我作为在这六校的基础上组建起来的学院的校长，从内心深处非常感谢大家。尽管和老牌本科院校比，我们有差距，但我相信有今天的基础，有今天的文化积淀，只要同志们齐心协力，就一定能够把清江学院办好！”

会场又一次响起了掌声。

就这样，林志刚滔滔不绝地讲了一个多小时。这一个多小时一下拉近了他和大家的距离，让大家初步感受到了林志刚的人格魅力和在滔滔不绝地讲话中闪现出的智慧的火花。

林志刚讲完话，热情地邀请几位老领导留下吃饭再走，但刘本根的一句话，让大家都不好留下来，只是勉强应付地笑一笑。

刘本根握着林志刚的手说：“饭就不吃了。今天吃饭喝酒，那就真是‘杯酒释兵权’了。”

林志刚感到握着的刘本根的手凉飕飕的，也只好微微一笑，然后和雷里厚、汪秋华、陆丰年、王强、万亮等原来几所学校的书记校长、现在学校领导顾问小组成员一一握手。林志刚态度之诚恳，言语之恭敬，让他们几位虽然心中有万分的不平，但面上都不好再说什么。他们知道，他们这一层干部的任命也不是林志刚所能左右的。学校把他们聘为顾问，已经表现了林志刚的诚意，他们只能选择握手、点头加微笑了。

在林志刚和江枫桥组织召开会议宣布撤校建院工作会的时候，王学会、杨盛军、黄威、汪兰四位领导带着人马分别驱车赶往桃县、凤阳、思州、江津、石坎、沿江等县宣传招生去了。

会场顶撞

娄青急匆匆地走上校本部二楼，来到林志刚的门外却放慢了脚步，因为门外站着的好几个人都像在等候“召见”。正当她站到那几个人的旁边时，张雪峰从林志刚的办公室里走出来，看到娄青就马上把她带进了办公室。

林志刚的办公室不大，和原商专校长办公室的摆设也差不多。林志刚见张雪峰的后面跟着一个清秀端庄的中年女干部，就微笑着站起来。

“校长，她就是娄青。”张雪峰介绍道。

“哦，是娄青，请坐！”

娄青在门外还有些局促不安，但在跨进林志刚办公室的一刹那却变得异常镇静，落落大方地往林志刚办公桌前一坐，一副洗耳恭听的模样。

“娄青啊，我们多方听取意见，经校党委会研究，请你来临时负责学校组织人事处工作。”

娄青简直不相信自己的耳朵，在接到来校本部的电话之前，她还在为没有得到学校领导的重视而沮丧，这个安排是她做梦也没有想到的，因为她不认识林志刚等现任领导，也没有找人去说情，她还以为学校真把她忘了。所以，对这个安排，她没有一点心理准备，听林志刚一说，她禁不住跟着问了一句："负责学校组织人事处工作？"

"是！"

当她真真切切地听清楚学校是把她安排在组织人事处时，她用手习惯性地拢了拢头发，尽力掩饰自己的兴奋与激动，用非常平静的口气说道："谢谢组织，谢谢林校长对我的信任，我只怕做不好。"

"组织相信你，相信你能够胜任这个工作！"

"那让我试试吧。"

"好！"

娄青站起身，和林志刚握手告别。这是对娄青来说最重要的谈话，但想不到就这么简单，前后不到五分钟。

就在林志刚找娄青谈话的当天下午，学校召开会议，宣读了党政各主要职能部门和各学院临时负责人的任职文件。各职能部门和各二级学院临时负责人一宣布，乱糟糟的学校就开始渐渐地安静了下来。娄青好佩服林志刚的快刀斩乱麻，但想不到，在娄青陪江枫桥到由原商专和原财专合并组建成的经济管理学院后，在全院教职工会议上，发生了下面的一幕——

经济管理学院院部设在原商专，会议就在原商专行政大楼一楼大阶梯教室召开。娄青陪江枫桥到时，里面已坐了黑压压的一大片，其中许多人娄青不认识，虽然这里曾经是她非常熟悉的地方，但有一种陌生感。她微笑着和熟悉的面孔打招呼。这是娄青到学校担任组织人事处临时负责人后第一次回原商专参加活动，她虽然不是那种虚荣的女人，但当她走进这让她把青春都留下的地方，心里有一种异样的快乐。你说是衣锦还乡吧，也不全是，她现在还只是个临时负责人，可就是这个临时负责人她也已经满足了。她的丈夫在县里做县委副书记，她知道领导把她推到这个位置上意味着什么，也知道这个机遇对她来说是多么重要。她和经济管理学院的临时负责人王发生院长坐在一起，这让她那种衣锦还乡的感觉更加明显，因为王发生院长就是原商专的副校长，过去他总是用高高在上的眼光俯视着他们这些中层干部，今天见了却意外的客气，非要拉娄青坐在他的身边，还在向大家介绍江枫桥后特别介绍了娄青，更让娄青有点受宠若惊。

王发生把会场秩序维持好，要求大家用掌声请江枫桥副书记上台讲话，又回到原来的位子上毕恭毕敬地掏出笔记本准备记录江枫桥的讲话。

江枫桥宣读完经济管理学院临时负责人的任职文件后，开始提要求。应该说江枫桥讲的每句话都非常到位，没有什么可挑剔的，但他刚刚讲完第一个要求，在娄青左手第二排的一个中年人就举手打断了他的讲话。娄青一看，是原商专有名的经常顶撞学校领导的张冲，急忙提醒王发生制止他。

“张老师，你干什么啊？”王发生质问道。

尽管张冲过去多次顶撞领导，但只要王发生在场他不敢耍横，今天他却根本不管王发生，并且故意用变调的声音回答道：“王校长，哦，是王院长了，我没有干什么啊。”

“江副书记在讲话，你怎么能够随便打断呢？”

“我只是有问题要问啊！”

“你……给我住嘴！”王发生气得脸上的青筋直冒。

话筒里却传来了江枫桥非常平和的声音：“王院长，没关系，请这位老师说话。”

王发生听江枫桥这么说，只好坐回原位。娄青心想，江枫桥毕竟当过县委书记，沉得住气。

“凭什么要合并啊，我们不想合并。”张冲毫不掩饰地表达自己的观点。

“这是我们清江高等教育发展的需要，是省委、省政府在充分调研的基础上经反复研究做出的决定。”江枫桥力求做出比较准确的表述。

“别讲大道理，别拿大帽子来压我们。我是平民老百姓一个，不怕！”

“张冲，你不准耍横！”王发生说道。

“我没耍横，我只是提建议！”

娄青回过头，只见另外几位平时不大说话的老师也站了起来，大声地说：“我们有意见！”

“好吧，你们说，你们说。”江枫桥依旧十分平和，而且态度十分诚恳。

于是，就吵吵闹闹地嚷开了：

“我们几十年都过了，有什么好合并的？”

“合并得不公平。”

“是啊，凭什么我们商专没有一个人进学校领导班子？”

“为什么把我们集资建房的工作停了？”

“我们的津贴怎么不发了？”

“……”

王发生本来对原商专领导没有一个人进学校领导班子有看法，原商专的陈光星校长说，自己年龄大了不进学校领导班子还说得过去，但王发生还年轻啊，怎么不考虑呢？倒让他来当这个二级学院的院长。所以，听张冲他们这么一说，也觉得是替他出了一口恶气。但转念一想，像原师专书记雷里厚、校长刘本根，原医专的党委书记汪秋华、校长陆丰年，原农专的党委书记王强、校长万亮等几位干部年龄都还没有超五十五岁，都改非了，自己毕竟还在正处级的位置上，心里又稍稍平衡一些。可进而一想，张冲他们这么一闹，要是领导他们怀疑是他在背后捣鬼，今后的日子肯定不好过。这么一想，脸上也就急出了冷汗。

娄青见张冲他们越来越不像话，也自知自己人微言轻，就是站起来说，也不管用，但她必须帮助江枫桥和王发生收拾目前的局面，于是就悄悄地趁乱溜到会议室外，把这里的情况向林志刚做了汇报。

林志刚听了汇报，想亲自赶过来，娄青一听就急了，忙说："林校长，您这时不能来，有我和江副书记，相信出不了大事。"

林志刚觉得有道理，让他这个校长处在第一线，不利于问题解决，同时，他也感受到了娄青的好意，就指示道："尽快结束会议，弄清情况。"

"好，知道了。"娄青回到会议室，见王发生正急得满脸是汗，不知如何是好，就轻轻地在他的耳边说了自己的想法，只见王发生站起来走到台上拿过话筒说道：

“老师们请安静，请安静，江枫桥副书记今天来我们这里，就是来帮助我们解决问题的，我们对领导要尊重，有意见，我们下来听取。”

听王发生这么一说，会场也就渐渐安静下来了。

江枫桥也顺势而行，第二、第三点就只讲要点，不再展开，很快就草草收场了。

江枫桥走出会场，坐上车，一言不发，回到校本部，径直去了林志刚的办公室。不一会儿，林志刚叫娄青也去他的办公室。

在林志刚的办公室里，江枫桥一支接一支地抽烟，看得出他在极力克制自己，见娄青进来，就说：“娄青啊，你说说，他们是不是在造反啊？”

娄青尽管不赞成张冲他们的做法，但她并不认为这就是造反，她了解像张冲他们这些老师大多是炮筒子，有口无心，想说就说，没有什么遮拦，但心地还是善良的，就说道：“江副书记，您别生气，生气对身体不好。他们今天的做法确实不对。但我想，老师们确实有一些不满情绪。这种情绪需要疏导。”

“光疏导，怕不行。我看至少得处分几个人。”江枫桥打断了娄青的话。

“娄青啊，继续说。”林志刚抬头看着她。

“我建议，以召开座谈会或个别谈话的形式听取意见，先不忙下结论。”

“好吧，我看娄青的话有道理。枫桥书记啊，你看是不是请娄青和王发生把今天有意见的几个都通知来，我们两个和娄青、王发生一起听他们的意见？”

江枫桥见林志刚的主意已定，心想你亲自出场，尝尝他们的滋味也好，就点头表示赞同。

晚上，张冲他们几个按时到来，林志刚说：“今天，我们诚心请你们来提意见。有什么想法只管说。”

张冲见林志刚一脸的和气，心中想好的许多话，反而都开不了口说了。一个五十多岁的姓王的老师首先发难：“你们这些搞行政的，不懂教学规律！”

“请问，我们做了哪些违背教学规律的事？”江枫桥追问道。

“这……”王老师一时答不上来，就说，“我们教了几十年的书，都是优秀教师，为学校的发展做出了贡献。为什么把我们集资建房的工作停了？”

“你们说，把意见都说出来。但我建议，不说重复的话。”林志刚仍然面带微笑。

他们七嘴八舌，半个小时不到，就再没有说的了，归纳起来，无非就是在会场上提的那几条。

林志刚见没有什么大不了的事情，就缓缓地说道：

“老师们，看得出，你们都是想把学校办好，没有什么坏心眼。至于老师们提的这些问题，我说说我的想法好不？”林志刚停了停，扫视了大家一眼，接着说道：“关于合并一事。这是高等教育发展的大趋势，我们不合并，资源不能共享，也不能升本，没有竞争的实力，难以在今后的竞争中立足。”

他喝了一口茶，继续说道：“前头几位老师都说自己是优秀教师，这很好啊，清江学院办学，就需要大批的优秀教师。”林志刚说到这儿，突然，话锋一转，问道：“你们说自己是优秀教师，我想问，你们自己能够在多大范围说自己是优秀教师啊？”

面对林志刚的突然发问，几位老师都觉得不好回答，最后，还是张冲吞吞吐吐地说：“在我们商专。”

“那我告诉你们，我在我从事的专业，不说在全国，至少在我们省，在我们清江地区，我敢说我是优秀教师！”林志刚知道，在学校尤其是大学里，比较刁钻的往往都有一技之长，只有具有一技之长的人才有资本闹，而这些人最佩服的或者说最怕的就是在业务上比他们强的人。他略略一停，继续问道：“你们是什么职称？”

“是副教授。”

“我是高级讲师。”

“……”

“还不错。但你们知道我是什么职称吗？”

娄青抬起头，拢了拢她那一头秀发，插话道：“各位老师，我告诉大家，我们的林校长，早在十二年前，也就是林校长三十八岁的时候就已经是正教授了，他在获得教育硕士学位之后，又于前年获得了教育学博士学位。”

听娄青这么一介绍，在座的老师都感到自愧弗如，你看看我，我看看你，然后都相继低下了头。

林志刚见状，喝了一口茶，又看了江枫桥一眼，然后，用非常平和的语气说道：“我知道，老师们对于一所大学来说，很重要！美国高等教育家克拉克·克尔就曾经在《大学的功用》一书中说过：‘教师就是大学。’只要把教师队伍建设好了，大学也就办好了。清华大学老校长梅贻琦先生说的大楼重要，大师更重要，讲的也是这个道理。中山大学的黄达人校长也说过，教授可以有脾气，处长不能有脾气，讲的也是对大学教师的尊重问题。不过，话又说回来，教授虽然可以有脾气，但要看你的学问有多大，学问大可以发‘大脾气’，学问小那就得考虑了。学校领导中也有做学问的，比如我作为校长应该尊重老师，并且还可以如梅贻琦先生所说给教授搬板凳，但我同时是教授，那发脾气的老师就得掂量掂量了。你们说，是不是这个道理呢？”

“是！”几个老师都点头。

林志刚接着说道：“老师们，我们都是做学问的，做学问的更应该懂得尊重别人。长期从事行政工作的同志，也有他们的长处。江枫桥副书记和纪委杨盛军书记，都是在行政上跌扑滚爬了多年的干部，有丰富的行政工作经验，其实，行政工作也是学问，要不怎么有领导科学、行政管理学？我说我自己的情况，不是自我标榜，我觉得要办大学就需要这样做，需要在做学问方面敢于说‘我行’。我也不谦虚，从目前情况看，你们做学问还得向我学，有一天，你们把学问做到我的份上，我表扬你们；超过我，我更是另眼相看。我是校长，但骨子里我还是把自己当成一名教师。或者说，我首先是一名教师，然后才是校长。至于你们说到的集资建房的事，也只是暂时停下来，学校要统筹考虑，你们商专老师的住房要解决，其他学校老师的住房也要解决，我们清江学院老师的住房问题都要解决，你们说是不是呢？”

林志刚还谈了很多，既直截了当又语重心长，最后，张冲他们几个都站起来向江枫桥表示了歉意。

江枫桥也脸带笑容地给予了回应。

工会选举

把清江学院第一届教职工代表大会开完，林志刚就回到家里。说是家，其实就是学校招待所给他开了个套间，让他有个休息的地方。他的爱人和孩子都还在东南州没有过来，也没有多住几间房子的必要。

他在房间坐了一会儿，就端起茶杯来到窗前。窗外可以看到校本部大半个校园。夜幕已经降临，呈现在林志刚面前的校园只是一个大概的轮廓。

刚刚在教职工代表大会上发生的事又浮现在他的眼前。

在选举工会主席的前一个小时，娄青急急忙忙地赶到他的办公室向他报告，说原师专有十多个代表在说要把汪兰选下去，理由就是汪兰到学院工作后变了，不站在他们师专立场上说话了，他们要选能为师专说话的人。还有人扬言，如果达不到目的，他们要闹会场，还要阻止《学校人事分配方案》的通过。

“荒唐！什么师专不师专，现在已经是清江学院了。”来清江学院还从未发过火的林志刚终于憋不住了。因为汪兰如果落选他怎么向组织交代，更要命的是今后他怎么驾驭得住这个大局。《学校人事分配方案》不通过，长期维持原状，大家一起工作，来自不同学校的老师待遇不一样，怎么让大家心理平衡？学校还怎么发展？学校已经合并，必须在统一的方案下进行。所以，这个方案必须通过，不通过，各校已经停止的津贴和福利不能发放，就会引起更多人的不满，甚至危及学校的稳定。

“林校长，别生气。”

林志刚怎么能不生气，不过，林志刚稍一冷静后就说道：“娄青，马上通知所有工会中的党员和副科级以上干部代表提前半小时在会场集中。”林志刚心里很清楚，党员和副科级以上干部代表占工会总代表的大多数，只要稳住了他们，就不会出问题。

学校的党委领导包括汪兰整齐地坐在主席台上。会场气氛十分严肃。会议由江枫桥主持，林志刚讲话。

林志刚主要从党性和学校的稳定与发展的角度发表他的意见和看法，语气十分委婉，于和风细雨中提醒人们该怎么做和不能怎么做。他讲了不到二十分钟，就宣布休会，三点钟准时开会。但是，选举会正式开始之前，他说了两句非常严厉的话：“选举会是职工代表表达自己意愿的非常严肃的会议，我在这里代表学校党委和行政授权给保卫处的麻建勇处长和雷军副处长，只要有人扰乱会场，立即清理出场！”

“立即清理出场！”这句话在会场的上空久久回响。

事实证明，如果没有林志刚的杀气，选举过程出现混乱的可能性很大。几个月后，原师专的某工会代表承认他们当时确实已经商量好闹会场，等学院答应他们的要求后再选举。但他们听了林志刚的讲话，觉得他讲得很有道理，同时，也被林志刚咄咄逼人的讲话吓了一跳。因为，他们根本没有觉得问题会那么严重。以往，为选举的事也闹过，每次闹总是领导让步，可这次林志刚看上去是不会让步的。加上他们对林志刚等领导不了解，多少增添了几分畏惧。

那剩下的几个人还是蛮可爱的。这是林志刚后来说的话。选举结果是，同意汪兰当选工会主席的只有七十一票，还有五票反对。

这样的结果，林志刚不仅没有生气，而且在晚上会餐的时候，还亲自去给每一桌的工会代表敬酒，以表示对他们的关心和重视。他打心底里佩服有骨气的人，这些人说不定就是未来学校清流派的脊梁。清流派人物在很多时候会给学校带来麻烦，有时还会添乱。他们往往只了解问题的某一点或某一方面，就指点江山、激扬文字，态度之坚决、言语之激烈，常常让领导下不了台。但是，大学如果没有这些人，也就没有大学的良知和精神了。因此，要予以这些人应有的尊重与宽容。

林志刚端着酒杯走到靠窗户的那一桌时，发现有几个人神色有些紧张，于是，他干脆面带笑容地主动要凳子坐下来，只字不提刚刚发生的事。那几个人的面容渐渐和缓下来。

“老师们辛苦！我敬大家。”林志刚一仰脖子，满满一杯酒被喝了个底朝天。

一个瘦瘦的中年人腼腆地站起来，先自己满满地斟了一杯，给他身边的另外四个人的杯子也斟满酒，就对林志刚说：“校长，我叫方骏，今天选举表示不同意的就是我们五个。我代表我们五个表个态，您今天来到我们这一桌，并向我们敬酒，看得出，您并不记恨我们，我们很感激。尽管我们对汪主席投了反对票，但她当选了，我们会全力支持她的工作。我还向您报告，《学校人事分配方案》有五票反对，也是我们投的。现在通过了，我们也服从。”

“我们服从！”

“我们服从！”

“……”

那五个人都站起来举着杯。

林志刚为他们的话所感动，也端着酒杯站起来，说道：“老师们，学校是大家的学校，我相信大家都希望学校越办越好。至于投赞成票或反对票是你们的权利。我为你们的坦诚而高兴！”

站在窗前面对校园的林志刚虽然已喝了几杯茶，还是能闻到自己满身的酒气。此时的他，心情说不上高兴也说不上沉重，自从当上东南师专校长，走上领导岗位以后，许多时候都生活在风口浪尖上，解决了一个问题又出现另一个问题，永远有做不完的事，已经有点习惯了。记得他刚任东南师专校长时才三十七岁，组织上找他谈话，他一夜没有睡着。可以说，东南师专的复兴和发展与他紧密相连。在东南州，“一个人救活一个学校”指的就是他。他刚任校长时，学校学生人数不足一千人，校园面积只有六十六亩，图书不到十万册，没有一个正教授。几年后，学生人数超过了八千人，校园面积扩大到五百亩，图书增加到五十万册，正教授发展到九人，成为省里办得最好的师专之一。他原想就在东南师专校长的位置上过几年轻松的日子，再认真做做学问，写写文章。但组织上一纸文件，又把他推到这个十分艰难的位置上来了。别人以为他当上这个正厅级干部会有多高兴，其实，内心的痛苦只有他自己知道。东南师专有他多年同舟共济的战友，由于他走得太突然，之前没有一点信息，同志们没有思想准备，当省委组织部到学校宣布他调离的文件时，学校的天仿佛就要塌下来一样，尤其是他一一握手告别前来给他送行的战友时，忍不住流了泪。坐在离开东南师专前往清江学院的车上，他望着车窗外迅速闪过的景物，不知自己是怎么了，忽然想起荆轲刺秦时所吟诵的“风萧萧兮易水寒，壮士一去兮不复返”的诗句，禁不住悲从心起，潸然泪下。他当东南师专团委书记时，曾经在州里召开的一次座谈会上说道：“东南州的山水已经融入我生命的血脉之中，我愿意把自己的青春和生命都献给生养我的这片火热的土地。真有一天，我不得不离开这片土地时，我会俯下身去亲吻它！”离开东南州的时候，他没有这么做，但不等于年轻时的那份情怀没有了，只是它隐藏得更深更不易被人察觉罢了。来清江学院两个多月了，他只悄悄地回去过两次，看看儿子，陪陪爱人，住一晚上就匆匆地走了，没有见一个东南师专的老师。

说到家人，最让他牵挂的是今年才十二岁的儿子。从儿子来到这个世界第三个月起，就一直和他睡。所以，他有个习惯，不管有多忙，他吃了晚饭后必回家，因为儿子等他回家才睡觉。他在家里不陪儿子睡觉，儿子就翻来覆去睡不着。不过，奇怪的是，只要告诉儿子爸爸要出差，儿子一个人也照样睡着。他的儿子聪明乖巧，给他的生活带来了许多快乐。

想到儿子，林志刚就拨通了家里的电话。接电话的是他爱人。爱人在电话那头唠叨着说："你还记得起家啊，早把我和儿子忘了吧？"

"好了，好了，快叫儿子接电话。"他知道他爱人是刀子嘴豆腐心，从不和她计较。

"儿子，你老爸要你接电话。"电话里传来爱人叫儿子的声音。

过了一会儿就传来了儿子的声音："爸爸！"

"哎！乖崽！你在干什么？爸爸想你！"

"我在做作业，我也想爸爸。"

"爸爸想你，乖！在家一定要听妈妈的话，要注意安全。"

"我知道，爸爸。您要注意身体，少喝酒、少吃肉，多吃蔬菜，我也多吃蔬菜。"

"好，爸爸注意。"

"……"

就这样和儿子说着说着，不知何时眼泪竟然流了出来。唉，怎么变得如此脆弱如此多愁善感！他掏出纸巾擦了擦眼睑，就坐到书桌前，从书架上取下一本《梁漱溟选集》翻看起来。他学的是教育学，科研的方向是高等教育学，但他喜欢哲学，尤其是中国哲学。他曾经背过《论语》和《老子》两书。

林志刚卧室的灯光亮到了深夜十一点。平时，他睡得较早，一般在十点过就疲倦了，往往是手头的书一掉在地上就关灯休息。他给自己定的规矩是，只要每天保证有一至两个小时的时间学习就行了。学习是终生的事业，不在于一时一地，而在于长期坚持。他能够成为教授，就是靠每天一两个小时的长期坚持。所以，他不赞成“不能让孩子输在起跑线上”等观点，一个人的一生哪里是由起跑线上的位置决定的呢？人生不是短跑赛，而是一场漫长的马拉松，有幸上一所好的小学、一所好的中学或名牌大学，最多只能说明在马拉松竞技场上暂时占据了一个还不错的位置而已，人生这场竞技赛才刚刚开始。很多家长想方设法让孩子在起跑线上尽可能地抢位子，其实，没有必要！腾讯前副总裁带着他的女儿去英国和美国走访了很多名牌大学后，曾经说过这样一段话：“成功的道路并不像想象的那么拥挤，在人生的马拉松长路上，绝大部分人跑不到一半就主动退下来了。

到后来，剩下的少数人不是嫌竞争对手太多，而是发愁怎样找一个同伴陪自己一同跑下去。因此，教育是一辈子的事情，笑到最后的是一辈子接受教育的人。”林志刚回想自己的成长与发展，越来越觉得这种观点有道理。所以，他坚信一个人的发展，关键不在于起跑线在哪里，而在于坚持不停地跑，一生都不停地跑。这种坚持与坚守，才是人生最可宝贵的东西。也许，正因为如此，他十分喜欢鲁迅关于中国脊梁的一段话——“我每看运动会时，常常这样想：优胜者固然可敬，但那虽然落后而仍非跑至终点不止的竞技者，和见了这样竞技者而肃然不笑的看客，乃正是中国将来的脊梁。”

林志刚看了看表，把书合上，伸了个懒腰准备关灯休息，这时他的手机发出了轻微的振动声，打开一看，是办公室张雪峰的电话，就说道：“喂，我是林志刚，有什么事？”

只听电话里传来张雪峰急促的声音：“林校长，汪主席受伤了。”

“什么？”林志刚的神经一下绷了起来，声音提高了八度。

“汪兰主席在回家的路上被歹徒拦路抢劫，被刀刺伤了。”

“严重吗？”

“情况不明，只听说中了若干刀。”

“什么？若干刀？她现在在哪？”

“已送到地区人民医院。”

“马上叫车！”

“是，车马上就到！”

汪兰被刺

个子高挑的汪兰带队宣传招生，负责的是风阳县。让她下县到各中学，不是困难的事，由于她长期在原师专工作，她的许多学生都已是各中学的骨干，有的已经是校长、副校长或教务主任了。陪她下县的是原地区教育学院的瘦高个侯军。小伙子人很精明，一路上汪主席、汪大姐叫得很甜，鞍前马后照顾得很周到，所以，她对工作倍加努力认真。全县五所完中的四十八个高三班级，她都一一走到并亲自介绍清江学院。几天下来，她的嗓子讲得沙哑了，每天还要应酬，还要应付前来看望她的学生，真是累得散了架。回学校后，从侯军那里才知道，其他几路宣传的人都只是到县里见见朋友，委托人把资料带到教育局转给各学校，根本没有下到中学去，更不要说到各个毕业班去宣传了。她想，也许是她把问题看得重了，招生压根就没有多大问题。但从她下到各中学所了解到的情况看，许多学生甚至有的老师都不知道清江学院已经是本科高校了。她想把这个情况告诉林志刚，但转念一想，这样做岂不是告其他几位领导的状，而且有自我表扬之嫌。不说，她又为学校担忧。最后，还是决定找机会委婉地把自己的担心告诉林志刚。

在学校党委决定召开教职工代表大会后的一天傍晚，汪兰沿着清水江长长的河堤散步。大概是许久没有下雨的缘故，清水江已经能够依稀看到河底了。微风吹来，岸边的杨柳轻轻地摇动着。随着夜幕的降临，河两岸以及河里的倒影也渐渐地亮起来。在这样的情景里行走，自然有好的心情，要不是夜色的掩盖，定能看到汪兰那红扑扑的脸和那双自豪而充满幸福的眼睛。是啊，汪兰才三十九岁。三十九岁，虽然作为女人早已过了最黄金的青春时期，但作为干部，目前的发展已经很不错了。如果能顺利当上学校工会主席，她真的该知足了。而且，虽然和林志刚接触的时间不长，但是她已经感受到他对她的信任和关怀了。而她，在心里对自己说，她有点崇拜他了。女人容易为情所惑，男人则冷静得多、理性得多。汪兰从前听人这样说，不以为然，现在想来，这不能说没有一点道理。汪兰走着走着，思绪就胡乱地飘飞起来，像一只轻盈的蝴蝶，一会儿飞到这儿，一会儿飞到那儿，直到瘦高的方骏走到她的面前，和她打招呼，她飘飞的思绪才回到现实，急忙说：“方老师，你好！你有事吗？”这话一出口，她就后悔，人家没事就不能和你说话吗？唉，自己到底怎么了？不过，方骏还真有事，他压低了声音说：“汪校啊，我们师专就只有您一个人进学校领导班子，我们很希望您能多为我们说说话啊。”

“现在，学校合并了。林校长说，合并了就是一家了。一家了就不说原来是哪个学校了。方老师，我们都应该为现在的清江学院多做事、做好事啊。”

“那是，那是。但可能不是所有的领导都这样想这样做啊。”

“我们先从自己做起吧。”

“汪校啊，您变得好快啊，变得我们都不认识了。”

“方老师，你是表扬呢还是挖苦啊？”

“您说呢？”方骏摇了摇头，转身走了。

看着方骏远去的背影，汪兰的心里突然像压上了千斤的石头，感到好沉好重。

清江学院，这么大的摊子，这么多人，怎么才能把大家的心凝聚在一起，实现真正的合并？她真为林志刚捏把汗。不过，每当想起林志刚那稳健的身影、沉着的面孔和坚毅的目光，心里又释然了，她相信只要有林志刚在，什么都不怕。

她就这样想着，走回了家。

半个月后，教职工代表大会如期举行。

会前的紧张气氛，汪兰也有所察觉，尤其是在正式开会前林志刚的那一番讲话，让她感到肯定是林志刚得到了什么信息，才发表这么严厉的讲话。莫非真有人要把我选下去？我无论是在原来的师专还是合并后的清江学院，工作都非常努力，而且从来不主动伤害别人啊。林志刚代表学校行政所做的工作报告和她自己所做的工会工作报告，是怎么做完的，她好像没有很特别的印象。事后她说，她清楚地记得，当主持人宣布她当选工会主席的时候，她的眼泪涌了出来，她感谢大家对她的支持，感谢组织对她的信任，感谢林志刚等领导为她做的工作。至于有反对票，她没有感到意外，她感到意外的反而是她怎么会得那么高的票。她带着她泛起一片红晕的脸做了简短的表态。会后，作为当选的主席，她与新当选的两个副主席一一向大家表示感谢。

随后，汪兰就和两个副主席一起召开会议研究工作。他们一直讨论到晚上十点半钟才散会，司机送她回家，她却在清水江长长的河堤边就下了车。她想走路回家，反正早点晚点也没关系，孩子和婆婆早睡觉了，丈夫出差在外，就是不出差，每天不到深夜一两点钟是不会回家的，像个夜游神，而且总是带着满身的酒气回来。她也理解他，作为男人事业不成功肯定痛苦。他和她一样，是大学生，但由于下海经商失败，至今还在给别人打工，收入只能养活自己。但她并不嫌弃他，他们的关系一直不错。

她的家离河堤还有几十米窄窄的巷子。当她走到巷子深处的时候，突然一个高高瘦瘦的年轻人出现在她的面前并且直朝她逼来，当她反应过来时，年轻人的刀子已经比在她的胸前，要她交出手上的包。其实她的包里只有两百多元钱和几份资料，给他也无所谓。但不知怎的，那一刹那，她教训起那年轻人来："小伙子，你还年轻，怎么干这种事呢……"

话没有说完，她感到那年轻人的刀已经朝她刺来，她本能地边用手和包挡边大声地呼救。

她记不起是什么时候倒下的，只记得倒下后，已不见歹徒，当她打完张雪峰的电话后就什么也不知道了。醒来时，已躺在地区人民医院急救室的病床上，林志刚正站在她的身旁焦急地看着她。

她此时好像什么痛感也没有，只是感到很疲倦，那眼皮像有千斤重。她模模糊糊地听到林志刚在向她说："汪兰，你一定要挺住。"

"医生，医生呢，快叫医生！"

"……"

她渐渐地好像什么也听不到了，只感到有一双大手一直在紧紧地抓着她，不让她轻飘飘的身子随风飘走，不让她离开她朝夕相处的亲爱的伙伴，不让她离开她工作多年的美丽的校园。后来，她才知道，她昏迷后，林志刚和学校几十个干部教师就守候在她的身旁。主治医生一时没有到位，林志刚亲自去捶他的门。医院说病情严重，可能需要很多的钱。林志刚说："我们这么大一个学校，不会少你们的钱，需要十万、二十万都没问题。请你们赶快救人！"汪兰没有家人在身边，上手术台需要家属签字，林志刚毫不犹豫地拿起笔，写下了"林志刚"三个字。从昏迷中醒来后的汪兰每当想起同事们告诉她的这些事，眼泪就会情不自禁地涌出来。

黄威钓鱼

黄威虽然当了多年的正职，但他生性胆小怕事，由正职转为副职后，他反而繁忙了起来，如今工作告一段落，便在一个周末的早上把用了几年的钓鱼工具找了出来，除去上面的灰尘，就背着包，打车来到清水江下游一个叫马脚岩的地方。马脚岩是一个镇的名字。这个镇的街道较窄，就在清水江下游一条支流的入口处，两面都是大山，一面山的背后就是清江城，从清江城到马脚岩就必须走从这座山上蜿蜒而下的公路。这条公路弯急路陡，多次发生车祸，当的士开到这儿的时候，黄威就叩了叩车窗提醒司机减速，注意安全。也就在这段路上可以十分清楚地看到对面陡峭的石壁上凸现出的一匹奔跑着的石马。马脚岩就是因此而得名的。

黄威下到马脚岩清水江一条支流入口处不远的一个草垛边，把几根钓鱼竿的钓线都放了下去。几根钓竿伏在草垛上呈扇状散开，钓线都被铅砣拉得很直，浮标紧贴水面。微风轻轻地吹来，浮标随着碧波轻轻地颤动，稍不注意还以为是团鱼在吃钓。现在团鱼少了，黄威已经十多年没有钓到团鱼了。小时候，黄威经常随爷爷下河钓鱼，每次钓得最多的也是团鱼。团鱼中有一种只有手掌那么大的叫沙鼻子，都只有一到二两重。沙鼻子小归小，肉质和味道却是最好的，是团鱼中的上品。爷爷说，钓沙鼻子最好的时间是春夏季节涨绿豆水的时候。有一天晚上下了雨，爷爷早早地就把黄威叫醒，说今天河里肯定涨绿豆水，是钓沙鼻子最好的时候。那时，黄威大概才五岁多一点，还没有上学，听爷爷这么一说，一下从床上跳了下来，跟着爷爷来到了清水塘上面的白浪滩。那里，平时浪花点点，犹如百花盛开，是清江地区有名的十二景观之一。黄威随爷爷到达白浪滩时，果然河水呈绿豆色。爷爷选择一个河面稍微平缓的地方打下了两根钓鱼竿，叫黄威守着。第三根钓竿还在挂蚯蚓，前面两根中的一根钓鱼竿已有鱼在吃钓，那钓鱼竿头鸡啄米似的抖动个不停。黄威不慌不忙，严格按照爷爷教给他的方法，一提，一拉，然后绷紧钓线慢慢往上提，渐渐地把一只沙鼻子拖出了水面。爷爷把网兜递给黄威。黄威换过左手拿钓鱼竿，右手握住网兜的木柄，一下就把沙鼻子舀上来了。爷爷看着黄威干净利落的动作，抹了抹胡须，会心地笑了。但是，看到沙鼻子那尖尖的嘴和白森森的牙齿，黄威伸出的白胖的小手马上缩了回来。爷爷急忙放下钓鱼竿，走了过来，伸出他那宽大的手掌直朝沙鼻子那尖尖的嘴盖去，吓得那沙鼻子把头“哧溜”往肚子里一缩，连鱼钩都拉进了肚子里。爷爷边拉钓线把沙鼻子那尖尖的嘴拉出来，边告诉黄威，对付团鱼既不要怕它也不能大意，虽然团鱼咬住人并不像有的人说的不肯放，要等到下大雨打雷它才肯松口，但是团鱼咬人确实是非常厉害的，它的尖尖的嘴伸缩自如，动作很快，一旦被咬，唯一的办法是赶快把它放进水里，只要遇到水它马上就会松口逃命去了，否则，它就死死地咬住，并拼命地往它的肚子里拉，大有鱼死网破、同归于尽的架势。黄威和爷爷不到一小时，就各自钓得二十多只了。不过，也就是那一个多小时有沙鼻子吃钓，后来就再也没钓得，只是偶尔钓得一两只其他鱼。爷爷见状就说：“绿豆水期已经过去了，我们准备回家吧。”黄威在忙着钓鱼时没有发现，现在抬头一看，果然，河面上的水已经浑浊、变黄了，并且太阳早已悬挂在中天，火辣辣的阳光洒下来，晒得他的脸、手火辣辣地疼。爷爷说，吃点东西吧。黄威点头。只见爷爷站起身打开黑色的腰带，翻出包了一层又一层的用酸菜、鸡蛋和米饭炒成的饭团。大概是饿了的缘故，黄威几口就吃了一个饭团。爷爷又给了他一个饭团。他也吃下了。那一次，是他这一生中钓团鱼最辉煌的一次。尽管后来也多次钓鱼，但从未像那次钓得那么多，像那次钓得那么快乐。

可以说，他后来每次去钓鱼都是为了寻找那种感觉。

每个人的一生，都会留下某些安放在心灵深处或心灵某个角落的，特殊的情结、印象或感觉，甚至表面看来好像已经被遗忘了，而一旦被什么事引发，就像平静的河水从表面看来什么也没有，但放一根钓线就会钓出鱼来一样，而且被钓起来的鱼还是那么大、那么鲜活！

他出发得早，当他到达马脚岩时，天刚蒙蒙亮，水面上还漂浮着浓浓的乳白色的水雾。一群从睡梦中醒来的水鸭，扑棱着翅膀急急地从河中穿过，朝清水江宽阔的河面游去，在它们身后留下了一道道渐渐展开的波纹。像这样清澈的河水和早上清新的空气，真是美不胜收。不是吗？“上有天堂，下有苏杭”的苏杭怎么样了？号称甲天下的桂林山水怎么样了？这些地方黄威都去过，发出了许多的感慨，而每一次外出归来，他就更爱这片土地。最近几年，为了发展经济，地方上不惜以牺牲环境为代价，引进了一些污染环境的企业，造成这里环境不同程度受到了污染。每当面对这种情景的时候，平时胆小怕事的他好像完全变了样，都会发表他的反对意见。有一次，在地区政府组织的民主人士年终座谈会上，他就慷慨激昂地说了自己的看法——希望政府坚决关闭清水江下游北岸的造纸厂。因为造纸厂的污水已经让碧波荡漾的清水江浮上了一层厚厚的白沫。事后，政府采纳了他的意见，关闭了那家造纸厂。但是，更多的时候，他只能发一些无奈的感慨，而他说得最多的是艾青的一句诗："为什么我的眼里常含泪水？/因为我对这土地爱得深沉……"

黄威工作后，偶尔钓鱼，而且大多是在一段紧张的工作之后。这次也一样，是忙里偷闲。学校合并前，地区教育学院已经没有学生，清贫是清贫，但轻松，没有人可管也没有人来管你，没有什么压力。合并后，迅速增多的全日制在校学生，分散到多个校区，管理工作难度很大，加上管理体制没有理顺，制度不健全，良好的校风还没有形成，以致学生中不断发生各种事件，他像救火车一样奔忙不停，几个月下来，镜前一照，两鬓的白发又明显增多了。所以，他下了决心，今天这个周末一定要出来消消闲，休整休整。否则，他这老头还真有点受不了了。

半个多小时后，太阳出来了，水面波光粼粼，像有许多金色的碎片撒在水面上。可他放下的几根钓鱼竿却一直没有任何动静。他吸了一口烟，顺手拉起一根钓鱼竿。钓线的尽头，只有一个弯弯的鱼钩，鱼饵已经不见了。他想，要么是鱼饵被水泡松了，散了，垮了；要么是鱼吃钓了，自己老眼昏花，没看见，吃了没被钩住就跑了。他把鱼饵重新换上，又用力把钓线打出去，打出了一条直直的水线。检查完几根钓鱼竿，他把遮阳帽戴上，又顺势往草垛上一坐，掏出打火机点了一支烟。他深深地吸几口，大大吐出气，感到沁润心扉的舒服。他一边眯缝着眼盯着钓鱼竿下的浮标，一边抽着他的烟。那种惬意和快乐，明显地写在他的脸上。其实，钓不钓到鱼并不重要，这种悠闲，这种清静，才是他需要和向往的。

“啪”，一根钓鱼竿的浮标溅起一团水花，就往下沉，拉得钓鱼竿弯得像弧线。黄威眼睛一亮，用手一拉，好重好沉。凭手感，这肯定是一条两斤以上的大鱼。他不敢用力过猛，怕拉断了线，又不敢松手怕脱了钩。拉拉停停，停停拉拉，四五分钟后，一条一尺多长的青背鲤鱼才艰难地被拉到了水面，然后又是那一套娴熟的动作——左手拿钓鱼竿，右手握住网兜的木柄，一下就把鱼舀了上来，同时，舀起了一片水花。他把青背鲤鱼从网兜里取出来，在手里掂了掂，心想可能还不止两斤呢。

他的钓鱼工具还是比较齐全的，除了舀鱼的木柄网兜，还有装鱼的更加细密的锁口网兜。那条大鲤鱼被装进锁口网兜后又被放进水里，这时，那鲤鱼还想往河中间钻，可哪里还由得了它，锁口网兜的一头被牢牢地拴在草垛边的树根上。

他要提着活鱼回去，好让家里人高兴。

几年前，地区教育学院开始招不到学生，他作为校长总感到身上有责任，因而非常苦闷，为了解压，就经常去钓鱼，往往都是空手而归。每次空手而归，家里人也没有哪一个说他，还乐意他出去散散心，可他每次空手而归总有点不自在。有一次，连续几天都没有钓到一条鱼。眼看天又要黑了，他长长地叹了口气，收竿，准备回家。正在这时，一个农村老汉提着几条鱼朝他走来，他看着那几条鱼虽然已经死了，但还新鲜，突发奇想，说："老人家，你的鱼卖不？"

"好哇，你要就拿去。"老汉说。

"多少钱啊？"

"你看着给吧。"老汉很慷慨。

"那就二十元行不？"

"好，行，行！"

说好价，黄威一摸身上，钱包没有带来，又只好摇了摇头。这一切都被老汉看在眼里，老汉说："是没带钱吗？没关系，我认识你，你是地区教育学院的黄校长。先拿去，哪天来钓鱼再拿给我。"

"那好，那好！"

黄威一扫多日的不快，高高兴兴地提着鱼回家了。

家里人见他钓得那么多鱼，自然高兴。事情本来不会败露，可偏巧第二天黄威接到外出开会的通知，一去就是一星期，当然，也就没有去钓鱼。想不到，那老汉在黄威外出开会的第四天找上门要卖鱼钱了。这下，他没有钓到鱼买鱼凑数一事就自然露了馅。从此，他只要外出钓鱼，老伴就要取笑他，叫他莫又买鱼回来啊。

太阳在一节节地爬高。黄威还沉浸在刚刚钓得鱼的兴奋和对过去的回忆中，一辆满载学生的白色中巴已经悄悄地来到了马脚岩的上面。一群学生有说有笑，快乐得不得了。谁知，中巴车的刹车板已开始松动，而司机还没有发现。中巴车还在往下开。就在中巴车刚转过“之”字形的弯道，司机一脚踩去时，刹车已失灵。就在那一刹那，只见那辆中巴车直朝公路里面的岩壁撞去，发出“嘭”的一声巨响，然后，车又往外一拐，跌进了马脚岩边的清水江支流里，水花溅到了黄威钓鱼的河岸边。幸好，车头掉进水里后，车身被河堤顶住了。

黄威当时正好点燃一支烟看着对面的公路和公路上的车。这一切让他吓傻了眼。但他只愣了一会儿，就本能地丢下钓鱼竿，沿着河堤往右边不远处的桥上朝着河那边，边跑边喊救人。

随着那一声巨响和黄威的喊声，静静的窄窄的马脚岩街一下喧闹了起来，有狗叫声，有鸡鸣声，尤其是那朝河对面奔跑的脚步声，扬起了一片尘埃。

等黄威跑到出事的中巴车边，看到几个晃动的熟悉的面孔，更让他傻了眼。

医院救治

林志刚乘坐的黑色小轿车正在从玉屏到清江城的公路上快速地奔驰着。他黑着脸，眼睛大大地睁着，一直盯着车的前方。司机李民也一脸的严肃，把车开得飞快，沿途超过了一辆又一辆车。要在平时，他绝对不会开这么快的，他要为林校长的安全负责。但今天不一样，自从林志刚接到黄威电话的那一瞬间开始，他就一脚加快了油门，车像箭一样射了出去。他跟了林志刚几个月，能体会林志刚此时的心情，他知道他的任务就是把车开得越安全越快，能够早一分钟赶到就早一分钟，每一分钟对林志刚都非常重要。

车一到地区人民医院的大门前，还未停稳，林志刚就推开车门，大步流星地走向医院的外科大楼。

江枫桥、王学会、杨盛军、黄威几个校领导，娄青、张雪峰等中层干部和部分教职工等一大堆人都在外科大楼一楼急救室的外面急得团团转，见林志刚走进来，大家都迎了上去。

“情况怎么样？”林志刚问。

黄威跨前一步向林志刚汇报：

“已死四个，八个重伤，二十一个住院。”

黄威说着说着就哽咽起来：“林校长，我没把学生管好！”

“老黄，这不能怪你一个人！”

在太平间，林志刚一一揭开学生尸体上的白布，眼泪不断地往下滚。看着林志刚掉泪，其他人也跟着掉泪。

走出太平间，娄青把纸巾递给林志刚，示意他擦擦眼泪。林志刚接过纸巾，擦了擦眼睛，但是刚刚擦过的眼睛眼泪又涌了出来。

“林校长，您不能这样去看学生。那会哭成一片的。”娄青含着眼泪建议道。

林志刚好像没有听到娄青的建议，继续往前走，但走到病房的门外却停了下来，把手伸向娄青。娄青会意地递过纸巾。他擦干眼泪，说：“同志们，娄青说得对，都把眼泪擦干，再去看望受伤的同学们。”

林志刚看望的第一个学生，名叫杨文燕，石阡县人，刚从CT室推出来，初步诊断为肝脏破裂。她虽然脸色惨白地躺在病床上，但面对林志刚却微笑着用游丝般的声音说：“林校长，没关系的。”

“小杨，你是个好学生，是个好孩子，你一定要挺住啊！”林志刚俯下身子和她说。

杨文燕含着泪点头。但当林志刚转过身，却听到娄青急促的声音：“杨文燕，文燕，你怎么了？你怎么了？”

随着娄青的叫喊声，林志刚迅速地转身。可这时的杨文燕已经面如死灰，双眼微闭，双唇惨白。林志刚捏住她的手腕，感到脉搏跳动得很弱，也跟着喊道：

“医生！医生！”

在一阵慌乱的喊叫声中，一个中年男医生面色沉静地带着几个年轻的女医生，快步从隔壁的医生值班室走了过来。林志刚、娄青等自动往后让开，只见那中年男医生来到杨文燕的床前，伸手摸了摸她的前额，又按了按她的胸部，查看CT结果，然后，果断地说：

“是腹腔积血。快，推进手术室！”

手术室里，中年医生从容地戴上手套，接过手术刀。此时，他的助手已经给杨文燕的腹部做了消毒处理。随着他的穿刺针刺进去，一股血水一下涌了出来，流入胶管，再从胶管流进胶袋里……

手术前后不到半小时，干净利落。

术后，林志刚握住那男医生的手，激动地说：“谢谢！谢谢！”

“这是我们的林校长。”张雪峰急忙介绍道。

“不用谢。这是我们的职责。”

望着医生们远去的背影，林志刚的内心有说不尽的感激，他又折回身来到杨文燕的病床前，像父亲对待自己的女儿一样，爱怜地看着她，然后交代大家一定要把她照护好。

跟着林志刚又去看望了其他住院治疗的学生，一一地与他们握手，表示问候，鼓励他们要坚强，并表示学校将积极配合医院尽全力对大家进行医治，学校虽然经济比较困难，但只要是为了抢救大家的生命和医治大家的伤痛，学校将不惜一切代价，决不拖欠一分钱。

在后来的看望过程中，同学们所表现出来的坚强和镇静，让林志刚非常感动，尤其是一个头部和胸部受了重伤、在手术前被剃光了头发的长得很结实的名叫王芳的女学生，更让他在她的病床前站了许久。

林志刚站在王芳的病床前时她还处于昏迷状态，但医生说手术是成功的，应该没有多大问题。就是这个王芳，毕业时还被选送到了某军事学院，成为一名军人，还立了战功，当了女兵连的连长，那是后话。

看望完受伤的学生后，林志刚还去了医院院长办公室，向医院的领导表示感谢，同时，请求医院尽全力抢救和医治学生。

医院的安江院长一脸和气，表示医院已调集最好的医生为学生服务，他也亲自去看望了学生。

林志刚久久地握住安江院长的手，深表谢意。

走出医院的大门，林志刚就叫张雪峰通知学校领导和相关部门的负责人开专题会研究学生工作。

在这次会议上，除成立事故处理小组，分析事故原因、吸取教训外，最大的成果就是定了一条让后来清江学院所有的领导都不敢改动，而且只有清江学院才有的规矩：所有春游和秋游活动，学校不反对，但不得乘车坐船，若违反，将对组织者给予严厉处理。

事后很长一段时间，每当夜晚到来，清江学院外国语学院教学大楼的走廊和楼梯间都很少有人走动，静悄悄的，甚至阴森森的有点儿怕人。有一个学生下晚自习走在最后，说在走廊的转弯处听到有人在哭。从此，每当下晚自习，同学们都一哄而散，不敢落在后面。

说来也怪，自学校合并组建清江学院这一年来集中发生了许多事故。一月份，回家过年的一名凤阳籍学生因恋爱自杀；二月份，学校买的一辆中巴车轧死一名学生；三月份，在沿江县实习的师范生带学生春游，翻车，一名女生头部受伤；四月份，发生了这起重大事故。五月份，又会发生什么事？

这些事在林志刚看来，虽然都有偶然性，但都是由合并后来不及抓管理这个必然性造成的。发生什么事故，什么时候发生事故，具有偶然性，但是管理不到位，发生事故是必然的。

当晚林志刚回到家里，站在阳台上，面对校园，又陷入了沉思之中。是啊，学校这样不断地出事，管理这个弱项必须尽快补上。要抓好管理谈何容易。不过，显然，现在的事是好的契机，对，是好的契机，得好好利用，说不定坏事会因此而成为好事。

“嘟嘟嘟……”他的电话又响了，一看，是张雪峰打来的：

“林校长，四个死去的学生的家长都赶来了，其中有两家闹得很凶，说要把尸体抬到学校来。”

“什么？要把尸体抬到学校来？”

“是，他们这样说。”

“那不行，绝对不行。你赶快向公安局报告，我马上赶过来。”

“不，林校长，您不能来。”

“为什么？”

“他们会围攻您。”

“那你们赶快请黄副校长过去。”

“好，我马上通知。”

林志刚放下电话，在沙发上坐了一会儿，觉得自己还是应该去，谁叫自己是校长呢？于是，重新拿起电话叫了车子，拿着他的黑色公文包，推开门，快步融入了浓浓的夜色之中。

国际教育

清江学院要立足地方，服务地方，但是不等于不要开放，不要国际化。林志刚在东南师专时就把国际教育做得红红火火，还得到教育厅厅长的表扬，而清江学院作为一所本科院校不可能不做国际教育。想到这里，他就让秘书小杨把汪兰找来，给她说：“国际教育已经是一种世界潮流，教育国际化已不是愿不愿意的事，也不是可以等上一百年的事，而是必须立即行动。教育国际化早启动早见成效。在教育国际化的过程中，高等教育自然应该先行。我以为没有国际教育的大学在当今高度开放的时代很难立足，甚至算不上真正的大学。所以，清江学院必须做国际教育。”

汪兰说：“我赞成，确实应该开展国际教育工作，为国家培养‘亲华爱华’的人才。”

“其实，开展国际教育的目的还不仅仅是培养‘亲华爱华’的人才，还让我们中国的学生具有国际视野和国际眼光。国际留学生到来，与我们中国学生朝夕相处，是不是会相互影响，是不是会把其他国家的文化带给我们中国的学生？”林志刚问道。

“肯定会，国际留学生来学习中国文化，也会将他们国家和民族的文化带给我们中国的学生。这是必然的。”汪兰说道。

“对！这样一来，没能出国的中国学生通过与国际留学生接触，是不是能够获得一些国际交往的经验？”林志刚进一步追问道。

“那是自然的。”

林志刚停顿了一下，说道：“这就是‘在地国际化’。这个理念是瑞典学者本特·尼尔森提出的。所谓在地国际化就是指在学校发生的除国际学生流动之外的一切国际活动。通过这些活动为没有机会出国的学生完成其‘留学生涯’，提供国际化经验，从而实现国际化人才本土化培养。我在东南师专时就已经开始做在地国际化了。在地国际化对我们的地方院校来说，意义更大，因为地方院校无论是招收的国际留学生量，还是派往国外学习的学生量，都比较少。仅靠招收的少量的国际留学生和派出数量很有限的出国学习的学生，要想在全球化一浪高过一浪的今天赢得世界声誉，几乎是不可能的，唯一的选择，就是实施在地国际化战略。通过在地国际化，让所有的学生获得国际化经验，成为具有国际化视野的高素质人才。因此，在地国际化是我们地方院校国际化的重要选择，做得好，能够迅速提升人才培养质量和学校的国际化水平，对我们地方院校走向高水平有着十分重要的意义。”

汪兰听得入了迷，以至于林志刚说完了，她还睁着眼看着他等待他的下文。林志刚见状，就问：“你觉得怎么样？”

汪兰很快反应过来，就说：“好！说得好！‘在地国际化’我是第一次听到，有道理！我们要做国际教育就把在地国际化一并做。”

“对！一并做。”林志刚抬起头，眼光直视着汪兰，然后说道：“那就把这项工作交给你来抓。你看，行吗？”

“当然可以，只是我是工会主席，怕两位副校长有看法。”汪兰有些担忧。

“哦，这没关系，我给他们说，加上你现在也在协助我分管招生就业嘛，我们就从国际留学生的招生做起。我还有个在新加坡学习时的同学，好像是西双版纳的，对！就是西双版纳一个学校的校长，叫聂欣，他们的国际教育和在地国际化都做得很好。”

“那您带我们先去看看？”

“好啊！”

林志刚是说干就干的人。在一个阳光明媚的日子，他与汪兰、杨昌明、张雪峰几个人坐上学校的商务车就赶往云南了。到达西双版纳，聂欣校长到高速公路口来接他们。见面后，聂欣邀请林志刚坐她的车。为此，老师们还开玩笑说："林校长被女儿国国王接走了！"老师们之所以这样说，大概是想到了《西游记》中的女儿国。

当晚住下后，林志刚他们一行就下楼，出宾馆，沿长长的街道，走到了澜沧江边。街道两边都栽有高大的棕榈树和椰子树。看到这些树，热带雨林的气息扑面而来。在江边，有许多卖小吃的地方。汪兰还请大家喝啤酒吃烤鱼，大家都很高兴。

第二天早上，聂欣带他们去看了留学生，边走边给他们介绍留学生情况。学校主要招的是老挝的学生，也有少量泰国、越南和缅甸的学生。聂欣带他们走进一间教室，老师正在给留学生上汉语课，在教"一二三四五，上山打老虎"。林志刚与留学生进行交流，留学生给他鞠躬，然后才说话。留学生懂礼貌，林志刚很喜欢他们，心想他也要把这样的孩子招到清江学院去。聂欣答应帮助他们到老挝进行招生，并且说可以带他们一起去。林志刚当即表示感谢。聂欣还带他们参观了校内的实训基地——编织车间。在编织车间，聂欣给他们每人送了一个学生手工做的手提包。晚上，是去傣家寨吃的饭，很好吃，尤其是那手抓糯米饭，味道很香很纯，给他们留下了很深的印象。

前往老挝招生，是汪兰带着招生就业处处长杨芳等几个人去的。过去出国，都是坐飞机，没有直接跨越国境线的感觉。这次他们租了一辆商务车。从西双版纳到中老边境的公路两旁都是大山，且大多是一片片的原始森林，加上走了一两个小时后，忽然大雨滂沱，雨幕几乎遮挡了司机的视线。这是汪兰多年没有见过的大雨，雨下的时间很长，直到他们到达老挝的琅南塔，雨还在下。

在长久地看了郁郁葱葱的绿色世界后，忽然在一片翠绿色的平地中露出一片橙红的三角形屋顶的建筑，汪兰禁不住为眼前的美发出吃惊的声音来。

原来这里就是国境上的磨憨镇。这里房屋建筑大都只有两层，一律呈红色，与内地的建筑风格已经完全不同。高大的椰子树一排排地立在街道两旁，那长长的叶片在雨中微微地颤抖着。他们下车在椰子树下穿行，椰子树的叶片就像一把大伞，能够起到一定的遮挡风雨的作用。

在一家修电器的店里，汪兰他们与当地人把人民币换成了老挝币，汇率让他们感到吃惊。大家都调侃说要当百万富翁赶快换老挝币。他们还在这里吃了午饭，然后去办理出关手续。开始说很快，等他们真正出关站在老挝的国土上，已经是下午三点多了，差不多花了三个小时。其实他们跨越的就是中国边境站的一栋两三层楼的建筑，以及老挝边境站的一幢有两三百平方米的平房。

在边境线所停留的几个小时里，汪兰看苍翠的山和一直在下的雨，大脑中游移的思绪自然像一路上看到的在原始森林中飘飘浮浮的云雾，没有固定的形状也没有固定的去向，飘到哪儿就是哪儿。其实，人生又何尝不是如此呢？过去是有棱有角有形的，而未来谁也把握不了，可能是阳光灿烂也可能是长夜漫漫，可能坎坷泥泞也有可能坦荡如砥，总之就像那飘浮的云和游移不定的思绪。

老挝的琅南塔，初看像中国的一些小城镇，房屋低矮，人流很少，没有城市的繁华。听说这是一个省会，他们半信半疑。当他们的车子开进一个简陋的院落，听到前来迎接他们的几个人中有一个被称为琅南塔省教育厅副厅长，他们才相信这里确实是老挝的一个省会城市。

在琅南塔省教育厅的会议室，教育厅副厅长接见了他们。介绍双方情况后，又去了琅南塔的一所华文学校。那里的董事长、院长、老师和学生已经在会议室等着他们了。他们走进会议室，受到了热烈欢迎。老挝人热情好客，对他们非常友善，副厅长一直陪着他们，还和他们共进晚餐。晚餐就在他们住处不远的公路边的一家小餐饮店进行。餐桌上的菜很简单，就像汪兰回乡下老家吃的农家菜一样。副厅长很热情，和大家喝了很多啤酒。汪兰身体有点不舒服不能喝酒，就用茶水代酒。吃饭的气氛一直很好。饭后，他们几个还在既是街道又是公路的路边上走了好一会儿，见车子闪着灯不断从身边跑过，觉得不安全，就慢慢往住的宾馆走。

汪兰回到住处，坐在房间里，想到老挝悠久的历史，想到老挝历史上先后出现过的科达蒙、文单和澜沧三个古国。1353年，孟骚的法昂统一老挝全境，建立澜沧王国，形成了老挝历史上第一个多民族的封建国家。尽管这个多民族的封建国家后来又分裂成了琅勃拉邦、万象、占巴塞三个王国，但法昂统一老挝的历史功勋永远无法磨灭。她又想到老挝遭受法国、日本、美国欺凌和践踏的苦难的历史，也想到人世间许多的事，比如国内很多人一直以为中国不如美国、英国、日本等发达国家，可是当你置身于老挝这样的国家的土地上时，你会做何感想？同是地球人，贫富差距为什么那么大？想到白天看到的那么多贫困的老挝人，她汪兰能够为他们做些什么？人的一生到底是为了什么？匆匆来到这个世界，又匆匆离开这个世界有什么意义？想着想着，觉得这个世界都是虚幻的，就像一路上看到的在原始森林中飘飘浮浮的云雾，于是心情渐渐沉重起来。

次日，来到当地的师范学院，他们一下车，就发现该校组织了热烈的欢迎仪式。他们把汪兰推到了前面，师范学院的人夹道欢迎，并给她献了鲜花。汪兰虽然当了多年的校领导，见过很多大的场面，但是被献鲜花的场合不多，所以，手里捧着鲜花很不自在，不过，好在手捧鲜花的时间不长，来到二楼会议室，就把鲜花放在了桌子上。座谈会按常规进行，先是师范学院的院长致辞，然后是汪兰介绍情况，并就感兴趣的问题进行讨论。在会议中，师范学院的院长一再请汪兰吃水果。桌子上放的水果和昨天教育厅副厅长在欢迎会上放的一样，红红的，鸡蛋那么大的，毛茸茸的，见他们剥着吃，汪兰也跟着吃，觉得有点甜，于是吃了两个。在师范学院停留的时间虽然比较短，但是他们与该校达成了进行合作的初步意向。

琅勃拉邦和琅南塔一样，是老挝的一个省。省会琅勃拉邦位于南康江与湄公河的汇合处，面积不到十平方公里，是状似L形的半岛。市区沿湄公河左岸延伸，依山傍水，地势平缓，气候凉爽。这里的金银饰品镶嵌、象牙雕刻、制陶、丝绸等传统手工艺非常有名，附近还有铜、锑、锌、铅和煤矿，同时是上寮地区的水陆交通要冲和粮食、木材、柴炭、安息香与药材的集散中心。琅勃拉邦历史悠久，曾经是老挝著名的古都，早在两千年前，这里就是老挝一个古老部落的都城，名叫“孟沙瓦”，意为“王都”。但是一座城市、一个民族不能老待在历史中，而应该在现实中不断前行。琅勃拉邦虽然比琅南塔明显热闹得多——不仅商场多，街道上的人流也多，但是仍然不能和中国的省城比。琅南塔华文学校的校长说：“老挝至少比中国落后二十年。”汪兰老在想，真的落后二十年吗？但当琅勃拉邦呈现在她的眼前时，她相信了这个话是真的。

一路上，她也在想，影响一个国家发展水平的因素肯定是多方面的，一个民族的觉醒对其发展特别重要。而要想唤醒一个沉睡的民族，必须首先有文化的觉醒，而文化的觉醒，又必须首先是教育的觉醒。没有教育的先行，一个民族难以真正从睡梦中醒来。因此，汪兰他们这次老挝之行就有了极为特殊的意义。

从琅勃拉邦出发，车子又行驶了五六个小时的山路，来到了一个山顶，见路边有一个餐馆，汪兰他们就停下来在那儿吃了中午饭。中午饭很不错，有野山菌、鱼肉、鸡肉。吃饭时，听老板介绍，在2007年的时候，这里还有土匪出没，无论是客车还是货车，从这里路过都需要武装警察护送，下午三四点钟，几乎没有行人敢通行。看着莽莽群山，汪兰想起了爷爷讲过的老家过去的一些土匪抢劫的故事。虽然现在不可能再有土匪，但一路上她还是隐约地为他们一行人担忧，万一有一群土匪拦住他们的车怎么办？所以，当车子终于走完了山路，来到万荣比较开阔的地带时，她的脸上才露出轻松的笑容。

在万象，脸庞圆圆的杨芳邀请汪兰去看大金塔。汪兰见当天下午没有工作安排，就同意顺便去看看。大金塔金碧辉煌，在阳光的照射下闪闪发光，他们从住处出来，刚刚坐上三轮车不久，转过一个弯就看到了它的塔尖。大金塔是老挝民族和国家的象征。站在大金塔广场前，人的心灵受到的震撼更大。由于天气太热，一下车他们就一人买了一瓶水，还买了烤糯米粽子和烤香蕉，汪兰吃了一口烤糯米粽子，甜甜的，味道很好，不知不觉就把一整个粽子吃完了。在呈伞状的有一人环抱粗的树下乘凉，微风习习，感觉也很特别，遗憾的是他们不敢像老挝人一样坐在树荫下，因为他们发现树荫下有很多黄蚂蚁，一串串的。不一会儿，旁边的座凳空了出来，他们就坐了下来。汪兰紧挨着杨芳坐下，她比杨芳高出一个头。杨芳圆圆的脸上充满着笑意。而汪兰则在看碧蓝的天，看大金塔的坚挺与厚重，看大金塔周围的草坪，草坪上热带地区所独有的树和花，看大金塔前来来往往的游人，心中的湖泊是那么平静，没有任何涟漪，渐渐地陷入了沉思之中。恍惚中，只见坐在汪兰对面的一个卖毛冬雀的老挝人站起来一瘸一拐朝大金塔走去，她抬起头看他走路的样子很可怜，就站起身赶过去送了他一把零钱。一路走来，每当看到年老和残疾的穷人，她都禁不住要掏一点零钱送给他们。送一点零钱给他们，在汪兰看来绝不是施舍，而是尽一点义务。走近大金塔，一个蓬头垢面的老妇人坐在那儿伸手讨钱。汪兰又去送了一点零钱给她。杨芳用她那白白胖胖的手也掏出一把零钱送给那老妇人。他们继续漫步往前走。当汪兰站在大金塔前，看着它的富丽堂皇，心里却在想着刚才遇到的那瘸腿的卖毛冬雀的中年男子和那乞讨的老妇人，反差巨大的两种情景同时盛放在她的心里，相互挤压，打破了她内心的平静。带着这种不平静的心情走近大金塔，自然就没有再细细欣赏的心境，于是，她围着大金塔快步走了一圈，就出来看其他风景了。

回国坐的是飞机。万象的国际机场不大。飞机很小，每一排只坐两个人，两边加起来也只能坐四个人。飞机起飞和在飞行中都很平稳，但是开始下降时却抖动得厉害，其间还发出“哐当”一声很大的响声，大家都把头抬起来，见空姐很平静，大家也就平静了下来。整个机舱内没有一个人说话，只听到飞机抖动的细小的“嘎嘎”

声。抖动和摇晃搞得他们的头都晕乎乎的，等飞机降落到了昆明机场，汪兰才从眩晕中缓过神来。不过，当他们坐飞机由昆明到贵阳时，情况就比较好，汪兰一上飞机就睡觉，两个小时左右就顺利到达了贵阳。

看着贵阳宽阔的街道和高大的楼房，感受着凉爽的空气，汪兰和杨芳等人都感到中国的贵阳、清江，就是人间天堂。

毁灭证据

矮胖胖的杨盛军早早地来到学校办公室门外的走廊上，掏钥匙打开门，又一封没有发信人地址的匿名信从门缝里送进了他的办公室，打开信一看，果然又是反映雷里厚贪污的事。杨盛军接到的这种信已经是第三封了。要不要给林志刚汇报呢？按他的经验是，这些事情如果没有比较大的把握的话，最好暂时不汇报，但自从接到第一封匿名信后，他就已经派人开始密查这件事情了，得到的初步信息是，雷里厚嫌疑很大。本来他还在犹豫，想再查一查再说，手里的这第三封信，让他觉得必须马上面见林志刚，向他报告这件事。

杨盛军拨通了张雪峰的电话，得知林志刚还在火葬场，并且已经在那里做了一晚上学生家长的工作了。杨盛军坐车赶了过去，远远看见林志刚正被死去的学生的家长围在中间，只听见林校长正在耐心地进行解释，声音已经沙哑。杨盛军有群众工作的经验，跳下车，冲到人群中，就大声地向大家说：

“各位家长，我是学校的纪委书记杨盛军，行署专员找林校长有急事，这件事情由我和黄副校长处理，大家有什么想法和我谈。”

杨盛军边说边示意张雪峰赶快陪林志刚离开人群。

张雪峰转身半推半拉地把林志刚弄上了车，司机李民迅速开车离开了火葬场。

半个小时后，杨盛军回到学校，来到林志刚的办公室，劈头盖脸就说：“林校长啊，您是学校的主心骨，怎么能够冲到第一线去呢？”

“我是校长啊！”

“他们万一不讲道理，打着您怎么办啊？”

“唉！”林志刚叹了口气。

见林志刚一副疲惫不堪的样子，杨盛军就转身退出了林志刚的办公室，可刚走到门外又听到林志刚叫他。

“听雪峰说，你有事找我？”

“不忙，明天吧？”

“不，没关系，就现在。”

杨盛军见林志刚布满血丝的眼睛盯着他，也就不再说什么，把早上开门得到的匿名信从包里掏出来递给了林志刚。

林志刚把匿名信反复看了两遍，抬头问：“盛军书记，你看怎么办啊？”

“我建议查。”

“好吧，按程序走吧。”

杨盛军接过林志刚还给他的匿名信，揣进包里，站起身，说：“林校长，您可要注意身体啊。”

“没关系，你去忙吧。唉，还真得谢谢你给我解围啊！”

“谢什么啊，这是我们当下属的该做的。”

杨盛军转身离开林志刚的办公室后，就直接到地区纪委汇报。

下午，地区纪委的留着平头的王树平科长就来到了杨盛军的办公室，紧接着他们两个就坐车去了原师专校区，开始了他们的秘密调查工作。第一天下午，杨盛军找了几个人谈话，晚上就接到匿名电话，警告他，叫他不要多管闲事。

杨盛军放下电话，马上请求公安和电信倒回去查。

几分钟后，杨盛军得到回话，果然如他所料，那匿名电话是从公共电话亭打来的。凭他的经验，他知道，一场新的较量开始了。他在纪委干了二十多年，什么事没有见过？匿名电话算什么？他才不管这一套。恰好，这个匿名电话证明他们调查到的可能是事实。于是，略一沉思，就拨通了林志刚家里的电话，说：“林校长，我给您汇报。对方已经开始跳出来了。根据我们掌握的情况，我们准备公开进行调查了。您看行不？”

“好，就按你的意见办。”电话里传来林志刚果断的回答声。杨盛军办案子什么都不怕，就怕领导态度暧昧。所以，当听到林志刚肯定的回答后，他禁不住有些激动。他来学校半年多了，好像什么事都与他无关，他的工作只有两项：一是学校党委开会，他陪会；二是每天看报纸，把给他订的几份报纸从第一版看到最后一版，连插缝里的广告，他都一字不漏地看完。所以，有些人就说他只会打哈哈，只会附和，试想，不打哈哈不附和，他能干什么？这一晚，他就像临出征的军人一样，好久没有睡着。

第二天早上，太阳一出来就火辣辣地烤人。杨盛军在学校二楼会议室做了简短的安排布置后，就和地区纪委的王树平带着学校纪检监察室、财务处、保卫处的同志赶往原师专校区，并且直奔财务室。

可当他们一大堆人马赶到原师专的财务室门外时，原师专的财务科长冷凤敏却称病不来上班，杨盛军就说：“请转告她，半个小时后她不来，我们就砸锁进去。”

二十分钟过去了，冷凤敏没来。

二十五分钟过去了，仍然没来。

正当半个小时到了杨盛军准备宣布砸财务室的门时，丰姿妖娆的冷凤敏吵吵闹闹地来了，说凭什么查她的账，她可是多年的先进！

对付这种人，杨盛军有一整套办法，冷冰冰地甩过去一句话："我是纪委书记，请你把门打开，接受组织的调查。"

冷凤敏耷拉着脸，看势头不对，只好把门打开。

杨盛军走进财务室，就指挥大家把所有账本逐一进行登记并封存。冷凤敏站在旁边，一言不发。离开的时候，杨盛军叫人把财务室的门上了锁。

忙了一天，杨盛军回到家里，冲了一个冷水澡就早早地睡了。他睡得好沉好舒服，隐隐约约听到他的手机在响，可他实在睁不开眼睛，又沉沉地睡去了。等他醒来，外面的阳光已经爬上了他卧室的窗台，起床出来见爱人和孩子的房门都已打开，他知道他们已经上班和上学去了，于是急忙洗漱一下，就提着包出了家门。

"嘟嘟嘟"，他的手机响了。

"是雪峰吗？"

"是。师专财务室昨晚失火了。"

"什么？"杨盛军的声音提到了高八度，"师专财务室昨晚失火了？"

“是，杨书记。我昨晚打您的电话，您可能睡着了没有接。林校长请您直接赶过去。”

“好，知道了。”杨盛军挂了电话，傻了眼，口里喃喃地说：“还真没想到，还真没想到呢。”

等杨盛军赶到现场，财务室外面的坝子上站了许多人，见他到来急忙让开一条道。他叫人通知公安，卫青说公安马上就到。半个小时后，他和公安的同志一起走进了财务室。财务室屋里已被烟熏得漆黑。他用木棒小心翼翼地掏纸灰。冷凤敏一直跟着他，好像没事一般。但是当杨盛军在一堆纸灰旁边找到一个没有被火烧着的黑色铁箱子时，她的脸色立时变得惨白，双脚发软，晕了过去。

学校办公室张雪峰打来电话，说雷里厚要求派车到玉屏火车站接他，接不接？杨盛军果断地回答：“接，而且要按接送书记的规格接。”

“他说，他是来找您和林校长算账的。”

“好，我等着他。”

杨盛军和王树平亲自押着黑色的铁箱子回到学校二楼会议室。然后，叫卫青在门外守着，不准任何人进来。他和王树平用钳子打开了黑色的铁箱子，里面果然有一些票据和一个普通的工作笔记本。杨盛军打开工作笔记本，笔记本上记着一些人的名字和数据。杨盛军一页页地翻着，突然看到两个人的名字和名字后面的数据，吓了一跳，他急忙把笔记本合上。但这一切王树平已看在眼里，伸手拿过笔记本也打开了那一页。王树平看到那两个名字和名字后面的数据也禁不住轻轻地“啊”了一声。

“怎么办？”王树平问杨盛军。

“你向你们纪委书记报告，我向林校长报告。”

“好！”

杨盛军和王树平把黑色铁箱子锁上，然后交给卫青，并且说必须派两个人同时守护这个铁箱子，不能有任何闪失。

杨盛军赶到林志刚办公室时，雷里厚也来到了林志刚的办公室。杨盛军准备退出来，只见雷里厚正微笑着把手伸过来。他也只好伸出手迎了上去。当他们两只手握在一起的时候，雷里厚说：“对不起，杨书记，那几封匿名信都是我叫人写的。”

“什么？您叫人告您自己？”

“这是最佳方案，这样才不会打草惊蛇，引起真正犯罪的人的注意。”

“您为什么不直接说？”

“我怕你们不相信，也怕你们不敢动他们。”

“谢谢！”杨盛军紧紧地握住雷里厚的手。

雷里厚走后，杨盛军把了解到的情况如实向林志刚做了汇报。

林志刚没有说一句话，只是长长地叹了一口气。

应用转型

在省委组织部领导找林志刚谈话时，他就谈了把清江学院办成应用型大学的想法。组织部领导对他的想法表示赞同。他来到清江学院，在就职发言中，就抛出了应用转型的话题："我们学校的办学理念是什么？是沿着学科型的大学发展之路，跟在我们省的老牌大学后面亦步亦趋，还是走其他的发展之路？比如错位发展之路，特色发展之路。学校近几年已经开始朝应用型方面发展了，是不是应该坚定地朝着这方面走？"

林志刚知道，他这样说，肯定有人不高兴。但他也知道，既然是看准了的事，就不能含糊、不能犹豫，早下决心，学校早发展。

不出所料，一天早上，林志刚才跨进办公室，还在整理桌子上的文件和书籍时，就有一位头发已经完全脱落的老教师，微笑着到来。林志刚请他坐下并给他倒了一杯茶。那老教师接过茶杯，自我介绍："林校长好！我是师范学院退休的老师，名叫谢金生，教数学的。"

"谢老师好！请问有什么事吗？"林志刚抬头问道。

"有一点小事。我在下面听老师们在议论，说林校长要把清江学院办成应用型大学，是不是欠考虑啊？我们知道，职业院校就是应用型，要是把清江学院办成高职院校，可能不行啊。"

林志刚微笑着说："谢谢您提这个问题。新建本科高校朝应用型方向发展，是我国高等教育发展的大趋势，也是世界高等教育发展的潮流，并不是我林志刚突发奇想。至于清江学院能不能走应用转型之路，也需要大家思考，谢老师您能够把想法和担忧说出来就是在关心学校的发展。不过，我可以给谢老师表一个态，我们不会把清江学院办成高职院校。因为我知道，清江学院与高职院校属于不同的类型——清江学院属于普通高等教育，高职院校属于职业高等教育。我们普通高等教育就是想办成职业高等教育也是很难的，职业高等教育对专业、实践及技术技能的重视，我们很难做到，但是应用转型是一定要转的。跟着老牌高校走研究型办学之路是有问题的，当然，应用型不是不要学术，只不过，是以研究应用的学术为主。美国有一个著名的高等教育家名叫博耶，他在《学术反思》中就明确提出：学术应包含发现的学术、综合的学术、应用的学术和教学的学术。清江学院朝应用型大学方向发展，就是要办成以研究应用的学术为主的大学。以研究应用的学术为主，还要研究与应用的学术有关的发现的学术、综合的学术和教学的学术。这一点，我们很清楚，请谢老师放心！”

谢金生点点头，说：“好！我相信林校长的话，我们期待清江学院在您的带领下能够越办越好，水平越来越高，至于是应用型还是学术型，我们还不太明白，我们也不管。”

“谢谢您的理解！”

送走了谢金生，林志刚呆呆地在办公室坐了好一会儿。到底什么是应用型大学？客观地说，他自己也没有完全搞清楚。在此后的很长一段时间，应用型转型发展的事，一直在林志刚的脑际萦绕，尽管他知道这种决策是正确的，但毕竟是学校发展的重大决策，绝不能出现差错。

他在做出重大决策前，自己一定会想清楚，自己没有想清楚的事，他绝不会做。事实上，人之所以是人，不是动物，就在于人有理性，有思想。他不是思想家，但他评价自己是一个有思想的人。

朝应用型大学发展，到底怎么走？国家没有现成的模式。林志刚站在窗前，看青翠的远山，看远山上浮动的轻纱般的薄雾，心里还是没有底。他去苏州科技学院考察，觉得他们办得很不错。清江学院能不能走他们的发展之路？我们省还没有一所科技学院，清江学院能不能抢占“省科技学院”之名？他去省教育厅汇报工作，也谈了更名“省科技学院”的事，他们也觉得有道理。回到清江学院，和大家商量，有赞同，有反对，形不成统一意见。不过，大家都赞同应用转型。而要全面推进应用转型，实现跨越发展，远远不是说一句话那么简单。到底怎么应用转型？林志刚心里也没有底。

有一天，东南师专的老部下截了一个图从 QQ 发给他，原来是在上海成立了全国应用科技大学联盟。他看了截图内容，就安排张雪峰和他们联盟的秘书处联系。张雪峰很快和联盟秘书长舒静东联系上了。林志刚亲自和舒静东通了电话。舒静东欢迎清江学院加入全国应用科技大学联盟，但也明确表示加入全国应用科技大学联盟还需要申请和走一定的程序。为了早日加入全国应用科技大学联盟，林志刚还在张雪峰、杨昌明的陪同下前往上海的技术师范大学进行考察，拜访了王庆华书记。在与王庆华的交谈中，林志刚加深了对应用科技大学的理解，尤其是当林志刚说“我们走应用科技大学发展的学校要错位发展”时，王庆华打断他的话说：“不对，我们要自信，我就是我自己！”回到清江学院，林志刚安排人向全国应用科技大学联盟递交了申请。2013 年 12月的一天，哈尔滨学院的校长和处长代表全国应用科技大学联盟来清江学院考察。林志刚代表清江学院向他们汇报了学校的工作。他们表示满意。不久，清江学院就正式加入了全国应用科技大学联盟。

2014 年 2月，国务院部署加快发展现代职业教育，提出“引导一批普通本科高校向应用技术型高校转型”。一石激起千层浪，应用转型在高教界引起了强烈反响。林志刚觉得，这是清江学院推进应用型转型发展的大好时期，于是他在 2014 年 6月举行的第二届第一次“两代会”上的工作报告中，以《深化转型发展，为办好人民满意的现代应用科技大学而努力奋斗》为题做了工作报告，正式将应用转型作为奋斗目标提了出来。

虽然清江学院已经明确向应用科技大学的方向发展，但是林志刚还是隐隐地感到，整个学校都朝这个方向发展有问题。农学院、材化学院、物电学院的专业属于技术类，没有问题，而文科类的专业和技术有距离，怎么能够在应用科技大学的屋檐下生存和发展？师范学院是在原师专的基础上升格的，其基础是师范专业，技术积累不够，朝技术类高校发展确实难度较大。已经开办的土木工程和水利水电专业，没有实验室、没有师资，让学校很为难。物电学院的领导多次找他反映这两个专业的问题，林志刚一时也解决不了。

2014年，林志刚参加了“全国应用转型专题研修班”学习。专题研修班虽然只有短短一周的时间，但给林志刚的启示很大，尤其是在分组讨论时，新疆一所师范大学的副校长李新生谈他们师范类专业朝技术类专业转型的艰难，引起了林志刚的共鸣，让他思考了很久的有关应用转型的问题逐渐明朗起来。他在发言的时候说道：“应用转型的大方向毫无疑问是正确的，但是怎么进行应用转型？确实还需要好好研究。我们清江学院的医科、农科、工科类专业向应用科技大学的方向发展没有问题，而人文社科类的院系及学科专业要朝应用科技大学方向发展难度很大，因为他们过去没有技术积累积淀，目前没有技术环境支撑和支持，怎么朝应用科技大学方向转型发展？其实，都引导朝应用科技大学方向转型是不对的。”

李新生抬头看了一眼林志刚，跟着问道：“请问林校长，照您看来，哪些高校适合朝应用科技大学方向转型？”

“应用科技大学的方向适合行业性新建本科高校，如上海机电学院、重庆科技学院等。这类本科高校具有明显的行业优势。一是学校与行业有天然的亲近感；二是学科专业背景深厚，行业特色鲜明；三是学校与行业有着长期稳定的友好合作关系并形成了具有行业特色的教师和科研团队；四是毕业生集中分配在行业，毕业生信息反馈便捷，有助于学校人才培养工作的改进。更为重要的是，这类新建本科院校行业技术的积累和积淀比较深厚，行业的技术已扎根学校，而且现有的学科专业，依然可以得到其所依靠的行业的大力支持和全面支撑，比如，先进的行业技术研发平台可以利用、优秀的行业技术团队可以共享、与学科专业紧密结合的行业技术岗位可以为毕业生提供良好的就业机遇，可谓‘近水楼台先得月’。所以，这类本科院校往往是该行业新技术诞生之地，即新技术研发源。因此，这些本科院校最适合定位为应用科技大学。”

“造成这种窘境的原因是什么？”座谈会上一位身穿白色上衣的女校长进一步追问道。

林志刚回答道：“我以为是没有搞清楚应用型大学与应用科技大学的区别。应用型大学是一个比较宽泛的概念，它是在我国高等教育大众化发展的进程中相对于学术型、研究型大学而出现的一种新的大学类型。这种新的大学类型包括创业型大学、技术本科、教学服务型大学等，强调与市场、产业、行业和岗位群的紧密结合，其主要任务是为经济社会发展培养本科层次的应用型人才。应用科技大学显然属于应用型大学的范畴，只不过它比较强调技术的积累、研发和传承。技术积累不足或技术特征不明显的地方本科院校，即使宣称定位于应用科技大学，也算不上真正的应用科技大学。因此，应用型大学和应用科技大学在逻辑上是属种关系。应用型大学是上位概念，应用科技大学是下位概念。上位概念和下位概念不能相互混淆。”

“讲得有道理！”李新生肯定道。

林志刚喝了一口茶，接着说道：“我国一批普通本科院校朝应用型大学方向发展，既是我国经济社会发展的需要，也是地方本科院校自身发展的内在要求，是一种大的发展趋势。但是如果在认识上把‘应用型大学’等同于‘应用科技大学’，那就是问题了。试想，我国上千所普通本科院校都朝应用科技大学的方向发展，那岂不是又会出现新的千校一面？当前一批师范院校举办工科类专业普遍反映比较困难，就是因为没有技术背景和技术积累。应该说，这类新建地方本科院校更适合朝教学服务型大学的方向发展。教学服务型大学也是应用型大学中的一种类型，比较强调社会服务。今年国家在谈到引导本科院校应用转型时，没有再提及‘技术’二字，就说明国家已经意识到应用转型是大的应用方向的转型，而不仅仅是朝应用科技大学的方向转型。因此，我认为，应用科技大学是应用型大学百花园中的一朵，它再鲜艳，也只是其中的一朵。因此，地方本科院校在应用转型的过程中，应该结合自身实际，在应用型的大方向下做好自己的选择，绝不能盲目跟风！”

座谈会响起了一片掌声。林志刚站起来向大家致谢。

后来的一段时间，林志刚把刘献君教授提出的教学服务型大学与应用科技大学进行比较，越来越觉得，没有行业背景和技术积累的地方新建本科院校不适合走应用科技大学之路，而应该选择教学服务型大学方向发展。林志刚把这些想法与王学会、汪兰、娄青他们讨论，他们也认为这些想法是正确的。于是，他们合作写了一篇题为《关于师专升格的新建本科院校应选择教学服务型大学办学定位》的论文，后来还刊发在《高等教育研究》上，并获省教育科学研究优秀成果一等奖。

在 2015 年 4 月学校召开的一年一度的教代会上，林志刚明确提出了走教学服务型大学的观点，没想到得到了与会代表的充分肯定。

学校教代会分组讨论时，在林志刚所在的文科组，文丽红教授动情地说：“应用科技大学的发展定位，让我们这些文科专业有一种被边缘化的感觉。我们私下议论，林校长也是学文科的，怎么就没为我们想一想呢？今天我们听了林校长的工作报告，把学校定位在教学服务型大学，让我们在学校办学定位中找到了自己的位置，有一种找到家的感觉。”

林志刚听了代表们的发言，既感动，又感到作为校长肩上担子的沉重。学校的办学定位，确实是天大的事，因为它关乎学校发展道路的选择。

职称评定

娄青组织处里的同志对申报职称的教职工的材料逐个进行审查，并对每个人发表过多少篇文章，文章在哪一级刊物发表，上了多少课，完成了多少工作量，近几年的年终考核情况等进行登记，工作做得非常仔细。她知道，原来几个学校每年评职称都把教职工弄得很紧张，你就是条件很好，评委不投票照样通不过。所以，凡是担任校评委的人，一般老师都不敢得罪，在评职称前托人找评委说情，或给评委送礼，或请评委吃饭，是十分普遍的事。你不走动，别人走动了，又都是无记名投票，你想会是什么结果？因为关系没做到位而没有得到职称，心里当然就有怨气，直接吵闹者有之，到上级部门上访者有之，写匿名信者有之。反正每年评职称是申报职称的教职工都要过的关，也是学校领导和学校评委最引人注目的时候。娄青把她知道的原来几所学校评职称的一些不正常情况，一一向林志刚做了汇报，并特别向林志刚汇报了原商专在1988年首次进行职称评审时发生过的一件事。

风，在不紧不慢地拍打着窗户。

室内的中央摆着一盆燃得毕毕剥剥的红红的炭火。围着炭火坐着的是经济系的五个中年教师和系秘书王波。

刘成坐在进门的左侧，透过窗户，他可以看到窗外灰蒙蒙的天和时而被风吹得飘飞起来的干得发黑的薄薄木叶。

坐在刘成对面的是系副主任朱枫，他瘦小的三角脸上架着一副黑框的眼镜，红红的炭火光照在他的脸上也看不出丝毫的血色。他像在思索什么又像什么也没想，只见他用细长的手指弹了弹黑色的风衣领口，就慢条斯理、淡淡地说道："各位，近来辛苦了。今天请大家到来，不为别的，只有一件小事。"他说到这儿，停了下来，见大家没有什么异常的反应，环顾左右，接着说道："昨天，学校开了系主任会。在会上，校领导传达了职称评定的事。"

"今年可以评定职称了？"系里唯一的留着一头披肩长发的女教师黄欣有些不相信自己的耳朵，便迫不及待地插嘴问道。

"是的。"朱枫十分肯定地回答道，然后，习惯性地用手摸他自己的眼镜的边框，见大家把眼光都投向了他，又慢条斯理地故意绕了弯子感叹道："职称评定的事，拖了那么多年没有动静，今年总算开评了。要不我们在座的诸位除王波外都早该上讲师喽。"

"唉，老朱还是先讲职称评定的具体的事吧。"坐在朱枫左边长条凳上的孙力，弹掉烟灰，露出一口黄牙，有些迫不及待地打断了朱枫的话。

朱枫的话虽然被人打断，但他并不生气，他已经习惯了，他知道他们不把他放在眼里，他的瘦小的三角形的脸上反而露出了淡淡的得意的笑。这笑分明在告诉大家：你们也有想听我老朱说话的时候了？

"是呀，还是赶快说说吧。"坐在孙力旁边的肚子微微挺起的丁忠也抬起头，直盯着朱枫说道。

朱枫点点头，然后说道："今年，学校对我们系还是比较关照，一次给了四个讲师指标。"

"四个讲师指标？"一直一声不吭的刘成问道。

"是的，只有四个指标。"朱枫提高了声音。

"那如何来评呢？"快嘴的黄欣接着问道。

"是呀，我今天不就是来召集大家讨论如何评吗？"朱枫有些不高兴，既而说道："好吧，大家讨论如何评吧。"

刘成抬头看了看大家，见大家的神情都很严肃，于是侧身对着窗外。

“说吧，怎么不说呢？”朱枫催促道。

大家依旧默不作声，因为每个人都知道只有四个指标就意味着他们在座的五个教师中必然有一个得不到指标，要被刷下来，评不上讲师。

“上面有没有具体标准？”黄欣打破了长长的沉默。

朱枫摇摇头。

大家又陷入沉默之中。丁忠轻轻地抚摸着他那微微挺起的肚皮。孙力用他那有些发黑的黄牙咬住烟头，在有滋有味地吸着烟，似乎今天讨论的议题与他无关。一向像鸟一样叽叽喳喳的黄欣，这一刻也似乎变得老成持重了，在用手梳理着她那黝黑美丽的披肩长发。刘成面对窗户，一副旁若无人的神态，像什么也没想。

室外的风越来越大，拍打窗户的声音越来越响。天也越来越暗，以致不得不把电灯拉亮。好在室内的炭火依旧在毕毕剥剥地燃烧。因为有王波在不断地加炭，不断地用铁夹掏火。

朱枫抬头看了看挂在墙壁上的石英钟，见时针已指向了十一点，感到这样拖下去肯定不是办法，只好带头说道：“大家都不说，那好吧，我先说个意见，看行不行。

我看是不是从政治表现、教学和科研三个方面来进行比较，看谁该评谁不该评。”

“你说的当然有道理。”丁忠把手从他的肚皮上放了下来，接着说道：“不过，政治表现由谁来评？这个问题首先要搞清楚，如果只是你们领导说了算，那肯定不行。”

孙力深深地吸了一口烟，然后把烟雾吐成长长的一条线，说道：“政治表现，我看大家都一样，没有什么评头。主要应该看教学和科研。”

这一下，可把黄欣急坏了，因为她的课虽然上得很不错，但一篇论文也没有发表过，只见她把头发一甩，尖声尖气地说：“我不同意，我们又不是全国重点大学，重点大学才是科研和教学并重。像我们这样的三流大学，教学还是主要的。上不好课怎么能当讲师呢？”

朱枫调转头问丁忠：“老丁啊，你看呢？”

“我看啊，既然是大学，那主要应看科研。因为科研才能体现出水平。”

“难道教学就体现不出水平？我们的任务主要是培养学生，我想问老丁，我们的学生主要是教出来的还是搞科研搞出来的？”黄欣反驳道。

“老丁啊，黄欣的话也不是没有道理。”刘成插话道。

“那，老刘呵，你的意见呢？”朱枫说道。

“我的意见，那就是从教学、科研两方面都进行比较，把大家的东西都摆出来，教学、科研各占50%。我们五个都回避，请其他人来评。这样最公正。”

“这样，公正是公正，但不切合实际。问题是，我们系没有副教授和教授，也没有讲师。总不至于叫那些什么职称也没有的年轻人来评我们吧？”孙力张着一口黄牙说道。

“老朱，您作为领导，您的意见呢？”黄欣问道。

“我的意见不是已经说了吗？不过，还是听大家的，听大家的。大家怎么定都行。”

“那我坚持以教学为主。”黄欣昂着头说道。

丁忠眼盯着天花板，手放在他圆圆的肚皮上，有些赌气地说：“我坚持我的意见。”

“……”

“……”

时针指向十二点，朱枫宣布散会。

下午，会接着开，仍没有结果。

晚上，会继续进行。

开始的几个小时，除朱枫做了开场白后，没有一个人发言。大家都在等待，因为谁都满怀希望，谁都有比较充足的理由，谁都不愿主动放弃。

朱枫瘦小的三角形的脸比平日拉得更长，开始他还满以为他是主持工作的领导，他们总该给他面子，让他先评吧，但现在看来，他们一个个并不是这样想的，各有各的小算盘。

刘成一杯接一杯地喝茶。

丁忠一圈接一圈地抚摸他的肚皮。

时针在嘀嗒嘀嗒地走，一圈接一圈。他们谁也没有说话，但谁都知道，只有找到一种多数人都能认可的方案，才能解决今天的难题，否则，就是坐到天亮，也无济于事。

朱枫有些等不及了，再次催促道：“诸位，还是谈谈高见吧。”

“有什么说的，该说的都说了。”

“是呀，该说的都说了。”

“……”

正在这时，刘成由于茶水喝得太多，尿胀得有些憋不住了，站起来边走边说：“现在时间已经不早了，我看大家还是抓紧时间定吧，这样拖下去也不是办法。我现在郑重宣布，只要大家同意，我都同意。”

随着刘成的离开，大家都把头抬起来，不约而同地把目光投向朱枫。

朱枫见大家把目光都朝他射来，有些不知所措，呼吸也有些急促了起来。这时，只见孙力咧着嘴露出黄牙很有些难为情地建议道:“我看，就是我们在座的四位吧，行不?”

朱枫见大家已达成一致意见，既符合少数服从多数的原则，也可以向刘成交代，就一改过去慢条斯理的说话风格简单干脆地说道:“请王秘书做好记录。经过一天的反复讨论，会议决定:同意推荐朱枫、丁忠、黄欣、孙力四位申报讲师职称。”跟着，朱枫又补充道:“会议细节不准外传。”

朱枫“散会”两字还未说完，丁忠、黄欣、孙力就鱼贯而出。朱枫也跟着急匆匆地走了。

等刘成慢腾腾地把那一泡尿痛痛快快、舒舒服服地撒了回来，系办公室里已空荡荡的，只有王波在打扫卫生。刘成感到很诧异，便问道:“小王，怎么散会了?不评了?”

小王抬起头，苦笑着说:“你自己看记录吧。”

刘成看完记录，脸色霎时变得苍白，呆呆地站在那儿，许久一言不发。王波急忙丢掉扫帚，扶着刘成一步一步地离开办公室。

外面的天很黑，但风却已经停了。

娄青看林志刚听她汇报职称评定方面的问题后，脸色很沉重，本想说这件事让他笑一笑，轻松一下，哪知更让他忧心忡忡，并且喃喃自语：“怎么是这样呢？怎么会这样呢？”说着说着，他的眼圈居然红了。看着林志刚痛苦的样子，娄青后悔死了。一时，也不知道怎么安慰林志刚，只好说：“林校长，我不该把这些无关的事说给您听，让您心烦。”娄青说完就站起身准备走了。

“不，娄青，你没有错。”林志刚示意娄青坐下，接着说：“娄青啊，我来到清江学院已经有大半年时间了，你应该看得出我是什么人了，你把你知道的一些真实的情况告诉我，是让我把这些事情处理好，把学校办好。我这点都看不出，我还当什么校长啊。”

“不，我让校长心里难受了，不好！”娄青低着头还在自责。

“怎么说是你让我心里难受呢？我是在为这些受折腾的老师感到心疼，我在为过去的历史感到心疼。我们这些当领导的还真应该以人为本啊，真正地为老师和学生做点事，帮助老师发展，帮助学生成长。”

林志刚的话说到了娄青的心坎上，她禁不住插话道：“是啊，我们这些老师还是很可怜的，也是很老实的，我们确实应该帮助他们发展，不应该卡他们。”

“我在想，”林志刚面色已经恢复了平静，习惯地摸了摸他的光光的脑门说，“现在问题那么多，关键还是一个发展的问题。只有学校发展了，这些问题才能最终解决。”

“真的难为校长了，学校那么大，那么多的事。我们还真担心您承受不了。”

“谢谢理解！”

“不用谢。我们应该感谢您。您一个人来到我们清江，为我们清江的人民服务，您的到来给我们带来了希望！”

“谢谢大家对我的信任！”

第二天下午，在学校行政大楼五楼会议室如期召开了清江学院成立后的第一次职称评审会。评委大多是各学院各专业的骨干教师、各学院的院长及学校党政领导。林志刚以学校评审委员会主任的名义主持会议，娄青介绍情况。娄青一介绍完，头发花白的老教师王祥就举手要求发言。

林志刚点头准许。

王祥就说：“我们还是要为职称负责，尤其要为副教授和教授的声誉负责。所以，我以为还是要严格把关，不能评的坚决不能评。”

“对，要严格把关！就是要卡。”脸上长满雀斑的中年女教师卢慧兰附和道。

林志刚向大家扫视了一眼，插话道：“同志们，我想问：你们原来评职称，都是这样评吗？”

“是的。”

“是。”

“……”有几个老师争着回答。

“都是尽可能卡吗？”林志刚继续问。

“是。”回答的声音比前面明显低了许多。

“你们都是公正公平地卡吗？”

有相当一部分评委，你看看我，我看看你，显得有些尴尬，但是没有一个人回答。

娄青用她那双大眼睛扫视了一圈，接过话题说：“校长，我有不同意见。”

“你说。”

“我觉得，当然要严格把关、认真对待，但是不能卡人。严格把关与卡是两回事。我支持严格把关，但反对卡！”娄青说完，像放下了千斤重担，几年前想说的话今天终于说了出来，心里格外畅快。但是，想不到，人们大都用异样的眼光看着她，好像她是一个外星来的怪物似的。不过，这种场面只持续了十几秒钟，就被王学会的话直接打断了：

“同志们，我说几句。我们原来的财专在评职称的时候，也有卡的现象。但是，我个人的意见也是不赞成卡的，可每次下来，很多老师还是被卡了，什么理由都没有，只有一条，那就是评委投票没有通过。久而久之，评委投票就成了老师们评职称最可怕的事情。我想，我们清江学院刚刚组建，评职称是大事，一定要开好头啊！”

也许，是受王学会说话的情绪感染，或者，是人们已经真正认识到了过去评职称存在的问题的严重性，只见在场的人们纷纷点头。林志刚看到他发表讲话的时机已经成熟，就示意大家安静，然后，他缓缓地说道：

“同志们，过去的已经过去，我们也不去说它是对是错。但是，清江学院刚刚组建，确实就像学会副校长说的‘一定要开好头’。我的想法是，清江学院刚刚组建，不是人才多了而是人才少了，学校发展需要很多人才，尤其需要副教授、教授、硕士、博士，这些高层次人才。大楼重要，大师更重要。一所大学没有良好的师资队伍是不可能把学校办好的。而良好的师资队伍是不可能从天而降的，它需要我们去培养、去呵护，我们应该去求我们的老师奔职称奔学历，而绝对不应该去卡我们的老师。更何况，我们学校目前也只有职称评审的推荐权，还要通过省高校职称评审委员会的评审才算数。也就是说，还有省里把关。所以，我建议：第一，在严格审查条件的基础上，只要符合申报条件的就应该同意申报；第二，不搞无记名投票，这会给那些品德不好的人留下活动的空间。有话当着大家的面说，如果真的不行，就拿下来，但是如果没有反对的理由，就举手表决。大家看，怎么样？”

林志刚的话音一落，就响起了掌声。娄青等人的眼里甚至满含了泪水。因为他们知道，这些看似简单的决定，实际上代表着一种观念的转变，而且由“卡”到“帮”几乎是180度的大转变，由此可以想见这对普通教师的将来是多么重要。这样一来，教师就不用为搞不好关系而发愁了，只要一心一意教好书搞好科研，就能进步，就能发展。这才是真正的以人为本、以教师为本啊。当然，也有人不鼓掌也不发言，坐在角落里一支接一支地抽闷烟。这情景，娄青都看在眼里。

林志刚这样定了调，接下来的评审就很顺利了。整个评审，除两名教师硬性条件没有达标外，其他人都顺利地通过了。这在原来六校职称评审的过程中是没有的。

但是，评审会结束的当天晚上，娄青就得到信息，说有人认为林志刚不让他们无记名投票是剥夺了他们专家独立投票的权利，并扬言要到上面去告林志刚。

娄青好着急，她想要是林志刚因此挨批评，那都是她惹的祸。她对不起林校长。同时，是把这事报告林校长呢还是不说，她也很矛盾：告诉林志刚怕给他增加心理压力，不说又怕林志刚挨批评没有心理准备。

娄青在卧室里来回地走着，不知道该怎么办。

招生通报

也是在学校本部行政大楼五楼会议室。

林志刚校长坐在椭圆形会议桌进门正对面的位置上，左边依次坐着王学会副校长、黄威副校长，右边依次坐着副书记江枫桥、纪委书记杨盛军、工会主席汪兰，学校领导的两边和后排坐着学校的中层干部。

原来开会前总有人说笑，气氛比较活跃。但是今天，大家看林志刚等几个学校领导都十分严肃地坐着，也就没有人敢作声，都学着领导的样子坐着，整个会议室的空气像凝固了一般。

九点钟一到，林志刚就宣布开会，他说："同志们，我们今天先通报一个情况，然后我们再围绕这个情况进行讨论。下面，请汪主席通报一下今年的招生情况。"

汪兰一脸沉重地说："同志们，我们学院的招生录取工作即将进行，但昨天省招生办公布了我们清江学院第一志愿本科上线情况，可能有的同志已经从网上或报纸上看到了，填报我们清江学院第一志愿本科上线的只有八个。我的工作没有做好。我的通报完毕。”

会场一片哗然。

有的禁不住发问：“怎么会这样呢？”

有的说：“是不是搞错了？”

有的发出了长长的叹息声。

……

林志刚等同志们议论了一会儿后才用十分低沉的声音说道：

“同志们，从大家简短的议论声中，我知道，听了这个情况通报以后，大家和我有一样的心情，都为学校的前途担忧。这是好事，一所大学的领导和广大教职工都不关心学校的发展，不为学校的命运担忧，那这个学校就失去了起码的人文精神。因为，大学的人文精神主要包括对人的命运的关注和对大学的命运的关注两个方面。所以，大家对学校的发展前途担忧，这是很好的现象。但是仅仅停留在担忧上，那是不够的。我们要对让大家担忧的根源进行分析。我今天把学校的党政领导和中层副处级以上的干部都请来，就是想请大家都想一想，我们学校该怎么办？这只有八个填报第一志愿本科上线的情况，让大家吃惊，也让我吃惊，这说明什么，大家很清楚。首先，我们需要进行反思，我们要寻找原因。从微观方面来看，原因好找，肯定有客观方面的原因，比如学校刚刚升本，知名度不够，学生、家长不了解。也有主观方面的原因，比如对招生重视不够，宣传的力度不够，宣传工作不扎实。记得当时，汪兰主席就提醒我，今年招生只派人到各县走马观花似的走一走，怕是不够的。但遗憾的是没有引起我的重视。所以我应该带头检讨。从宏观方面来看，这个数据从一个侧面反映了学校整体的办学情况还处在一个很低的位置上，那么，我们如何走出低谷？当前的问题很多，矛盾重重，困难很多。面对当前的情况，如果不想办法改变现状，学校很难办下去。不是说泄气的话，我都感到有点筋疲力尽了。今天出这事，明天出那事。我们就像消防员，四处扑火，但扑也扑不完，好像没有尽头。我们该怎么办？我反复地问自己，得到的答案只有一个，那就是只有改革和发展，才能解决目前的问题，也才能解决今后发展的问题。当然，改革不是容易的事，比如我们今年评职称，我建议：第一，在严格审查条件的基础上，只要符合申报条件的一律同意申报，因为从目前的职称情况看，全校只有五个正教授，作为一所本科大学，教授太少了，只要符合条件的都应该推荐，并且还应该向省高评委争取，希望他们多给我们评几个教授；第二，不搞无记名投票，有话当着大家的面说，如果真的不行，就拿下来，但是如果没有反对的理由，就应该支持，更何况举手表决也是投票啊。这实际上要改变过去‘卡’的现状。可会后据说有人不服要上告，说我剥夺了他们专家独立投票的权利。当然，向上级组织反映情况，是同志们的权利，我也不怕。我表态做的事，我都要承担责任。但是，我们不进行改革，我们就没有出路，更谈不上发展。”

“是呵，只有八个第一志愿本科上线，这怎么得了？”江枫桥插话道。

“我觉得林校长说得很好。”比较直爽的王学会摸了摸他那宽宽的脸盘，合上笔记本，抬起头就说道，“只有八个第一志愿本科上线，的确应该引起我们的高度重视，说明我们已经没有退路了。我们今年可以向教育厅请求降分录取，但是我们不能年年请求降分录取啊。这不仅仅是招生的问题。这既不是汪主席的问题，也不是林校长不重视招生的问题，而是一个涉及整个学校声誉和影响的大问题。头疼医头，脚疼医脚，是绝对不行的。而应该从整体上进行设计，从整体上进行思考，全方位推进学校的改革，比如教育教学的改革、学生工作的改革、招生工作的改革、后勤管理的改革，等等。”

“的确，不说林校长感到有点筋疲力尽，我这个当副职的，一开始由原地区教育学院的正职转为清江学院的副职时，觉得一身轻松，可是不久一件接一件的事情，已经搞得我晕头转向，要不是林校长和同志们都很好，都能够理解，说实话，我都想辞职了。如果我们的工作都沿袭原六校的做法，我们就只有死路一条！”黄威说得很动情。

杨盛军动了动他那胖胖的身子，跟着说道：“我赞成，原六校好的东西我们要继承，但是一些已经对我们现在的工作产生阻碍的，就应该大胆地进行改革，寻找新的发展路子。”由于他和江枫桥一样对学校具体的业务不是很熟悉，说不具体，所以只能泛泛地说一说，表个态，算是对林志刚的支持。因为他知道，面对那么多中层干部，其中许多都是学校的业务骨干，不能乱说。他来清江学院后，曾听说原师专的某副校长刚从县里调到学校来，参加一次教学成果奖的评比会，他为了帮教育系的一个老师说话，于是就像在县里一样比较霸道地说道：“教育学这门课要想讲好是比较困难的，它既不像中文那么简单，也不像数学、物理那么条理清楚……”哪知那位副校长的话还没有说完，中文、数学、物理三个系的系主任同时举手要求发言。那位副校长还算开明，没有生气，同意叫中文系的系主任先说。中文系的系主任就站起来说道：“校长好，您说中文比较简单，我暂不说古汉语古音韵简不简单，就拿中国现代文学来说，唐弢先生对中国现代文学研究了五十年，他都不敢说中国现代文学简单。您说中文简单，就只有两种可能，要么您对中文非常熟悉，熟悉得比唐弢先生对中国现代文学还熟悉，功夫还深，因为您太熟悉了，功夫深了，您才敢说它简单；要么，我就不客气地说，只有一种可能，您对中文一窍不通！”还没有等数学、物理系的系主任发言，那位副校长已经气得全身发抖，站起来转身离开了会场。当时身后的会场还有人鼓掌。杨盛军是聪明人，绝不会干这种傻事，所以，他来清江学院后每次在正规场合的发言，都非常谨慎。当然，这也符合他纪委书记的身份。

汪兰环顾左右，见大家都说了，该她发言了。因为，近半年来，虽然没有明文规定谁先发言谁后发言，但她观察到每当召开党委会，林志刚总是先请大家发言，最后他才表态。这已经是不成文的规则。这种规则，比有些成文的规则还遵守得好。汪兰开始不懂，后来懂了。懂了就绝不会越雷池半步。当杨盛军说完，大家也把眼光投向了她。于是，她清了清嗓音，说道：

“我觉得林校长今天这个会开得很及时，问题提得很好。学校实质性合并已经有一段时间了，许多常规的学校管理的工作都已经做了，或者说，尽管还存在许多问题，但是我们已经基本完成了六校的实质性合并升格的工作，是该思考学校下一步发展的时候了。”

林志刚接过汪兰的话说道：“同志们今天的发言，很好，给我很多启示。有很多同志还没有发言，由于时间关系，再找另外的时间听大家的意见。下面，我讲几点意见：第一，请汪主席带领学生处的同志，马上赶往省城，向教育厅领导汇报，请求降分录取，争取把指标用完。第二，下星期一下午召开副科级和讲师以上的干部和教师参加的‘清江学院改革发展动员大会’，请大家利用周末时间进行半个月的‘改革发展大讨论’。第三，改革以教育教学为重点，由学会副校长具体负责提出方案；人事分配改革方案，由枫桥副书记具体负责提出；招生就业改革方案，由汪主席具体负责提出；学校行政后勤管理的改革方案，由汪主席协助我具体负责提出。第四，组织外出学习考察团。考察团的方案，由组织人事处娄青处长拿出初步方案，直接送我审查。”

林志刚一口气说完上面的话，见同志们都在做笔记，心里很宽慰。正在这时，杨盛军从外面接完电话进来，伏在他的耳朵边说纪委的同志要来宣布原师专贪污受贿案的处理结果。他点头说：“正好，请他们进来。”

林志刚宣布休会十分钟。

会场一阵骚动，有的出去解手，有的出去抽烟，更多的留在会议室里和同事们闲聊，随着地区纪委几个同志的到来，会议室马上安静了下来。

会议仍然由林志刚主持，由地区纪委副书记王刚通报情况。

王刚通报的主要内容是关于李宇清副专员和原师专校长刘本根等贪污和受贿的情况。

李宇清受贿一百零二万元。

刘本根贪污八十万元。

冷凤敏……

会场里，除了王刚的说话声外，没有任何人说话，大家都静静地坐着，以致会议室墙角的大空调转动的声音都能够听到。大概是学校很少发生这些案件的缘故，许多人没有经历过这样通报贪污受贿情况的场面，所以，都听得很认真。

坐在林志刚对面的娄青一直睁着大大的眼睛看着领导背后挂在墙上的巨幅中国山水图。她想，像李宇清那样的领导怎么会受贿那么多钱呢？想起每次见到李宇清的和蔼的面容，她怎么也不会相信今天通报的这个事实。前几天，还有人给她传递消息，说原师专的贪污受贿可能涉及李宇清，她一口咬定："绝不可能！"想不到这是事实。

更想不通的是汪兰，在她的眼里，刘本根一直是一个很讲原则的人，怎么会贪污八十万元呢？她一向红扑扑的脸，好像比平时更红了。唉，怎么是这样呢？怎么是这样呢？她在心里反复地发问。

散会时，太阳已经高高地悬挂在中天，火辣辣地烤着大地。林志刚和同志们走在校园的林荫道上，踏着斑驳的日影，好像并没有感到热。

林志刚的心情非常复杂。对贪污受贿，他非常痛恨，主张坚决查处，但是把一直对他比较友好的刘本根，尤其是把半年来在工作上一直非常支持他的直接分管清江学院的李字清查了出来，让他很难过。自从那天杨盛军给他汇报原师专贪污受贿案涉及刘本根、李字清两位领导的时候开始，他的心情一直不好。在这期间，他利用周末回过东南州，并且回到了他多年没有回的家乡麻龙寨。他看了他家的老屋，还去爬了屋后的山。当他站在满山翠竹的山顶上，看到远处高高的桃源山时，他的心情平静了。有时，他好想做个普通人，想说就说，想哭就哭，痛痛快快。可他是大学校长，他承担的责任太大，他知道的事情太多。而且许多事，他是不能随便说的，对自己的老婆孩子都不能说。高处不胜寒，他真的深刻地体会到了。

把地区纪委的同志送出校门，他突然好想找人说说话，于是，掏出手机拨通了汪兰和娄青的电话。

汪兰和娄青几乎同时来到他的办公室，一坐下就问："校长，有什么事吗？"

"没有事，就不能找你们了吗？"林志刚微笑着说。

汪兰和娄青你看看我、我看看你，一脸的迷惑。

"今天，就是没有事也找你们。"

娄青凭着女人的直觉，知道林志刚今天想轻松一下，于是建议道："汪主席请您吃饭，我作陪，怎么样？"

"好啊！"林志刚爽快地回答道。

那一晚，娄青和汪兰陪林志刚喝了白酒。娄青和汪兰虽然都是天生的好酒量，但她们都喝醉了，烂醉如泥。可林志刚还没醉，还坐在车上亲自看着司机李民把她们各自送回家。

林志刚回到家里，站在窗前，刘本根和李字清的身影还在他的眼前晃动。

他们怎么会这样呢？怎么会这样呢？

林志刚突然觉得心里好痛！

可他哪里知道，他和娄青、汪兰在一起喝酒已被人看到，并被偷偷地拍了照，第二天照片就被分别寄给了他的妻子和娄青、汪兰的丈夫。

另一场风雨在悄然兴起。

决定搬迁

经过半个多月的考察论证，后勤处的处长文同志向学校提交了一份《关于清江学院整体搬迁异地办学的报告》。这是林志刚亲自布置的任务。自从他来到清江学院，把原来六个学校跑了一遍以后，就产生了整体搬迁异地办学的想法。学校总的土地面积，虽然不算小，有四百亩，但是由于分散为六个校区，管理非常困难。学校合并后所发生的一系列事情尤其是学生外出春游发生车祸所暴露出的管理方面存在的问题，让他下决心要加强管理，而加强管理的最大的瓶颈就是校区分散。不解决这个问题，学校的管理难以加强。当然，今后也难以发展。

他看了文同志提交的"报告"，觉得基本体现了他的想法，于是，在"报告"上签署了他的意见：

"此报告已阅。请文同志处长召集有关人员进行讨论并听取意见，然后，再进行整理，形成方案，报学校领导。”

张雪峰接过林志刚送来的《关于清江学院整体搬迁异地办学的报告》的批件，立即转批道：“请急送复印件给文同志处长。”

从林志刚签署意见，到文同志收到批件，前后不到十分钟。因为张雪峰他们早就盼望着林志刚下整体搬迁异地办学的决心了。

文同志也是雷厉风行的人，接到批件，马上决定下午召开听证会。

会议在学校本部行政大楼二楼会议室召开。参加会议的各方面代表二十八人，除两人有不同意见外，二十六人都赞同整体搬迁异地办学。这两个人，一个是原农专的一名退休老教师王好，他认为，整体搬迁异地办学可能会造成学校办学历史文脉的断裂；另一个人是满脸麻包的秦风，他认为，整体搬迁异地办学劳民伤财，教师住到新校区，会影响生活和工作。

林志刚在当天下午下班前，就听取了文同志的汇报，认为听证会开得好，同志们说的意见有道理，就是反对的两位同志的意见也有道理。当即决定提交第二天召开的校长办公会。

在校长办公会上，想不到王学会、黄威都一致同意整体搬迁异地办学，并且认为越快越好。这一下增强了林志刚整体搬迁异地办学的决心。

下午，半个月召开一次的党委会破例提前召开了。

林志刚简短地说了提前召开党委会的原因，就请文同志汇报整体搬迁异地办学的情况。

文同志做事很认真，专门拟定了汇报提纲，他先介绍接受任务、进行调研、召开听证会、列席校长办公会的情况，然后，陈述整体搬迁异地办学的理由和新校区建设的基本想法。

林志刚听了汇报很满意，不断地点头。

文同志汇报完毕，已经是满头大汗，尤其是那光光的头顶冒出的汗珠，坐在两三排外的领导都能够清楚地看到。平时，他的光头就发亮，加上亮晶晶的汗珠密密麻麻地伏在上面，在办公室天花板白炽灯的照射下，格外发亮。

汪兰看着文同志的头顶，想起同志们给他取的“亮头镇长”的称号，禁不住“扑哧”一笑。开始她听人说，文同志当了亮头镇长，还以为是真的调任清江地区川硐区亮头镇当镇长，后来知道是指他的“亮头”，当场就笑得流出了眼泪。现在想来，仍然觉得好笑。

同志们听到汪兰“扑哧”一笑，都把眼光投过去。

汪兰见大家都看着她，觉得不好意思，本来就红的脸一下又泛起了一片红潮。

林志刚已经听说江枫桥对整体搬迁异地办学有些想法，为了不影响整体决策，他不想让江枫桥先发言，但又找不到恰当的理由。他正在为此而烦恼，一见汪兰的不经意的笑声引起了大家的注意，灵机一动，就微笑着半开玩笑地说道：“大家都关注我们年轻漂亮的汪主席，那就先请汪主席说说意见，怎么样？”

“好啊！”

“好！”

“……”

连江枫桥也没有看出林志刚微妙的心理变化，也点头说：“好！”

不过，汪兰知道，林志刚叫她先发言绝不是乱点将，她能够领会他的意思，更何况她也认为只有整体搬迁异地办学，学校才能形成合力，走出困境。首先在党委会上发言表明态度的机会来了，她也决不会放过，她要全力支持这个事情。于是，她马上调整情绪，正襟危坐，打开她的笔记本开始发言：

“我这里正好有一组教育部对本科院校的基本要求的数据：普通本科学校生均占地面积应达到六十平方米以上。称为学院的学校，建校初期的校园占地面积应达到五百亩以上。我们清江学院如果按一万五千人大学的标准来建设的话，至少需要土地一千三百五十多亩，如果按一万人大学的标准来建设的话，至少需要土地九百多亩。而我们现在的全日制在校学生已经超过五千人，显然，建设目标不可能只是一万人大学。我们清江学院六个校区土地之和只有四百亩左右，要办成一万五千人的大学，还差土地九百五十多亩；就是按一万人大学的标准来建设，也差土地五百多亩。我是学数学的，就从数字来看，从上面的分析，我们必须想办法扩大土地面积，否则连基本的办学标准都达不到。而要扩大土地面积，指望清江地区拿很多钱给我们买土地不可能，靠我们自己办学经费来征土地更不可能。出路只有一条，那就是用市场上比较高的价格出让老校区，请求清江地区政府按行政划拨的方式低价征地，这样我们就可以在几年之内重建一所现代化的大学。”

林志刚开始只希望汪兰能够带头表个态就行，让他吃惊的是，她居然从数据的角度，讲了那么一通道理，而且让他都有点热血沸腾了。要不是作为主要领导不便先表态的话，他一定表示肯定了。

其他几位领导都点头表示赞许。就是江枫桥准备了一肚子反对的意见，面对汪兰的一席话，好像也说不出口了，但江枫桥毕竟是江枫桥，他想只有从汪兰的话中找出破绽，才能说服大家不搞整体搬迁异地办学，其他理由碰上汪兰的这一串数据，都是苍白无力的。汪兰说完后，见林志刚转过头看他，江枫桥就说道：

“建校之初只需达到五百亩。我们也只差一百亩了。整体搬迁异地办学，我看倒不如保留现在的六个校区，再请求清江地区行署按行政划拨的方式到城外低价征地一百亩，来得更快更轻松。现在整个常规管理的任务都很大，还要进行教育教学、行政、后勤管理的改革，又要搞整体搬迁异地办学这么大的工程，同志们，我们没有三头六臂，我们完成得了吗？”

汪兰插话道：“建校之初只需达到五百亩，是指学院类学校，而我们今后会更名为大学，迟早都会成为大学类高校。”

江枫桥只好说：“那倒是，那倒是。”

林志刚却觉得江枫桥后面的话讲得有道理。是啊，整个常规管理难度都很大，还要进行教育教学、行政、后勤管理的改革，又要搞整体搬迁异地办学这么大的工程，我们干得了不？听了江枫桥的话，他沸腾的热血一下凉了半截。

紧跟着心直口快的王学会说了在校长办公会上相同的话，杨盛军也表态支持，没有更多的话。

全校五个党委委员，其他四个都已经发言了，形成整体搬迁异地办学的决议倒是没有问题了，但是林志刚自己反而有些犹豫了。这一巴掌拍下去，虽然轰轰烈烈，但不知道会遇到多少困难。见大家都在等他最后表态，他动了动身子，缓缓地说道：

“听了大家的发言，我觉得，清江学院的老师们有福气，清江学院有希望，因为有一个好的党委领导班子，党委领导班子的每个成员都是有思想有头脑有责任心有忧患意识的人。”

林志刚喝了一口茶，继续说道：“枫桥副书记说的有道理啊，这正是我迟迟下不了决心的原因所在，常规管理刚刚上道，而且问题麻烦不断地出现，让我们有些防不胜防，搞得我们心力交瘁。学校改革，是整个教育发展的大趋势，也是我们学校发展的必由之路和亟待开展的工作。但是，不搞整体搬迁异地办学，不仅当前分散的管理成本大、管理难度大等问题解决不了，而且，未来的可持续发展没有空间，我们如果错过了现在扩大校园土地面积的机会，那我们将对不起我们学校的未来。我有时也想，就当个维持校长，抓好现有的管理，那会轻松得多，会少掉许多根头发。但是，那不是我林志刚的性格，所以，我冷静下来，一想到学校未来的发展，我觉得别无选择，必须下决心在抓好常规管理、学校改革的同时开展整体搬迁异地办学的工作！”

林志刚的话还没有说完，办公室就响起了掌声，包括江枫桥也被林志刚有理有据、情真意切的话语感动，鼓起了掌。

林志刚激动地说："谢谢！"

"这是学校党委会，尽管大家都发了言，但是，我们还是要按程序，进行举手表决。下面，同意整体搬迁异地办学的，请举手！"

随着林志刚的话音刚落，五个党委成员的五只右手都齐刷刷举了起来。这齐刷刷举起来的五只右手，虽然在办公室只停留了不到十秒钟，但是它在清江学院的历史上却具有里程碑式的意义，后来清江学院的每一步发展，都证明这次会议的决策是正确的。当然，这次决策也给清江学院的建设者带来了无尽的艰辛和数不尽的困难。

张雪峰和文同志，他们一个作为会议记录人员、一个作为工作汇报人员，见证了这次会议的历史场面。

刚刚散会，林志刚还没有走回到自己的办公室，他的手机就响了，打开一看，原来是爱人黄群打来的，急忙按接听键，问道：

"喂，小黄，有事吗？"

"没事就不能找你吗？"

林志刚快步走进自己的办公室，顺手把门关上，说：“你在哪里呵？”

“我在哪？我带着你和几位美女的照片找你算账来了！”

“啊！什么照片啊？”

“见面再说！”对方说完，就把电话挂了。

林志刚呆立在办公室。

他一时想不起什么时候和哪几位美女照了相。

清江需求

在学校行政大楼三楼会议室，林志刚主持了一次别开生面的讨论会。参加会议的有副校长王学会、教务处处长杨昌明、科研处处长王长忠、组织人事处处长娄青、经济管理学院院长王发生、党政办公室主任张雪峰。

林志刚说："我今天召开一次务虚会，讨论一下学校与地方的关系问题。最近，我到我们学校政法学院调研，他们给我汇报了他们学院成立的中国儒家文化研究中心；到人文学院，他们给我汇报了成立中国当代文学研究中心；到教育学院，他们给我汇报成立中国教育问题研究中心；到经济管理学院，他们给我汇报成立中国当代农村经济研究中心。不知大家对这些研究中心怎么看？"

大家你看看我，我看看你，不知道林志刚到底想说什么，也就只好保持沉默。因为大家平时看惯了这些中心的牌子，觉得没有什么问题。

林志刚见大家不说话，就接着说："这些被冠以'中国’的研究中心所需要解决的问题，该不该研究，回答是肯定的，但是清江学院的老师们能不能解决这些问题？”

“确实难以解决。我们学院在讨论成立中国当代农村经济研究中心的时候，只是觉得这些问题应该研究，并且这个研究中心的名字很响亮很大气很有大学味，是真正的阳春白雪，就定了这个名字。”王发生说道。

张雪峰接过话题说道：“我知道中国当代文学研究中心的来历，这个中心是我们原清江师专中文系成立的，想法和王院长说的差不多。这个中心成立至今，基本没有什么成果，就是挂个牌子撑撑门面而已。”

“这些中心的牌子倒是都做得比较大。”王学会说道。

张雪峰继续说道：“在这里，我还想说一个现象——在我们学校人文学院有相当一部分老师都是很高傲的，在他们眼里，地方这些作家作品都是下里巴人。林校长刚来不久，对人文学院龙群生老师写的关于我们清江地区作家作品的评论文章做了表扬性批示。有老师就认为林校长批示的导向有问题，不应该倡导研究地方文学，而应该研究贾平凹等当代文学大家才行。我当时不敢把这些说法讲给林校长听。因为我自己也没有想清楚。现在看来，我们学校是该把这些事情理清楚了。”

“确实我们过去也没有想清楚。”杨昌明习惯性地摸了摸他的深黑色的眼镜框，说道，“不过，从我自己的科研看，我研究的都是我们桃源山上的东西，我发现的以我的名字命名的蜘蛛就是在桃源山发现的。不研究地方，我们就没有立足之处。不研究桃源山的蜘蛛，我也就评不上教授。桃源山值得研究的东西太多了。桃源山丰富的生物资源，是我们清江学院取之不尽用之不竭的大宝藏，我们一定要在桃源山上做文章！”杨昌明说得有些激动。

“唉！我们过去都糊涂啊！”王学会说道。

“不过，我们也不能排斥有的老师能做一些国家层面的大项目。”王长忠怕刚刚起步的国家社会科学基金项目和国家自然科学基金项目申报热情冷下来，就说了这样的想法。

“国家层面的大项目确实也需要。”娄青插话道。

王长忠见有人支持，就接着说他的意见：“比较有名的大学都比较注重国家社会科学基金项目和国家自然科学基金项目的申报与争取。这些课题不争取，就很难在今后的竞争中占据优势地位，产生较大的影响。”

林志刚见大家都相继发表了意见，就请王学会谈谈他的看法。王学会见林志刚点名要他发言，说道：“今天听了大家的讨论，我很受启发，也很惭愧！过去对这些问题还真没有认真想过，以为这些是小事，各个二级学院他们愿意怎么做就怎么做。现在看来，这些事还真得讨论清楚。‘高大上’的，当然好，但我们干不了，我们只能从我们身边的做起，我们期望能够做顶天的大事业，但还是要从能够立地的事做起。我赞成强化对地方的服务，对地方经济的服务，并且要大讲特讲。”

林志刚接着说：“学会校长和大家都讲得好。大学发展的历史告诉我们，大学有多种类型，比如像清华、北大，就是研究型大学；像我们省的老牌大学，就是教学科研并重型大学；像我们清江学院这样新建的地方综合性大学，就目前的办学现状来看，基本上是以教学为主，兼做一点科研。研究型大学的主要任务是进行科学研究，经费由国家划拨，不依赖地方政府；教学科研并重型大学的主要任务是进行科研和培养人才，经费主要由省（部）级财政划拨，也可以不依赖地方政府；以教学为主兼科研的大学，就不同了，这些大学一般都是地方政府举办的大学，经费由地方政府划拨。试想，我们清江学院不主要为清江地区服务，清江地区为什么愿意出钱办这所大学？清江地区开办我们这所大学，就是需要我们为清江地区服务的。只有为清江地区服务，我们的教学服务型大学办学定位才能落到实处。所以，我们应该高举为清江地区服务的旗帜，强化大学为地方服务的功能。如果我们清江学院不强化服务地方的意识，久而久之，就会失去清江地委、政府对我们学校的支持。开办方不重视，我们还怎么办学？更重要的是，只有强化服务地方的意识，才能够从地方获取资源，我们地方本科院校与地方经济社会发展有着千丝万缕的联系，在获取地方资源、打造地方特色方面更是有得天独厚的优势。因此，我们应该面向地方，为经济社会发展尤其是产业发展培养人才。如果‘眼睛向上看’，甚至长期蜗居在象牙塔内，蜷缩办学的触角，是不可能把学校办好的。所以，我们要走服务地方、服务清江地区的办学之路。”

王学会插话道：“是啊，我们作为地方开办的大学，就应该首先定位在为地方社会经济文化服务上。我们办教学服务型大学首先就应该服务大学所处的区域啊！”

“对，就应该服务我们所处的区域，就应该强化为地方社会经济文化培养人才和直接为地方提供技术和智力支持的意识。绝不能好高骛远，跟着清华、北大以及我们省老牌大学的屁股后面走，永远都无法超越它们。但是我们走特色办学的路子，说不定，他们有一天会对我们刮目相看。”杨昌明附和道。

“不过，过去办什么样的学校，怎么办学，好像也不需要我们做过多的思考。但是，现在是八仙过海，各显神通，学校办成什么样子？学校怎么办？需要我们探索和思考。清江学院就像航行在大海中的一艘船，我们大家就是把握航向的舵手，我们要把这艘船带向何方？把这个问题想清楚了，我们就不会迷失方向。”

王学会打心眼里佩服林志刚对办大学的思考，确实，把这些问题解决了，清江学院的发展蓝图就清晰了，就像大海里航行的船只看到了灯塔一样。王学会略一沉思，接着说道：“要强化为地方社会经济文化发展服务，那我们就得研究清江地区社会经济文化发展的情况。”

“对！我们得根据清江需求培养人才、进行科学研究和社会服务！当然，根据清江需求，不能只做清江标准，要努力做省级标准、国家标准甚至国际标准！你们看桃源山的黔金丝猴研究不是清江需求吗？但是桃源山管理处的研究员们把黔金丝猴研究做到了国际水平、国际标准。我之所以提出不能只做清江标准，就是希望老师们尽可能把水平做高。我们倡导做清江需求，但也不能仅仅局限在清江需求，如果有老师能够做省级需求乃至国家需求，也要支持。长忠啊你也不用担心，我们要给清江需求开一扇门，同时，也给省级需求、国家需求开一扇窗，我们倡导做省级标准、国家标准、国际标准，但也承认清江标准。所以，我想学校能不能用‘清江需求，国家标准’的理念来引导我们的人才培养、科学研究和社会服务？”

林志刚的话还未落音，王学会、娄青、张雪峰等纷纷点头表示赞同。

王学会急忙掏出笔记本把林志刚刚说的“清江需求，国家标准”的话记了下来，并说道：“那么，我们的专业就应该围绕着清江地区的需要来设置，并努力做成一流专业。”

林志刚想，王学会确实不愧是当过多年大专校长的人，对业务很熟，有这样一个助手，他很满意，于是，肯定道：“学会校长，你说得很对啊，我们今后新设专业就首先要看清江地区的社会经济发展的需要。不需要的坚决不上。要改变过去根据师资设置专业的观念。”

“不仅仅是专业设置要考虑清江需求，科学研究和社会服务更要考虑清江需求。”杨昌明补充道。

林志刚的“清江需求，国家标准”的理念，后来成为清江学院紧贴地方社会经济发展的名言。就是这句话，形象地表达了林志刚办学的新理念，使清江学院的干部和教职工一下明白了清江学院的总体发展方向，明白了教学服务型大学的核心要义，也说出了清江地委、行署对清江学院的期望和要求。

旅台见闻

林志刚参加了一个由大中学校长组成的赴台湾清江教育考察团，并担任团长。他们考察的第一所学校是南港工业职业学校。学校不大，公路横穿而过，把校园一分为二，一边是教学区，一边是实习工厂区。车子到达时，面部棱角分明、略显瘦削的陈远近校长早已等候在办公大楼前了。考察团一下车，办公楼前的横条状的荧光显示屏就打出了“热烈欢迎清江教育考察团”的字样。看到这些，林志刚的心里觉得暖和，一下拉近了他们之间的距离，对于前往台湾的某些担忧也就慢慢地消除了。陈远近在二楼会议室接待了他们。从陈远近的介绍和对实习工厂的参观来看，台湾的职业教育是比较发达的。他们十分重视对学生动手能力和合作精神的培养。林志刚在他们的实习工厂里看到六个学生分三组正在按照老师的要求利用废旧物制作作品。一组在做一艘轮船，一组在做一架老水车，一组在做一个地球仪。老师说：安排两个人一组，就是想在培养他们动手能力的同时培养他们的合作精神。当今世界，如果没有合作精神，寸步难行。在参观他们实习工厂的过程中，陈远近一再夸他们正在做指导的一个名叫郑明的老师，说他的动手能力很强，是他们学校的业务骨干。

郑明中等身材，戴着一副金色边框的眼镜。他满脸笑意。

清江中学王小锋校长问他："周末来加班指导学生，学校要发给你加班费吗？"

郑明抬手摸了摸眼镜框，微笑着回答道："没有。这是我的工作。我自愿来的，学生取得好的成绩，也是我的成绩。"

大家都投去赞许的目光。在后来的参观中，他们最大的感受之一，就是台湾十分重视道德和人伦的教化，提倡奉献，提倡爱心，提倡诚恳待人，把教会学生做人作为教育的重要内容。不仅学校重视，家长和社会也很重视。在前往台东的途中，他们在一个海港吃中午饭。清江职中校长蒙俊秦正在看海，突然被从后面跑来的一个两岁左右的小孩撞了一下。蒙俊秦见是小孩，还生怕把小孩撞痛了，想不到，小孩的父亲走来，不问小孩撞着没有，而是非常严厉地要求小孩必须向伯伯表示歉意。那小孩没有迟疑，掉转头，恭恭敬敬地说："伯伯，对不起！”蒙俊秦在饭桌上说起这件事时还十分感慨。社会越进步，教育越发达，越应该重视对学生人格的培养，而且应该从娃娃抓起。否则，怎么构建和谐社会呢？

他们还参观了育成高级中学。由于在南港工业职业学校耽误了一点时间，他们到达时，已经是十二点过了。但是育成高级中学的杨万贺校长等还站在校门口迎接他们，他们很感激。这所学校刚组建四年，办学时间不长，但设备齐全，办学成规模，效益很好。他们参观了学校的图书馆，林志刚对图书馆实在不敢恭维，因为无论是图书馆的空间还是馆藏图书的数量，都不能和清江学院相比。这也难怪，林志刚在台中、高雄、台东等地都逛过书店。也许是碰巧没有看到大书店吧，所逛的几个书店都很一般，而且店里多是一些言情书籍。要不是回到台北时，他去逛了101大楼的书店，林志刚就会怀疑台湾的文化积淀了。101大楼的书店，设在四层，那一层楼基本上都是书店。这个书店里的书种类很多。在书架上，林志刚看到了比较熟悉的鲁迅、梁实秋、沈从文、余秋雨、莫言等人的作品。在书店里逛了一大圈，最后看中了写《乡愁》的余光中的散文集，买了一本，算是作为纪念。

在育成高级中学，林志刚一行还看了学校的体育设施。杨万贺告诉他们学校有六个标准篮球场。但是，林志刚边上楼边环顾四周，除了看到楼房还是楼房，心里犯嘀咕：篮球场在哪儿呢？

这时，只见一个年轻男教师跨前几步打开了通往楼顶的铁大门。

哦，原来他们把篮球场建在了楼顶！

世界之大，真是无奇不有啊。育成高级中学对空间的充分利用，让林志刚不得不佩服。

不过，在学校食堂吃中午饭时，却有一个小小的插曲。育成高级中学的人已在食堂坐着，当考察团到时他们已开始吃饭。这让林志刚他们有点不解，更何况，客人进去，也没人招呼。林志刚他们见中间一桌空着，勉强坐了下来。林志刚都感到有点尴尬，其中一位同行的朋友问咋办，林志刚想大概是风俗习惯不同吧，就示意大家也开始吃饭。这饭吃起来当然很沉闷，同行的人又提醒林志刚："是不是先过去敬杯酒，打破这种沉闷的局面？"

林志刚说："等等吧，我想，我们作为客人，远道而来，他们应先过来给我们敬酒。他们不至于这样不讲礼貌吧？如果真是这样，我们也绝不去给他们敬酒，绝不能让他们小看我们。"

好在没过几分钟，他们那桌的杨万贺就端着杯子笑眯眯地过来了，但这几分钟对于林志刚像过了几年。林志刚招呼大家也把杯子端起来。杨万贺刚走，他们家长协会的会长也端着杯子过来了。林志刚等人也就开始回敬。就这样，气氛开始热闹起来。你来我往，在酒杯的碰撞声中，积压在大家心中的阴影也就渐渐地烟消云散了。在饭桌上，林志刚把蜡染制品《清明上河图》赠送给他们，并说《清明上河图》代表繁荣、和谐和发展。他们非常高兴，也把准备好的礼品送给了林志刚。杨万贺还拉着林志刚的手照了相。

早上起来，房外已是阳光明媚。

考察团迎着阳光驾车从优仕大饭店赶往嘉义市一中。走进嘉义市一中，考察团就觉得这里的树很特别。从校门口到学校行政大楼门口的长长的大道两旁的大王椰子树整齐地高高地挺立着，微风吹来，椰子树的叶片微微地抖动着，像在欢迎远方客人的到来。高大的椰子树下的那一排沐浴在阳光下的黄金榕，闪着金黄的颜色，像在展示它的雍容与华贵。在校门口左转弯处的两棵高大的乔木——一棵是木棉花，一棵是樟树——也让他们驻足观望。在椰林大道底端南侧的几株全身翠绿的树，是比较珍贵的福木。福木是常绿的树种。据介绍，在台湾它很少开花结果，不过，一旦开花结果，那一颗颗黄色的果实挂在树上，极像热带的圣诞树。长在树人堂北侧的是印度橡胶树，它的叶片大而肥厚。在梅花池所在的草坪上，有直立的龙柏，有长着扁扁的枝条的侧柏，有高大的小叶南洋杉，有叶片比较宽大的罗汉松……可以说，嘉义市一中最有特色的就是这些树。这些树的生机蓬勃，这些树的高大挺拔，代表了学校的精神，正如林志刚在听了嘉义市一中校长对他们学校的介绍后，代表考察团讲话时所说的："校园绿树成荫，让我深深感到嘉义市一中历史的悠久，嘉义市一中给我的整体印象就像校园里的树一样庄重、伟岸与挺拔。"

在离开台湾的前一天，清江同乡会为考察团举办了晚宴。他们到达时，清江同乡会的饶德军会长早已恭候在门前了。饶德军虽已年过八旬，但身体很好，目光炯炯有神，见考察团到来，非常高兴，紧紧地握住林志刚的手，并一再地说："欢迎！欢迎林志刚团长！欢迎家乡的朋友们到来！"他和考察团的人一一握手后，就拉着林志刚的手和他一起走上二楼步入宴会厅。宴会厅里，清江同乡会的代表已整整齐齐地面对主席台坐了四排。饶会长首先讲话。他情真意切地回顾了过去，同时介绍了他回到清江的所见所闻，尤其对清江近十几年的变化大加赞赏。然后，按事先拟定的会议议程，要林志刚代表考察团致辞。

林志刚拿着话筒站起来，同乡会的代表抬头看着他，考察团的成员也看着他。他知道他的致辞对今天的宴会很重要。因为此时，他代表的已不仅仅是他自己，他代表家乡教育界，当然，也代表家乡的院校。因为，他是以团长、校长、教授的身份讲话的。他皱了皱浓黑的眉头，以平和的语调开头，首先表示感谢，他讲了来台考察的感受，介绍了家乡的变化，然后讲家乡的发展。在讲文化发展的时候，林志刚是这样讲的："家乡的文化和台湾的文化，一脉相承，都是中华民族文化的一部分，我们的文化里都有孔孟文化的基因，但由于地域的差异，我们家乡的文化与台湾的文化各有特色。台湾水陆交通便利，受外来文化的影响较大，更多地融合了外来文化中先进的东西。家乡的文化，不是孤岛文化，它需要与外界文化交流，只有在与外来文化的交流、碰撞中才能发展，才能进步。"在发表了对文化的看法以后，林志刚用十分真诚的语调说："各位乡亲、各位朋友，你们远离家乡，经历了'独在异乡为异客'的艰辛与苦难。我们同根同族，都是中华儿女，虽然你们远在台湾，但家乡的人民无时无刻不在牵挂着你们。我在这里代表我们所有考察团成员，代表我们清江学院，希望、期盼着你们有时间和机会到家乡走一走、看一看。到时，我们将在桃源山脚下、清水江畔恭候你们的到来，我们将以最热烈的方式欢迎你们，我们将用清江最美的酒招待你们！”林志刚的话音未落就响起了一片掌声。

台湾的天气不太好，雨天较多。但他们这次考察，天气却异常的好。而当他们离开力霸皇冠饭店，赶往飞机场时却下起了雨。

台湾的老谢早早地站在门口等他们下来。上车后，他对这次台湾之行进行了简短的回顾，然后自我检讨，说了很多歉意的话，而且还特地说道：“林志刚团长在私下给我纠正了两个字的读音，一个是莘莘学子的‘莘’，一个是地壳的‘壳’。”其实，老谢是很尽职很优秀的。他非常熟悉台湾的山川景物和民族风情，说话风趣幽默。他一开始和大家见面，就给大家留下了很好的印象。八九天的考察，更加深了友谊。他处处为大家着想，见大家疲倦了，就给大家说笑话，而且总是满脸带笑。汽车在宽阔平直的公路上快速地行进。老谢见大家都沉默不语，于是拿起话筒，打开了他的话匣子：“各位校长，你们都是搞教育的，搞教育的非常伟大。我们忠烈祠里就供奉着一位老师。她带一个班学生去远足，在一座山上，遇到一窝大黄蜂。她为了保护学生，情急中命令学生趴下，自己则挥着手把黄蜂引向另一边。结果是，学生的生命全保住了，而她则被大黄蜂刺得面目全非，没有来得及抬下山，就死了……”

一个多么伤感的故事，一个多么崇高的老师！大家都被这个故事打动了。林志刚虽然面对窗外，其实，整个思绪都沉浸在这个故事中，在想象这个老师把黄蜂引开被黄蜂叮咬的情景。林志刚为有这样的同胞而骄傲！

他们坐的汽车快到机场时，一向十分开朗的老谢，忽然用比较沉重的口气说：“我们马上就要分别，我给大家唱首歌吧！”

大家都鼓掌欢迎。

老谢轻轻地哼唱起来：“朋友啊朋友，我们就要离别，就要离别，再见吧，再见……”

大家都被他唱的歌感染，一种离别的愁绪霎时笼罩在车内。但他唱完歌却笑了起来。大家也被他逗得笑了起来。下车后，大家都要求和老谢合影留念，先照集体照，后一个一个和老谢照。老谢笑得很灿烂。但当大家就要走进检票处，一一和他握手告别的时候，他的眼圈潮湿了。林志刚走进里面的候机厅，转过身，见老谢还站那儿朝他们挥手，林志刚也再一次朝他挥手。见老谢远远挥手的样子，林志刚的眼圈也潮湿了。随着他们乘坐的飞机缓缓起飞，林志刚侧身透过机窗再次看到台湾岛，看到台北市，看到了台北市的公路和公路上奔驰的汽车，他想老谢可能就坐在其中一辆车上吧。于是，林志刚抬起头，眯起眼睛，想静一静，但心里却分明有一个声音在回响——再见了，台湾！再见了，台北！再见了，老谢！

评估调研

清江学院迎接教育部本科教学工作合格评估的工作已经启动，成立了学校评估工作领导小组，林志刚任组长，王学会任常务副组长兼评估办公室主任，其他校级领导任副组长，各相关部门负责人为小组成员。虽然学校所有领导都参加了评估领导小组，但是王学会知道，前期工作的推动，主要还是靠他去做。所以，他决定先调研摸摸底。参加他调研的有评估办常务副主任刘清和教务处处长杨昌明。

调研的第一站是师范学院。头发已经花白的师范学院院长蒋界冰也是清江学院最早的五个教授之一，在圆形的会议室里，他首先进行了汇报。在汇报的过程中，对教学地位的说法引起王学会的关注，待蒋界冰汇报结束，他就转身问杨昌明："现在我们已经是本科了，在专科时期，我们都是提'教学中心'，现在界冰院长仍然提'教学中心'行不行？"

杨昌明呷了一口茶，然后有理有据地说道：

“现在仍然沿袭专科时期的‘以教学为中心’的提法，已经过时了，落伍了。正确的提法应该是‘以培养人才为中心’。当今时代，一个大学生的成长成才，不仅是学校内所有综合教育资源共同作用的结果，而且是校内外教育资源共同作用的结果，因此，只有坚持以培养人才为中心，才能调动学校各方面的资源，形成育人合力。其实，《中华人民共和国高等教育法》第三十一条就明确规定高等学校应当以培养人才为中心，开展教学、科学研究和社会服务，保证教育教学质量达到国家规定的标准。这就告诉人们，教学、科学研究和社会服务都不是中心，中心只有一个，那就是培养人才。只不过，教学人员还是应以教学为中心，而非教学人员应以培养人才为中心做好本职工作，就高校全校工作人员而言，应当以培养人才为中心做好工作。当然，坚持以培养人才为中心，并不是削弱教学在学校的重要地位，教学始终是培养人才的主渠道，不把主渠道的工作做好，培养人才质量就会出问题。培养人才质量出了问题，就是学校的大问题。”

“可我们一直都是这样提的。”蒋界冰说了一句。

刘清接着杨昌明的话进一步说道：“在这里，我想说的是，教育部审核评估方案已经明确把‘人才培养中心地位’作为六大审核项目二十四个要素之一列进了考察范围。这对学校人才培养中心地位的确立很有好处。

蒋界冰还是有些想不通，就说道：“教学中心地位其实是指教学工作成为学校工作的重中之重，学校以教育教学为根本任务，学校各方面的工作围绕教学展开，服务于教学。我觉得也没有什么大的不妥。不过，既然评估指标明确了‘人才培养中心地位’，那就按照评估要求提。我没有意见。”

蒋界冰虽然表示认同了“人才培养中心地位”的说法，但心里的疙瘩还是没有解开。王学会见大家都抬头看着他，清了清嗓音，说道：“学校非教学部门及其工作人员是围绕教学部门和教学工作转，还是围绕培养人才转？是为教学部门和教学工作服务，还是为培养人才服务？显然，只能是为培养人才服务。所以，准确地说，教学是学校培养人才的主渠道，是教学人员的工作中心。那么，如何发挥教学的主渠道作用？首先，要消除‘主渠道’不如‘中心地位’重要的认识。所谓‘中心地位’强调的是学校各项工作都应该围绕它转；而‘主渠道’强调的是某项工作发挥主要作用。学校的中心是培养人才，在培养人才中，教学起主要作用。教学当然很重要，怎么强调它的重要性，都不会过分。开始我不理解林志刚校长说的‘课堂教学大于天’的理念，后来渐渐明白了，我们坚持这个理念，就能很好地解决中层干部在行政管理工作和上课时间发生冲突时应该如何选择的问题。当然，这既是对课堂教学的重视，也是对人才培养的重视。所以，说教学是主渠道，并不是说教学不重要，可以降低对教学的要求。其次，既然学校的中心是培养人才，而教学又是培养人才的主渠道，学校在人财物方面就应该向教学倾斜。但遗憾的是，有的学院口头上重视教学，却并没有真正落实。要想抓落实，关键还是要建立人财物向教学倾斜的制度和机制。”

“对！对！”蒋界冰一抹他那花白的头发就带头鼓起了掌，“不过，王校长，我们的实验仪器设备还是太少了，我们整个师范学院的仪器设备价值加起来也不到四百万，与评估指标要求相差比较大，请学校考虑。”

“是，是太少了。”杨昌明补充道。

听到师范学院关于实验仪器设备的汇报，王学会一脸的沉重。想起评估，他的心里就发怵。因为合格评估过不了，就意味着学校是不合格的大学，不合格就是要命的事，他王学会承担不了这个责任。

第二天早上，天空中的雾气还没有完全消散，王学会的办公室窗外香樟树的枝叶间还有薄雾在萦绕。他正站在窗前看外面的世界。医学院院长雷江带着他们教务科的杨水山科长来向他汇报工作。王学会请他们坐下，并给他们每人倒了一杯水，然后回到座位上听汇报。雷江说：“我们对学院的教学仪器设备进行统计，全院不足两百五十万。”王学会盯着他们问：“老雷，是不是统计错了？”在王学会的想象中，医学院的仪器设备不可能那么少，至少也应该有一千万到两千万吧。雷江苦笑了一下，很明确地回答道：“王校长，没有错。我们反复核实了，就只有那么多。”王学会沉思了一会儿，问道：“附属医院的设备统计了吗？”雷江如实回答道：“附属医院的设备确实没有统计。我们马上派人进行统计。不过，我知道，没有多少，最多五十万。”

王学会去过他们附属医院，就说：“不止吧？”

“只有那么一些。”

后来统计的结果，确实就只有五十余万。也就是说，医学院的仪器设备总价值当时只有不到三百万。三百万的仪器设备怎么办一所大学的医学院，甚至不够建一个实验室。而当时的现实就是这样，他王学会不接受也得接受。

王学会的办公室虽然很窄很小，只有十来平方米的一小间，但是，他觉得很好。在没有人来办公室找他的时候，他喜欢站在窗前看常年翠绿的香樟树，看香樟树上叽叽喳喳不停地鸣叫的麻雀或画眉，看香樟树叶片上太阳照射留下的淡淡的光波；抑或什么也没有看，就这么呆呆地站在窗前，想学校的事，比如想学校怎么就只有这么一点实验仪器设备，怎么改变目前窘迫的现状等；甚至什么也不想，就在窗前静静地站一会儿。

每年学校的收入实在太少，除了维持教学等工作正常运转，基本上没有多余的钱。但是他还是想方设法筹集资金逐年加大对实验实训建设进行投入。他知道，学校没有一定的实验实训条件，是难以把人才培养好的。在黑板上讲养猪、讲种菜、讲给人打针是不行的。

他给医学院建设的第一个实训室是护理模拟病房。花的钱不多，却建设得不错。每次外面有领导和专家来校，很长一段时间就只有带他们去看护理模拟病房和解剖实验室。说起解剖实验室不能不提到两个人。一个是汪学琴，一位五十多岁的老师。王学会第一次认识她是去医学院检查工作，她主动与王学会打招呼并热情邀请他去看她的地下解剖室。解剖室比较暗，有一个小水池。水池边上放着一块木板。木板上放着一具正在被解剖的尸体。汪学琴指着那具正在解剖的尸体，告诉王学会，希望学校重视对尸体的寻找。她说，现在要找一具可供解剖的尸体很难。王学会这样近距离地看对尸体的解剖，还是第一次，心里发怵，不敢直视。汪学琴还在津津乐道地介绍，像在给她的学生讲解剖课。王学会只好打断她的话，说这里的福尔马林味道太浓，他的喉管有些受不了，就离开解剖室了。后来汪学琴再邀请王学会去看她的解剖室，王学会就用其他理由推辞了。另一个人是陈树明。他也是解剖课教师。据说，他见到尸体眼睛就要发亮。有一年夏天，他做一个尸体标本，一时做不好，怕腐烂，学校解剖室又没有冰箱，他就悄悄地把还未做好的标本用塑料口袋装好带回家放在冰箱里。第二天他爱人打开冰箱，标本从冰箱中滚了出来，把她吓了一跳。他爱人一气之下把他告到了学校。陈树明做的婴儿血管标本活灵活现，还获得过清江地区科技进步奖。他还发表了多篇研究论文，出了不少研究成果。王学会看到和听到这些事，他很受触动。所以，办学尽管很困难，但是有这样一批教师，他相信没有办不好的学校。

合格评估

自听取大家的评估工作准备情况汇报后，林志刚叫刘清负责的评估办把教育部下发的有关评估的文件都拿一份给他，他认真研读了几遍，发现本科院校评估方案和高专院校评估方案的基本精神及评估方法是大致相同的，心里也就有了底。但为了进一步弄清楚评估的情况，他在刘清等人的陪同下，到北京拜访了教育部高等教育教学评估中心院校评估处的领导，就新建本科院校发展定位及本科教学评估的几个关键问题进行请教。在北京的两天，他还见到了他想见的领导和朋友，获得了许多新的信息。

清江学院的评估工作领导小组虽然成立了，林志刚也多次听取评估工作情况汇报，但客观地说，他对迎接教育部本科教学工作合格评估并没有足够的重视，因为他相信王学会能够把评估工作抓好。直到学校派人到已经接受评估的学校学习考察归来，讨论部署学校评估工作时，发生了一些观念上的冲突，他才开始把工作的重点放在迎接评估上来。

为了把评估工作做好，由王学会带队先到省内已经接受合格评估的学校学习考察，学习考察回来后，他们提出了两条建议：一是加大实验仪器及设备采购，完成基本指标任务；二是用一千万元将老校区的校园全部翻修一次，因为接受合格评估的几所学校的校园建设都比清江学院好。林志刚认为，加大实验仪器设备采购，是应该的，但是拿一千万资金用于老校区的翻修没有必要，因为新校区已经开始建设，并且主体建筑已经完工，再为老校区花钱不值得，只要整洁有文化气息就行。但为了慎重起见，他亲自带队去了一所已经接受合格评估的学校考察学习。在考察学习的过程中，他感到迎接评估最大的问题，不是做材料，而是观念的转变。于是，他当机立断终止了考察，其他人打道回府，他则在王学会、刘清等人的陪同下再次前往北京。他要搞清楚评估的真正要义。在此之前学校基本上是以准备材料为主。在北京拜访了有关领导和专家，印证了他的基本判断：主要还是办学理念问题。

之后，清江学院召开各系部工作汇报讨论会。会议由王学会主持，会上，各学院院长分别汇报所在学院的办学情况，并回答与会人员提出的问题。在各学院汇报讨论工作结束后，林志刚做了总结讲话，重点讲了服务地方、校企合作、工学结合、开放办学、双师素质教师培养、专业设置、特色办学、教材选用、国际化办学、人才培养中心、清江需求、教师和学生发展十二个方面的理念。为了帮助广大教职工更新办学理念，除林志刚讲以外，学校还先后请了复旦大学的孙祥教授、合肥大学的蔡明教授、大连民族大学的白霞教授等到学校讲新建本科院校的办学理念。应该说，这些专家学者带来的新理念，在清江学院教职工中引发了头脑风暴，为学校迎接评估奠定了坚实的观念基础。

时间在依旧前行。不久省教育厅高教处派专家组到清江学院进行预评估。评估发现很多问题，尤其是清江学院仪器设备总值只有三千多万元，其中有一台计算机方面的设备就价值一千多万元，每年服务学生不足一百人。本来生均仪器设备值就不高，如果单台设备价格高却服务学生少的这台设备不算，生均仪器设备值就达不到最低要求了。林志刚平时睡眠比较好，那天听了意见反馈后，晚上辗转反侧久久不能入睡。他知道，这是硬伤，确实暴露出学校在实验室建设方面的严重不足。第二天早上，他到评估办主持召开了由王学会、刘清等参加的会议，专题研究生均实验设备值严重不足的问题，大家认为必须紧急采购实验设备，最后议定，马上动用实验设备储备金三千两百万元，进行采购。学校其他领导也很赞同。正式评估的专家组进校前，学校仪器设备总值已达九千六百多万元。

正式评估汇报会的地点设在新校区。虽然新校区还是一片工地，但是老校区实在太小太旧，根本不像一所大学。新校区一切都还非常简陋，在专家组快要到达时，汇报场所突然断电，幸好只一会儿就修好了。汇报会按时举行，给林志刚的汇报时间是二十分钟，他是站着汇报的。他经历过多次这样的场面，也演练过多次。汇报的声音、语调、语速和情感等，都把握得不错，以至于他汇报到动情处，王学会、汪兰、娄青都禁不住掉下了眼泪。

在参观新校区时，专家组成员姜峰教授说："你们的新校园建得不错，学生宿舍全国一流，但是仪器设备总值还是少了一些。"林志刚一听，倒吸了一口凉气，禁不住轻轻地发出了"哦"的惊叹声，然后问道："姜峰教授，你们学校的生均仪器设备值现在是多少？"姜峰教授说："我们学校不高，生均有三万多。"不听则已，一听更让林志刚吓了一跳："哦，三万多。我们下一步争取加大投入。"林志刚抬起头看了一眼雾蒙蒙的天空，继续陪着专家们往前走。可想而知，他的心情是十分复杂的，既感到与北京化工大学等全国知名大学的巨大差距，又为紧急决定采购三千两百万元实验设备而庆幸，否则，还真过不了关。

参观新校园后，专家组坐车返回老校区听课和进行访谈。专家住在宝鑫大酒店，到新校区走的是滨江大道，车道宽且直，很好走；返回老校区时，为了节约时间，走的是清水塘老路，比较窄，且九鬼坡正在施工，但距离比较短。林志刚的轿车走在前面，刚刚走过九鬼坡的施工处，专家组坐的大巴车就被堵在路上了。他下车步行返回去看，只见王学会正在那里疏通车道。他和王学会都知道，时间很急，必须在第三节课上课之前赶到教室，否则，就影响了专家组的工作。幸好，在王学会的指挥下，不一会儿，道路就疏通了。后来才知道，王学会近乎哀求那些车子让路。那些车主也很不错，都主动让了道。这个插曲，虽然差点误事，但是王学会亲自下车疏通道路，让专家们感动。

林志刚是校长，所有的专家都对他进行了访谈。汪清教授是在对教务处、物电学院、农学院等的教职工进行访谈后，来到他的办公室的。汪清身材高大，面色沉静，一进门，就对他说：“林校长，您觉得哪个学院的办学理念最符合您的想法？”

林志刚略一迟疑，就试着回答：“农学院，还有……”本来他想说还有物电学院等，话还没有说完，就被汪清打断了："对！农学院。您要是对这一点不清楚，就不是好校长。"

林志刚说："谢谢汪教授的肯定！"

汪清接着说："与农学院赵靳院长他们交谈，很愉快，让我看到了你们学校的希望。他们非常清楚，二级学院是人才培养的主体。"

林志刚说："是的，二级学院既是人才培养的主体，也是科学研究和社会服务的主体，而学校仅仅是办学的主体。"

汪清点头赞同林志刚的看法，并进一步说道："明白了这一道理，才能把'学院办大学'的理念落到实处。因为'学院办大学'实际上就是构建以二级学院为办学主体的大学内部治理体系，赋予二级学院更大的办学自主权，充分发挥二级学院的主动性、能动性和创造性。"

"是！清江学院一直在力推'学院办大学'。"

"'大学办学院'不可能把学校办好，因为其在校院关系上，学校处于支配的、主导的和强势的地位，二级学院处于被支配的、依附的和弱势的地位。这自然会极大地制约二级学院改革发展的积极性、主动性与创造性，会影响整个大学的办学活力。"

"我非常赞同汪教授的观点。"

"这也不是我的观点，是我们学校石教授的观点。"

……

他们两个就这样交谈了半个多小时。汪清感叹中国没有真正的大学。他说，这不是他的感叹，是北京师范大学某分校校长的感叹。当有朋友问这位分校校长："您由北京到这里办分校，是为了什么？"这位分校校长说："为了办一所真正的大学！"汪清说到这里，禁不住抹了抹他的眼睑，显然是为这位分校校长的大学情怀所感动，接着说道："这位分校校长把这话告诉他的朋友后，回到家里，一个人躺在床上，想中国的大学和他心目中的理想的大学，竟然泪流满面。"

林志刚听了汪清的这一番话，既震惊，又敬佩，还产生了深深的思考。震惊的是，我们中国目前有那么多大学，并且有北京大学、清华大学等一大批在世界上有影响力的大学，为什么这位分校校长会说"中国没有真正的大学"？是危言耸听吗？不！像已经当上北京师范大学分校校长这样的人，绝不会胡言乱语、道听途说，一定是有他自己的思考、他的根据、他的理由的，或者说，有他独特的心目中的大学模样，有他的大学理想。那么，他林志刚心目中的大学理想是什么？他该把清江学院办成什么样子？

黑格尔说，一个民族有一群仰望天空的人，他们才有希望；一个民族只是关心脚下的事情，那是没有未来的。林志刚想，作为学校领导，也一定要仰望清江学院的星空，关注清江学院的未来，聚焦清江学院的发展。

送走了评估专家组，林志刚还在暗自思忖：自己是不是在办一所真正的大学？

硕点争取

合格评估结束后，林志刚亲自召开座谈会讨论清江学院的发展问题。黄威发言时，明确提出："清江学院合格评估已经结束，应该确立'上水平，出特色'的发展方向。"

林志刚觉得很有道理，他说道："'上水平，出特色'完全可以用来表述清江学院发展新阶段的总要求。在'上水平，出特色'的发展阶段与由专科向本科转型并争取成为合格本科的阶段，学校的使命和面临的环境不一样。由专科向本科转型并争取成为合格本科的阶段，一切工作的指向是合格，而在'上水平，出特色'的发展阶段，一切工作的指向已经发生了变化，包括两个方面：一是上水平，一是出特色。怎么上水平？怎么出特色？"

林志刚的话音刚落，校团委书记赵晴雯举手要求发言，林志刚说："好！大家敞开说，有想法都只管说，说错了也没关系。"

“说错了也没关系”，这句话，林志刚在不同的讨论会上说过多次。正因为林志刚有这种态度，在清江学院形成了什么话都敢说的氛围。

赵晴雯莞尔一笑，用她那像黑宝石一样光亮的眼睛扫视了大家一眼，然后说道：“国家在倡导应用转型，我们清江学院也明确了应用转型的办学定位。我有点弄不明白是应用转型重要还是上水平重要？”

汪兰说：“应用转型与上水平其实并不矛盾。应用转型是对我国地方普通本科高校进行的一次重大的历史性变革。清江学院是这场历史性变革的实践者。我认为，应用转型的过程既是转向服务社会、强化应用的过程，更是学校在应用转型的过程中获取各种红利走向高水平的过程。回顾清江学院走过的应用转型历程，学校采取的各项应用转型之举，都是指向如何推动学校走向高水平的。所以，推动学校走向高水平，既是清江学院应用转型的特色所在，也是学校发展的内在选择。”

“对啊！过去一段时间，我也有小赵的疑惑，我们要应用转型，培养应用型人才，有必要启动‘教授培育工程’和‘博士培养工程’吗？”杨昌明感慨地说。

王学会接过话题，说道：“应用转型，痛的是教师。要推动课程应用转型，教师也必然要进行应用转型。前一个阶段，我们在应用转型中注重将教师派往企业、行业锻炼及从企业、行业引进教师，拟定了双师型教师发展规划，并给双师型教师一定的津贴补助。这些做法和举措，是卓有成效的。但客观地说，我们对高水平教师队伍建设重视不够，尤其是对教师的教学与科学研究水平的提升重视不够。正确的做法是，我们既要重视应用转型，又要关注教师的教学与学术水平的提升与发展。这就要求应用转型本科高校的教师朝着如下两个方向转型发展。一是朝着高水平应用实践型教师的方向发展。就应用转型本科高校而言，仅仅提具有三年以上企业工作经历还不够，还应该根据学校发展的水平和阶段提出更高的要求，比如校级、省级乃至国家级技术技能大师，以及工程师、高级工程师，及其在实践型教师队伍中的比例等。这些规格和要求如何设置，怎么确定，需要学校认真研究，制定切实可行的办法和措施。二是朝着高水平应用理论型方向发展。应用型本科高校也是大学，是大学就需要有大师，只不过，应用型本科高校需要的主要是应用基础研究和技术创新方面的大师。这就需要进一步强化教师队伍尤其是提高双师型教师队伍中硕士、博士和教授比例。总的趋势应该是，逐步降低专科和本科学历教师比例，实现教师队伍的硕士化、博士化和教授化。这也是高水平应用型本科高校建设的重要标志。尤其要把高水平教师特别是专业领军人才培育作为学校建设的重点内容，引进和培养一批具有扎实专业理论知识、较强专业实践能力和科学研究能力的领军人才，切实提高教师队伍的整体水平。这样看来，抓教授和博士培养与应用转型并不矛盾。”

“我听明白了，应用转型也要理直气壮地推动各项工作上高水平。这确实是一个大的问题，不把这个问题想清楚，心里总有一些困惑，抓起工作来就不够主动。”娄青说道。

“有了一流的师资队伍，才能培养一流的应用型人才。”杨昌明说道。

“还应该在应用转型的过程中加强我们清江学院的内部管理，建立健全各种规章制度，提升学校的治理水平。”张雪峰从行政管理的角度谈了自己的看法。

一直没有说话的王长忠也禁不住插话道：“应用转型也应该产出高水平的科学研究成果，并在此基础上建设一流的学科。”

汪兰说：“我在参加国家教育行政学院学习时，袁部长给我们讲课就讲到一流学科建设的事。”

蒋界冰说：“这是好事！听了大家的发言，很振奋。清江学院要进一步提升，就必须加强学科建设。”

农学院院长兰静的发言，引起了大家的讨论。她说：“在学科建设方面，我有一些困惑。清江学院已经提出建设教学服务型大学的办学定位，我们现在又要求老师去争取国家自然科学基金项目，到底是争取横向课题重要还是纵向课题重要？我们的学科怎么建？是基础研究重要还是应用研究重要？”

汪兰说：“我们清江学院已经把学校的办学定位在教学服务型大学，教学服务型大学是典型的应用型大学。既然学校今后要走的是应用型大学之路，肯定应该大力倡导应用研究，建设应用性学科。”

王长忠说：“我们也不能放弃基础，基础研究还是要搞的。”

杨昌明也插话说：“不能都建应用性学科，也要允许学术性学科存在。”

“是的，我们在倡导应用研究、建设应用性学科的同时，也要给基础研究和学术性学科留下一扇窗。能够搞基础研究，也要让他们做，国家社会科学和自然科学基金项目等国家纵向课题要尽力争取，不能放弃。当然，我们更应该关注应用研究和应用性学科的建设。”汪兰接着说道。

兰静说：“我还是有些困惑。既然是走应用型大学之路了，就应该全力以赴建应用性学科。学校一直在倡导应用研究和应用性学科建设，但是学校制定的考核条款绝大多数还是关于基础研究和学术性学科的。比如我们学院张清语博士做的应用研究，很难得到学校的肯定。他这几年研究空心李，文章写得少，还影响了他的职称晋升。”

“兰静说得有道理。”杨昌明说道。

黄威吸了一口烟，说道：“这些情况确实存在。我们的制度还没有跟上，省里用的评价标准还是老的办法，是评价学术性学科的标准。其实，这也是我很苦恼的地方。一方面，作为大学，基础研究和学术性学科不能丢，要想让我们的脚步走得坚实、稳健、厚重，不管办什么样的大学都需要基础研究和学术性学科为支撑；另一方面，评价标准没有变，如果只是我们改变了，就很难得到肯定，也就会失去很多机会，失去很多资源。没有国家、省里的支持，我们肯定走不远。所以说要大力提倡应用研究和应用性学科建设，但是也要给基础研究和学术性学科留下一扇窗。更何况，基础研究和应用研究、学术性学科和应用性学科也不是截然分开的，它们也有交叉和交融，不是绝对的不同。”

王发生说：“我们不能争国家一流学科，争省里或者区域性一流学科是可能的。”

蒋界冰也说：“争区域性一流学科，完全可能。”

黄威说：“要争一流学科，怎么争？”

"引人才。没有一流的人才，不可能建成一流学科。"王学会说道。

"对。关键是人才！我记得美国著名的高等教育家弗莱克斯纳在他的《现代大学论》中说：重要的不是学科，而是人；人一走，学科也跟着走。我们清江学院发展到今天，应该在保持过去政策不变的前提下加大对领军人才的培养和引进。"汪兰最近开始看一些高等教育学方面的著作，说出了比较专业的话来。

赵晴雯说："下面有老师在问，'双百工程'完成后学校培养和引进博士的政策会不会变？"

"'双百工程'只是一个阶段性任务，是办学的基本要求，我想在教授和博士分别还没有达到两百个的时候，都不应该改变鼓励和支持的政策。学校的学科建设要上台阶，需要一大批教授和博士，没有他们不可能建一流学科，更不可能建一流大学。"林志刚回答道。

不知是谁说了一句："钱从哪里来？"

林志刚说："贷款啊！我看贷款三千万甚至五千万都行。"

"那好啊！能够贷款几千万，我们的学科就上去了。"汪兰非常支持贷款建学科。

黄威一支接一支地抽烟，以致那淡淡的烟雾老在他斑白的两鬓间萦绕，忽然，他把烟头往烟灰缸里一按，抬起头提出了另一个问题：“那么，我们怎么出特色？”

王学会回应道：“在合格评估前，林校长安排我们评估办归纳一下我们清江学院的特色。当时，我下到师范学院调研，他们提出‘党员教师下班级’是他们学院的特色，我很诧异。‘党员教师下班级’只能是他们学院思想政治工作的特色，而不是他们整个学院的特色，他们学院的特色到底是什么，我也讲不清楚。后来，通过讨论，我们逐步明白了，我们清江学院的特色应该在服务地方方面，通过这几年的培育，‘依托山区，服务发展’的办学特色已经逐步形成。”

“‘依托山区，服务发展’的办学特色，我知道，我是指怎么打造‘依托山区，服务发展’的办学特色？”黄威进一步解释自己的提问。

“哦，怎么打造‘依托山区，服务发展’的办学特色呢？我以为：一是要研究清江需求，并坚持‘清江需求，国家标准’的理念；二是依托清江的优势资源建设特色学科及其专业。我们清江的独特资源有哪些？桃源山的生物、生态资源，是我们清江地区的第一大资源，汞矿、锰矿资源也是清江地区的重要资源，还有清江地区的民族文化、民族教育资源，等等。我们清江学院就应该围绕这些独特资源建学科建专业。”

林志刚见大家都发了言，就把他想了很久的一个问题抛了出来：“学校应用转型，包括‘上水平，出特色’，到底为了什么？我们最终还是要推动清江学院上层次，不能只办本科教育吧？”

“是！应该做硕士研究生教育。合格评估办学定位已经提出要适当发展硕士研究生教育。”杨昌明说道。

“该做。”

“确实该把硕士点的争取提上议事日程了。”

大家纷纷发言表示赞同。

大学根本

林志刚回想两年多来对应用转型的思考，尤其是对清江学院办学道路的选择，有一种如释重负的感觉，同时也庆幸自己在清江学院发展道路的选择上没有出现大的失误。办一所大学，确实不易，尤其是要办一所真正的大学更难。一所大学的发展，就像一艘航行在大海里的船舶，要随时锚定航向，不能出现方向性的错误，哪怕遭受狂风暴雨的袭击，也要坚守。但如果发现航线偏离，就要当机立断，调正航行的方向。所以，大学校长要有敏锐的眼光和把握航向的能力，这些能力亦是大学校长所必须具备的最重要的能力之一。没有这些能力，就不是好校长。学校其他领导也要对学校的办学定位进行探索与思考，但大学校长有最不可推卸的责任。林志刚不能说他在这方面做得很好，但是他把引领学校发展当成自己的第一职责和最神圣的使命。新校区建设重不重要？重要。人才培养重不重要？重要。师资队伍建设重不重要？重要。科学研究重不重要？重要……但毕竟只是学校发展的某一个方面，而办学定位牵涉的则是整个学校的发展，并且对学校的未来产生重大影响。

教学服务型大学的办学定位正式确定后，林志刚虽然有一种轻松的感觉，但他知道，对学校办学定位的探索与思考永远在路上。

为了让更多由师专升格成本科的地方新建院校在朝应用型大学方向发展的道路上少走弯路，尤其是对应用科技大学有比较准确的认识，林志刚把他对应用型大学的思考，写成题为《应用型大学不等于应用科技大学》的评论文章，发表在《光明日报》上。

不久，在一次全国性的应用转型大学校长座谈会上，湖南省雷州科技学院的严江江校长提出应用转型需要逐步缩减师范类、文科类、艺术类专业，不断扩大与经济社会紧密结合的技术类专业，紧跟着的几位校长发言也谈了类似的看法。这些看法引起了林志刚深深的思考。

当轮到林志刚发言时，他讲了这样的观点："我所在的清江学院在推进应用转型的过程中，也遇到过类似的问题。通过讨论，大家认为这些问题不是小事，关乎大学的根本。既然是大学的根本，就不能随便丢弃。丢弃了大学的根本，就丢弃了大学本身。应用转型，只是办学类型的改变，而不是对大学本身的抛弃。因此，在转型中，要做到守正创新。对原有与经济社会发展不相适应的专业进行改造甚至停办都是可以而且应该的，但是完全另起炉灶，是不行的。人文艺术，不仅仅是综合性大学不可缺少的，就连许多世界上一流的理工科大学也有人文社科类专业，比如美国麻省理工学院就非常重视发展人文学科，设有人文和社会科学学院，产生了一大批人文学科学术大师，并在许多领域形成了具有世界影响的学科群。加州理工学院也一直对人文学科情有独钟，规定所有进入该校学习的学生均需在艺术史、音乐、历史、语言文学、哲学以及科学史等学科专业修满必修的核心人文课程。”

林志刚的一席话，在座谈会上引起大家的热烈讨论。严江江问道：“请问林校长，你的意思是不是大学类型的转变？”

“是！是大学类型的转变。”

“既然是大学类型的转变，那是不是要涉及大学专业的调整？”

“是！应用转型是需要调整专业，需要新增与经济社会紧密相连的应用型专业，但不能撤销传统优势专业。”

“那么，传统优势专业不适合应用转型怎么办？”严江江继续追问。

“对！难道传统优势专业就不转型了？”另一位名叫谭进步的校长也附和着说。

林志刚解释道：“肯定也要转，可以在服务面上转，转到服务地方经济社会乃至文化教育发展上。服务地方了，也就是应用了。这有什么问题吗？”

整个座谈会一片沉默。林志刚继续用他那带磁性的声音说道：“其实，我以为，应用转型只是大学类型的转变而非对大学本身的抛弃。从国家政策、学理、现实层面解读应用转型，可以看出，地方本科院校面临着从原有传统办学形态比如教学研究型、教学型等向新的办学形态比如应用型的转变，涉及高校内外系统的改革。所谓的应用转型就是以大学根本为基础，通过不断改革实现新旧理念、制度、组织形态的更迭，进而逐步实现应用型大学建设理想的实践过程。换而言之，应用转型是依托大学根本之上的大学类型转变。但是这种类型转变不能丢了大学根本。”

严江江继续问：“那么，请问，什么是大学根本？”

“何为大学根本？作为大学系统中最为重要的部分，不同的学者对大学根本有着不同的理解，从大学三大职能发展历史来看，培养人才是大学的根本，科学研究是大学根本，社会服务是大学根本。对于应用转型的地方本科院校而言，比如我们清江学院的师范类、文科类、艺术类等专业都是优势和传统专业，也是本校的根本，不能丢弃。应用转型，使新建本科高校与社会经济发展的关系更加紧密，大学对外部环境的适应性增强了。这无疑是好事。但是，在应用转型过程中，不能只顾外部环境，而不考虑大学的内在逻辑。大学的根本一旦丢失、漂移了，大学的内在逻辑力量自然就削弱了，甚至大学也就不再是大学了。因此，我们既要应用转型，又要坚守大学根本。”

严江江说道：“林校长，您的这些高见讲得有道理。不过，我还是对您说的大学传统有些不理解。您能不能再谈谈？”

“好！我只是怕耽误大家发言的时间。”

主持人龙新平教授说：“没关系，没关系，您继续说。”

林志刚清了清嗓子，继续说道：“翻阅大学的发展历史，意大利的博洛尼亚大学、法国的巴黎大学、英国的牛津大学和剑桥大学就像一坛坛陈年老酒，完全是由历史传统塑造而成，抛弃了历史传统就等于抛弃了它们的价值和存在。比如，牛津大学图书馆的古朴典雅、学袍穿着的讲究、像仪式的考试、校园人行道边的长椅以及餐厅就餐等都体现出无处不在的传统影响和氛围。地方普通本科高校亦不例外，不管是老牌的还是新建的本科院校，都在其发展过程中有着一定的历史积淀，形成了一定的传统，必须正视并正确对待这些既有的大学传统。大学传统弥足珍贵、独一无二。它紧密联系着大学的过去、现在及未来，深切反映着大学的过往种种，在大学这个复杂的系统中，传统犹如生物体的基因，不可剥离、不可重建，它从根本层面影响着大学的发展。这是高校应用转型的一条根本的底线，一旦超出界限，大学就可能变得面目全非，须知应用转型的目的不是破坏重构，而是更好地推动大学的创新发展。也就是说，大学在向着应用型方向转变的过程中，新旧制度可以更迭并不断重构，但对大学传统应继承，并加以扬弃。所以只有遵循大学传统这条底线，才能推动大学整个系统的有机运行，才能朝着应用型方向发展。简而言之，大学传统处于大学根本体系中的底线地位，地方高校改革创新无须全盘否定大学的历史和现实状况，应用转型亦不要公然违背大学传统。"

"那么，如何对待大学传统呢？"谭进步也跟着问道。

林志刚说："如何对待大学传统？问题的关键是要处理好变革与传统的关系。纵观西方大学几百年改革发展的历程可明显发现，正确认识、处理大学的传统与变革及其相互关系，是大学保持生命力的关键所在。传统与变革的互动是大学改革的永恒主题。我国地方普通本科院校的应用转型不能只考虑变革而置传统于不顾，甚至完全否定传统，那就更不对了，要学习西方大学处理变革与传统关系的成功经验，为应用转型划定坚守传统的边界，哪些是必须坚守的传统，哪些是可以改革的内容，不同的学校情况不一样，每一所学校都要进行认真研究，做出明确规定，并且当改革进行火热时，适时提醒改革不要‘越界’，一旦越界就会对学校传统造成伤害，从而影响学校的健康发展。应用转型要对原有专业进行调整，取消一些与经济社会发展尤其是产业发展不相适应的专业，是应该的，专业不转型，学校的应用转型就会落空，但是作为由专科升格的本科院校，完全另起炉灶，放弃过去专科教育的积累和积淀，那该给学校造成多大伤害？传统是什么？是大学存在与发展的根啊！”

林志刚停了一下，说道：“不过，也要把握好坚守大学根本的度。应用转型不能动摇大学根本，但如果一味强调对大学根本的坚守，又会使应用转型的推动者缩手缩脚，不敢大刀阔斧地进行改革创新。这就要把握好坚守大学根本的度。”

严江江问道：“那么，怎么才能把握好坚守大学根本的度呢？”

林志刚回答道：“我以为主要应该做好三个方面的工作。首先，对坚守大学根本这一问题要有正确的认识。

对大学根本的坚守是在应用转型过程中提出的新问题、是发展中的问题。出现这样的问题并不可怕，只要我们保持清醒的头脑，对大学根本有正确的价值判断和基本的认识就行。其次，对大学根本的坚守要讲究策略。不同的学校情况不一样，其方法策略上要有差异。如果学校应用转型步伐过大过猛，已经伤害到了大学根本，那就不能含糊，必须旗帜鲜明大讲特讲大学根本并及时纠正；如果应用转型才刚刚起步，就没有必要在学校大肆渲染，坚守大学根本的氛围浓厚了会形成应用转型的阻力。因为应用转型会涉及学校很多人的切身利益，要触动某些人的‘奶酪’，就不能排除有的人会借坚守大学根本说事。再次，要划清坚守大学根本与应用转型的边界。学校进行应用转型需要摸清家底。摸清家底的目的之一就是要把应用转型所涉及的属于大学根本的部分抽取出来，像摆放家什将不能动的放在一边或打上标记那样对待。比较难以分辨的是学校积累的传统。每所学校由于其特殊的发展历程，所形成的传统不一样，有的甚至良莠不齐，要分清哪些是涉及大学根本的传统、哪些不是，比较困难。这就需要学校组织相关专家进行讨论，逐一进行明确。所以，我曾经撰写一篇呼吁应用转型既不能观望、徘徊，也不能‘一哄而上’，应理智做好转型发展的文章。”

严江江问道："是什么题目？在什么地方发表？"

林志刚回答道："是一篇小文章，题目叫《高校转型不能一哄而上》，发表在《中国教育报》上。"

"哦！我回去找来学习学习。"

严江江、谭进步等几位校长在座谈会结束后，还与林志刚约好找时间再讨论。大家都认为，应用转型确实是一项非常复杂的系统工程，需要好好讨论与研究。

后来，林志刚把在座谈会上的发言，整理成题为《应用转型应坚守大学根本》的时评文章发表在《光明日报》上。

匿名照片

汪兰下了送她的灰白色的小轿车，提着包，踏着夕阳，迈着轻快的步伐往家里走，脸上洋溢着幸福和快乐。

她的家，是一栋二层楼的小楼房。楼房前面有一个小院坝，院坝中央有一个小花台，上面摆满了各种各样的盆装花草。汪兰喜欢养花草，哪怕一天下来再累，只要回到家里，也要抽时间去摆弄一会儿，或松松土，或浇浇水，或扯扯杂草，或者什么也不做，就是看那鲜艳的花瓣，看那青翠欲滴的叶片，看花瓣和叶片间嗡嗡地上下飞舞的蜜蜂儿。

今天回到家里，见婆婆已经在做饭，她就放下包搬了一把椅子来到院坝里的花台边，准备摆弄一会儿她的心爱的花草。

她的丈夫王军从二楼他们的卧室走出来，站在栏杆边叫她上去。

汪兰满心的迷惑，今天太阳从西边出了，他怎么早早地就回到家里了？于是，哼着歌很快就到了二楼，可推开门，她丈夫王军却黑着脸面对她，而且她闻到满屋的烟味。她知道，丈夫肯定是遇到什么不开心的事了，不过，平时，王军独自在商场上拼搏遇到不高兴的事虽然比较多，但是很少找她的麻烦。王军毕竟受过高等教育，也有比较好的家庭教育。他的父亲，虽然已经去世，但是曾经担任清江地区第一中学的校长，是清江地区有名的文化人；母亲是中学老师，是一个非常善良的人。王军就是在这样的父母的教育下长大的，由小学、中学到大学到工作都非常顺利，所走的路都是一马平川，可就是当下海经商的浪潮袭来的时候，他拐了一个弯下到商海中去了。这几年的商海沉浮确实让他伤了锐气，以致伤了元气，饱尝了人生的艰辛与不顺，常常情不自禁地吟诵秦少游的悲哀的《踏莎行》中的词句——“郴江幸自绕郴山，为谁流下潇湘去？”有一次，他喝醉了酒，端着酒杯当着汪兰的面吟诵这两句词，让汪兰的眼泪都涌了出来。所以，尽管他的事业不顺，但汪兰从没有小看他，他对汪兰也非常信任、非常尊重。

但今天是怎么了？汪兰想不清楚。

她走拢去，把他的烟拿掉，伏在他的肩头，温存地轻轻地问：“军，是什么事让你不高兴？”

王军没有说话。

“是我哪儿做得不好吗？”

王军摇头。

汪兰把他推到床沿上坐下，直视着他，说：“你的眼睛告诉我，你的心里一定有什么事梗着，告诉我好吗？”

王军叹了口气，然后从衣袋里取出一个信封递给汪兰。

汪兰打开一看，见里面是几张她和林志刚、娄青在一起吃饭的照片。她一张一张地看，看得很仔细，心想：是谁有这么好的闲心啊？看着看着，突然“咯咯”地笑出声来，笑得王军东看看西看看，不知所措。

“你笑什么呵？你老公心里还在难受呵！”王军开始说话了。

只要他开口说话就好办，汪兰就怕他什么都不说，闷葫芦一个，担心他气出病来。所以，故意放声发笑，也让他丈二和尚摸不着头脑。这一招果然灵。

“难受什么呵？不就是陪林校长吃餐饭吗？什么时候我的老公也变得那么小气了？吃醋了，是吗？”

王军低着头。

“你问我为什么发笑？你想，我作为部下，陪领导吃餐饭，老公都要吃醋，要是让别人知道了，岂不笑掉了牙？与其让别人笑，倒不如自己先笑了开开心。”

王军脸上出现了笑容。

汪兰进一步启发道：“老公啊，我汪兰是什么人你还不知道吗？年轻的时候都没有犯过这方面的错误，何况现在已经黄脸婆一个了，想要别人喜欢，已经没有资本了。更何况，人家林志刚校长是什么人啊？是校长、是教授、是博士，他像天空中的星星，让我们只能仰视，而且是真正的正人君子，是一个把事业看得重于他的生命，把清江学院的发展看得重于一切的人，和他在一起，永远都是谈工作，没完没了的工作，他把我们都快要带成工作狂了。在他的眼里，哪有女人？满脑子装的就是如何抓好清江学院的发展，学校的教育教学和后勤的改革、整体搬迁异地办学等问题都压得他喘不过气来了。说真的，老公，我很心疼他。我们这么一个由好几个不同学校组合起来的大学校，主要是靠他支撑着。我真怕他有一天，支持不住，像擎天柱轰然倒下一样，那我们学校就完了。他老婆孩子不在身边，学校领导班了就只有我一个女人，你说我该不该多给他一点关心和帮助。客观地说，那天去陪他吃饭还不是我提出的，是娄青大姐提出的，她作为中层干部就已经看出来了，需要让校长轻松轻松了，林校长真的太累了，尤其是心理负担太重了。我和娄青大姐那天都喝了白酒而且都喝醉了，目的就是想让林校长也开心开心，减轻一下负担……”

“别谈了，兰，是你老公想错了。但是你们也得小心呵。否则，怎么会有这些照片啊？”

“是啊，是谁偷拍这些照片呢？而且用心如此险恶？”汪兰的脸一下黯淡了下来，她陷入了沉思之中。

王军看着汪兰痛苦地沉思的样子，很后悔不该把那些照片拿出来，但一想，别人已经开始整她了她自己还不知道，岂不是要坏了她的大事？自己的老婆已经被人整了，而他自己还在帮别人的忙。他这样一想，心里愧疚极了。禁不住走拢去拥抱了一下汪兰，并且拉着她的手，说：“走，别想那么多，吃饭去！”

汪兰一展笑容，说：“好，吃饭去！”

他们下楼来到一楼餐厅，女儿瑶瑶已经坐在餐桌前准备吃饭了。大概是汪兰和王军经常不在家吃饭的缘故，没有等人一起吃饭的习惯，也没有这个规矩，往往是只要饭菜做好，谁到谁吃。婆婆的任务，就是保证孙女瑶瑶能吃到饭，吃好饭。只要瑶瑶回家，她们祖孙俩就开餐。女儿见爸爸妈妈都一同来吃晚饭，高兴得雀跃般地跳起来，然后故作大人状地说道：“今天是什么风把你们两个都吹回来了？”

“是女儿把爸爸妈妈想回来的。”汪兰爱怜地看着女儿瑶瑶说道。

瑶瑶闪着大眼睛，回答道："不对吧？是爸把您想回来的吧？"

"小孩子懂什么啊？快吃饭！"王军装着严肃的样子说道。

"妈！我已经十二岁了，爸还说我是小孩子。"

"瑶瑶，这就是你不懂了。在爸爸妈妈面前，儿女永远都是没有长大的小孩子。"汪兰微笑着说。

这时婆婆正好把最后一道菜做好，端上来，瑶瑶就问："奶奶，爸爸在您的面前还是小孩子吗？"

"在奶奶面前，哪怕你爸爸长得再高再大，永远都是长不大的小孩子！"

瑶瑶看看奶奶又看看爸爸妈妈，摇了摇头说："真是搞不懂你们大人的事。"

"那就证明你确实还是个孩子啊！"汪兰进一步说道，"其实，是孩子好啊，是孩子有爸爸妈妈的关爱，有大人的照顾，天真活泼，无忧无虑，有什么不好？"

"妈！看来我们真的有代沟了。我不理解你们，你们也不了解我。"瑶瑶边吃饭边摇头晃脑地说。

这下却把汪兰吓了一跳，追问道："什么？你知道'代沟'？"

"这有什么啊？我和你们之间有代沟，你们和奶奶之间也同样有代沟。我还知道你们不知道的东西。妈妈您说我们小孩子‘天真活泼，无忧无虑’，您错了。我们也有很多烦恼，成绩不好，我们烦恼；做不完作业，我们烦恼；同学关系处理不好，我们烦恼；想做我们喜欢的事不能做，我们烦恼……”

听了瑶瑶的这一番话，汪兰和王军都睁大了眼睛。婆婆也停止吃饭看着瑶瑶。

“瑶瑶，妈妈小看你了，你真的长大了！”汪兰激动地说。

“好，不谈了，不谈了，吃饭，吃饭！”婆婆说。

“好，吃饭，吃饭！”王军微笑着说。

月亮渐渐地升起来，透过窗户，把一缕月光投放在汪兰夫妇卧室的窗台上。汪兰一觉醒来，借着月光，见王军正仰天酣睡，鼾声如雷，不觉又想起照片的事来。尽管自己与林志刚相处从来不敢有过非分之想，但自己毕竟是女儿身，今后还真得注意和林志刚相处，不要给他惹出麻烦来。但是，拍照的人是谁呢？说对她和娄青有意见，由于她们在这里待的时间长，肯定有得罪了人而自己还不知道的，但是林志刚才来没多久，而且一来就全身心地没日没夜地工作，是谁那么不讲良心啊？汪兰想来想去，只有一种可能，那就是被林志刚得罪了的人干的。可他得罪了什么人呢？突然，刘本根的身影在她的脑海中浮现。对，他们肯定认为是林志刚整了他们。

刘本根贪污的事都敢干，还有什么事做不出？但是，那天晚上城市花园酒店的客人尽管很多，但好像并没有碰到原师专的熟人呵。你没有看到别人，不等于别人没有看到你！是啊，否则，被别人偷拍了照片自己怎么还不知道？

汪兰想起刘本根，就全身发冷。

汪兰躺了一会儿，感到再也睡不着，就干脆披衣起床，把卧室的门轻轻带上，来到书房，选了一本她喜欢的关于数学史的书看了起来。最近，她搜集了许多关于数学史方面的资料。她想就“数学与文化”方面的问题进行研究，写一本“数学文化”方面的专著。但只看了一会儿，是谁拍的照这一问题又在她的大脑中跳了出来。她放下书，站在窗前，不远处就是清水江两岸斑斓的灯火。那斑斓的团团灯火好美！但她高兴不起来，因为凭她的直觉拍照的背后可能隐藏着更大的阴谋。这阴谋的目标非常明确，就是林志刚和支持林志刚的汪兰和娄青们。

第二天早上，汪兰早早地来到学校上班，见学校的公交车一到，就打电话把娄青请到她办公室。

“有什么事啊美人领导？是不是遇到什么麻烦了？”

“唉，娄青大姐确实遇到麻烦了。”

“叫我娄青啊，不是什么娄青大姐，这是办公室。”

“好，娄青，还真遇到麻烦了。”

“是不是有人给你先生寄你和林校长的照片了？”

“怎么？你、你怎么知道？”

“我是娄半仙啊。”

“好你个娄半仙，别人已经急死了，你还开玩笑。是不是你先生也收到了照片？”

“是。唉——”娄青叹了口气。

“那你家先生找你麻烦了？”汪兰试探着问。

“那倒没有。因为他找到了原因。”

“什么原因啊？”

“我曾经也收到他和一些女同志在一起拍的照片和说他与某某女人有暧昧关系的匿名信。他说，现在也有人告你了吧。”

“没有找你麻烦就好。”

“你那位呢？”娄青又问。

“找了，我给他解释了。”

“是谁使的坏呢？”

“我也在想。这就是我急于找你商量的原因。”汪兰略一停顿后，接着说道：“我们家里吵吵架，倒无所谓，只是怕影响林校长。”

“心疼林校长了？”

“难道你不心疼？”

“有那么一点。”娄青很坦然地说。

“怎么办啊？你是大姐，处理这些事情有经验。”

“别夸我。你可是领导啊。我有个想法：现在，手机也可以拍照，但是洗照片的地方不多。我们找人密查一下怎么样？”

“这倒是个好办法。”

“那让我试一试。”

“你有门路？”

“我先生有办法。他已经答应帮我把那家伙找出来，否则，今后怎么工作和生活啊？”

“好！”汪兰激动地拉着娄青的手。

娄青站起来，轻轻地拥抱了汪兰一下，说：“让我们好好帮帮你的林哥哥！”

“也是你的林哥哥！”

娄青闪着大眼睛，莞尔一笑。

汪兰觉得娄青大姐的那双大眼睛好迷人。

英国考察

王学会参加赴英国高等教育考察团，飞往英国。

早上的天气很好，阳光从住宿房间的窗口射进来，王学会感到很温暖，听说早上是去大学培训学习，他有些兴奋，因为马上可以看到真正的英国大学了。但是当他们下了车，看到了密德萨斯大学，却感到和他想象的英国大学有些差异。他站立在密德萨斯大学的校园里，觉得怎么也不像大学校园。因为连大学的校门都未看到，也没有见到篮球场、田径场之类的大学校园的设施。倒是绿化得很好，有大片的青青的草坪和大小不一的绿树。后来见楼房左前方一块立着的长方形的乳白色的薄薄的铁板上，写着一行英文字“Middlesex University”，才知道这里确是真正的密德萨斯大学，这块薄铁板就算是校门牌。在国内听说过国外的大学有的没有围墙，甚至没有校门，觉得有点不可想象，因为国内所有的大学都有校门，而且非常讲究。北大的校门、清华的校门几乎成了学校的象征，似乎没有校门就不成其为大学。目睹了没有围墙的大学，没有校门的大学，王学会的心里产生了很多的想法。现代社会越来越开放，大学最终要与社会融为一体，取消围墙，打开校门，这是大学发展的大趋势。不过，没有围墙和校门就无法管理，无法办学。所以，简单地模仿，那是不行的。更何况就是到了具备取消围墙、打开校门的条件的那一天，王学会认为大学的围墙和校门还是有它的特殊的意义的。

在伦敦市中心有一个很大的皇家公园，那里绿草如茵，树木葱茏，鸟语花香，想不到就在这个公园的中心居然有一所大学——丽晶学院。

丽晶学院不大，只有一座正方形四合院式的古建筑，呈朱红色，高有五六层，边长大约有三十米，里面有天井，天井里长满了修剪得十分整齐的矮草，天井的中央有一个球状的象征和平的雕塑。

丽晶学院是一所私立学校，分三个学院，即美国学院、欧洲学院和英国学院。美国学院按美国大学的要求进行课程设计和教学；欧洲学院按欧洲的要求进行设计和教学；英国学院毫无疑问就是按照英国的高等教育要求进行设计和教学的。虽然下设三个二级学院，有预科、本科和硕士三个层次，但学生并不多，只有两千多人。不过，学生来源十分广泛，有中国、美国、德国、日本等十几个国家。由于校园不大，学生不多，学生与学生之间、学生与教师之间都比较熟悉，像朋友一样相处，其乐融融，因此，校园氛围非常和谐。学校与非洲、亚洲、澳洲等地的六十多所大学进行合作，你来我往，交流频繁，给学生提供了很多发展的机会。学生在这里与不同国家、不同民族、不同肤色、不同语言的同学相处，互相学习。各种文化互相影响，有利于学生的成长。学校十分重视学生对语言的学习，还对学生进行中文的培训。学校掌握五种语言的学生超过 50%。所以，丽晶学院最大的特点就是国际化。

王学会理解林志刚为什么那么重视国际教育了，也理解为什么要不断地派人出国出境考察学习了，要是清江学院也有如此程度的国际化那该多好啊！他回国后也要帮着把国际化进一步做好。国际化确是高等教育发展的大趋势。世界一流大学，没有哪一所不是国际化程度很高的大学。因为国际化对促进大学内部人才资源流动、丰富大学生的学习经历、增强大学科研团队实力及学术领域间同行交流、发挥大学的竞争优势、提高大学国内外知名度等方面都有很大的影响。按国际通行标准，中国大学要进入世界一流大学之列，外国留学生的占比应达到 15% 以上。王学会感叹自己过去孤陋寡闻，确实是该出来走一走、看一看，才能把清江学院办好。

来英国之前，王学会只知道英国的两所大学：一是牛津大学，二是剑桥大学。因为牛津大学和剑桥大学不仅在英国而且在世界都是顶尖的大学，是世界大学金字塔耀眼的明珠。说它们是耀眼的明珠，不仅是因为它们目前是世界上办得最好的大学，而且因为它们有悠久的历史，是世界最早的大学之一。剑桥大学至今已有八百多年的历史。八百多年的风雨历程，八百多年的历史积淀，已使剑桥大学在康河两岸发展成了剑桥大学城，共有三十一个学院，有一万多名在校学生。所有学院管理体制类似，但建筑风格不同，有的金碧辉煌，有的庄严肃穆，有的古典雅致，有的平淡朴实。

王学会走进去参观的是剑桥大学的沃尔森学院。他们一下车，胡克教授就已等候在沃尔森学院的门口了。

跨进剑桥大学的沃尔森学院，映入眼帘的是一条笔直的车行道，两边的树长得也不是很规整，给人有点散漫的感觉，不是胡克介绍这就是剑桥大学的沃尔森学院，王学会还有点怀疑：这是不是饮誉世界的剑桥大学？不过，当大家随着胡克跨进里面一个院落，呈现在面前的是一片修剪得非常整齐的绿茵茵的正方形的草坪，草坪上插着一个小木牌，小木牌上写着两行英文字，胡克指着草坪的小木牌说：“这里的草坪一般不准人在上面踩，只有剑桥大学资深的教授才能踏这片草坪。”

听胡克的介绍，大家一下感到这所大学与其他大学的不同。大家在这儿待了好一会儿，听胡克讲剑桥大学的故事。阳光照在他的面颊上，他好像一点也没有意识到，只是一个劲儿地讲，并时而说一两句中文，还随口说出“姑苏城外寒山寺，夜半钟声到客船”的中国古诗。中国的文化人，没有不知道唐代张继的《枫桥夜泊》中的这两句诗的。但一个外国人能用中文说出这两句诗，就让大家对他另眼相看了。这两句诗一下拉近了大家与胡克的距离，让王学会深深感到优秀的文化不仅是民族的，也是世界的。中国的古诗像《枫桥夜泊》就属于这一类型。当然，剑桥大学和剑桥大学创造的文化，也属于这一类型。石头需要碰撞才能产生火花，文化需要接触才能找到共同点。大家为中国的文化而骄傲，也为剑桥大学和剑桥大学创造的文化而骄傲！

王学会从沃尔森学院里面出来，看到路旁的草坪上坠满果实的海棠树以及核桃树，很是惹人喜爱，于是伫立观看了好一会儿。从进去到出来，偶尔碰到有人从身边走过，一问才知道，原来这所学院与其他学院不同，这里大多数学生是硕士生或博士生，而且大家参观的这个院子是单身学生住宿区，所以人不多，再加上是假期，因而就很少见到人。这里和剑桥大学的其他学院一样，教师与学生关系密切，教学方法以学生自学为主，发现问题再与老师进行讨论，学习主要靠学生自觉，让学生的才华充分发挥。王学会想，林志刚在清江学院提出实施自主学习学分制，要求每一个学生在四年的大学生涯中必须阅读一定量的书籍是有道理的。

在走出沃尔森学院大门的时候，王学会问胡克剑桥大学的“康桥”在哪儿。胡克疑惑地看着他。王学会说是中国现代文学史上有一个名叫徐志摩的诗人曾在剑桥大学学习，写过一首诗，名叫《再别康桥》。胡克仍然摇头。这时，翻译姜先生插话说：“我等会儿告诉您。”

王学会知道，里面肯定有不便当着胡克说的话，于是不再问康桥的事。在沃尔森学院门口告别了胡克后，就步行参观剑桥大学的其他地方。接着去看的就是剑桥大学王后学院的“康河”。原来剑桥大学根本没有康桥，只有康河。徐志摩在1922年确实到剑桥大学学习过，但不是正规学生，只是一个旁听生，用姜先生的话说，他在这里混了将近两年。1928年徐志摩再次回到剑桥大学，于是写了《再别康桥》，他把“剑桥”译为“康桥”。不过，康河上确有一座桥，一座很特殊的“数学桥”，全是由木板做的，初建于18世纪，相传是牛顿依据数学和物理学原理，完全不用一颗钉子，只用木板搭建而成的，后来，木板被剑桥大学的一个学生全部拆下来，按原来的模式搭建，可怎么也搭不起，最后只好用铁钉钉上。所以现在看到的康河上的数学桥是有铁钉的木板桥。桥下的河水绿悠悠的，有许多的小船在上面划行。站在桥上看碧波荡漾的康河，王学会能够理解徐志摩当年的心情，不管徐志摩在剑桥是不是“混混儿”，他能够由这样的情景创作出《再别康桥》那样美丽的诗篇，是令人敬仰的。

王学会他们一行从数学桥桥边用石头砌成的大桥上走过，前面是一条由一些朱红色的古建筑组成的街道，街道不宽，但很直，也很长。街道中间是由黑色的河沙铺成并上了一层油似的车行道，车行道两边的人行道是由一块块灰色的石板铺成的，由于年代久远，有的石板已经被踩得凹凸不平。走到这条长街的尽头，拐一个弯，就远远看到一群金碧辉煌的古建筑，原来那就是剑桥大学最有名的学院之一——国王学院。由于没有提前联系，大家只能远远地看一眼，不能走进去。紧挨着国王学院不远的就是著名物理学家牛顿学习过的剑桥大学最有名的学院——三一学院。三一学院的院门，是一个类似中国牌坊的建筑，大门两边用火砖砌起的墙柱表面已经剥落，有一种破旧的感觉，跨进大门，里面是两大块绿茵茵的草坪，草坪的四周都是白色的两三层楼的古建筑。

从三一学院出来，从剑桥大学的后门返回。中途，大家在一片树荫下穿行，不仅听到树丛中的斑鸠“咕咕”的叫声，还看到一群白牛在河边宽阔的草坪上悠闲地啃着草。如果不是亲眼所见，王学会怎么也不会相信世界顶尖的大学校园里会有人放牛。联想到后来所看到的在大街上鸽子扑面飞来，在人群中悠闲地迈着正步和在公园里看到的一只小鸟飞来站在一个老人的手指尖啄食的情景，他惊讶，他感叹，他被这种人与自然的和谐真正地折服了！

成立于1167年的牛津大学，是英国大学的鼻祖，连已经饮誉世界的剑桥大学都是牛津大学的后裔，是一群为避免冲突从牛津大学逃出来的教授，看到剑桥的好环境，定居下来在那里办学，于是才有了今天的剑桥大学。可以说，没有牛津就没有剑桥，也就没有英国的其他大学。那么世界大学的天空就会暗淡得多，世界大学悠久而光辉的历史也得重新改写，他们这群慕名而来的大学校长也就不会有这样一次千里考察学习，那就只能望洋兴叹了。

一天中午，阳光像白炽灯一样照在他们的头上。汽车缓缓地开进了牛津城。牛津大学经过上百年的发展，已经不仅是大学，而是依托大学发展成了一座大学城。

这座大学城的布局呈方格状。汽车进入城市后在方格状的框架型车道上转来转去，最后在一块宽阔的坝子上停了下来。

不知同行的校长们此时有什么感想，王学会戴着墨镜从汽车上下来，踏在牛津古老的土地上，他的心里有一种走向神圣殿堂的冲动，身上的疲劳似乎一下就烟消云散了。

来牛津大学之前，王学会对牛津大学有各种想象，但当他真正走进牛津大学城之后，又感到它和英国的其他大学好像没有什么差异。里面的建筑，是一样的矮小，一样的以暗灰色和朱红色为主，不同的是这里的建筑更古老。在建筑与建筑之间很难看到大片的草坪和草坪上葱茏的绿树，呈现在他们面前的更多的是窄窄的街道以及街道上来来往往的人。

希尔顿大剧场是一座比较大的圆形建筑，有三四层楼那么高，外形已经古旧得发黑，这是牛津大学每年颁发学生毕业证的地方。牛津大学和英国所有的大学一样，学生毕业典礼是大学最重要的节日，毕业生都要着正装参加毕业典礼，大学校长其他时候可以不来学校，哪怕是女王来到学校也可以请假，但学生毕业典礼是必须参加的，而且要一个一个地给学生颁发毕业证书。学生上大学期间，可以见不到校长，但毕业典礼的那一天不仅要见到，而且在接过毕业证书的同时要得到校长的祝福。学生就是这样接过校长颁发的毕业证书，带着校长的祝福走出校园进入社会的。

叹息桥，是仿造意大利威尼斯的叹息桥而建的。不过牛津大学的叹息桥与威尼斯的不同，它只是提醒学生的一个标志，叹息桥一边是考场，一边是教室，平时在教室里不努力学习，过叹息桥去考场，就得长长地叹息了。也许正是因为有叹息桥等这样一些处处具有教育意义、充满人性意味的人文景点，身处其中的牛津大学的学生没有不努力不自觉的。牛津大学良好的校风就是从这些地方生长出来并弥漫在牛津大学的校园里的。

他们刚到英国的那几天，牛津大学城这里下了大雨，涨了大水，洪水淹没了牛津大学城的街道，现在来到牛津大学城的河水边，还可以看到洪水冲刷过后留下的来不及清理的白色的渣滓。河水仍然充沛，流得很急。

由于还要赶往伯明翰，王学会他们在牛津大学里只走一走，看一看，没有做进一步的专访，就踏上车，挥挥手作别了牛津大学上空的云彩。

引水灌田

自从那天接受任务组织拟订教育教学改革方案以来，王学会回到家里，就翻箱倒柜把所有关于教育教学改革的资料都找了出来，一份一份地看，并且边看边做记录，整整花了两天的时间才把他找出来的资料看完。然后，又开始从网上搜集教育教学改革的文章，反复地研究，渐渐地，在他的大脑里初步形成了进行教育教学改革的大致想法。有了大致的想法，他就把杨昌明、王发生找来讨论了一上午，然后又带着他们两个下到农学院、师范学院去调研，形成了一个基本的意见。

早上，他把一大堆文件看完，就打电话给林志刚，说有事情给他汇报。

林志刚回答说可以。

王学会就三步并作两步来到林志刚的办公室。

林志刚正在看党政办秘书小杨送来的在清江学院改

革发展动员大会上的讲话稿，见王学会到来就叫小杨送杯茶过来。

王学会边喝茶边向林志刚汇报他们关于教育教学改革的想法："在教学改革方面，我们想构建一个具有清江学院特色的人才培养模式，初步想法是用'山'的汉字外显结构、以'大山'的内涵为参照来构建的一种人才培养模式，即以通识教育为'底座'、专业教育为'主峰'、自主学习和项目课程为左右'侧峰'的人才培养模式。"

"靠山吃山，我们清江地区有桃源山，'山'是清江学院独特的资源，对！就打'山'字牌，有道理。"林志刚接着问道："自主学习有哪些具体内容？"

"把您提出的自主学习学分制，即给一定的学分，学生未获得这些学分不能毕业，像课程一样要求，具体内容包括四个模块：第一个模块是要求学生在大学四年都要阅读一定量的书籍，完成了即给阅读学分；第二模块是学生听学术报告的积极性不高，我们想设学术报告学分；第三个模块是鼓励学生创新创业，即给创新创业学分；第四个模块是鼓励学生积极参加各种文体活动，即给活动学分。"

"有道理。那么，设置项目课程是怎么考虑的？"

"法国高等教育有大学校，其实，就是三四千人的小学校，他们有一个很特殊的做法，就是设置真实的项目让学生全程参与，即从项目设计、项目实施到项目验收，学生都必须参加，通过让学生参与项目培养应用能力，培养应用型人才。”

“好啊！有道理，有道理。”林志刚不断地点头。

“还有就是，我们希望通过项目课程在服务社会的同时构建一个反哺人才培养的新模式，名叫‘引社会服务之水，灌人才培养之田’的模式，即‘引水灌田’模式。”

“能不能讲详细一点，我没有完全听明白。”

王学会喝了一口茶，抹了抹他那宽宽的脸盘，说道：“引水灌田模式具体包括‘直饮水’和‘灌装水’两种形式。直饮水就是指在直接参与项目实施的过程中获取知识、技术及经验，间接获得知识、技术及其经验的渠道固然重要，但是直接获得知识、技术及经验的过程更宝贵，给人留下的印象更深刻更持久，也不存在传递过程中信息的衰减。灌装水指在一个社会服务项目任务完成后，将案例放入专业教学资源库中，建立相关机制，引导教师将‘案例’带入课堂，彰显应用型课堂教学的实用性，让没有现场参与社会服务项目实施的师生能够间接获得社会服务项目有关的知识、技术及其经验，即间接‘饮水’，促进其成长与发展。”

林志刚听完汇报，一拍大腿，有些激动地说道：“好啊！好啊！学会你成了教育家了！尤其是这个引水灌田模式，精彩！精彩！把科学研究、社会服务都融进去了，把‘人才培养中心地位’等理念也都贯穿其中了，而且形象生动，概括得好，归纳得好！”

“谢谢林校长的肯定！我也不敢把功劳据为己有，是我们在农学院调研时，他们提出的。”

“哦，农学！引水灌田就是他们的专业术语。”林志刚又补充了一句：“代我表扬他们！”

王学会见林志刚高兴，就把关于师资队伍建设的一些想法也一并做了汇报。

林志刚也非常赞同，就说：

“像我们这些刚刚升格成本科的新组建的大学，既面临着建大楼的任务，也面临着人才培养的任务，两者都很重要，但还是有个轻重缓急的问题，总体而言，我赞成清华大学老校长梅贻琦的一句名言：‘所谓大学者，非谓有大楼之谓，有大师之谓也。’如果没有像样的师资队伍，不可能把大学办好。有了好的老师，就是校舍、设备等差一点，也能够办出有名的大学。比如当年的西南联大，从北方逃到南方，风餐露宿，靠的是什么？就是靠一支好的教师队伍。所以，我想，整体搬迁异地办学要搞，大楼要修，实验室要建，但是宁可少修一栋两栋楼，也要把师资队伍建设好。”

“是啊！我们学校目前只有你们五个正教授，副教授也只有七十多个，怎么办一所本科大学？这主要是我们过去那些校长没有远见啊！以为只要有个副教授就已经很满足了。”

林志刚见王学会有些自责，急忙插话道：“这也不能怪你们。”

“怎么不怪我们啊？我那时确实不把职称当回事，反而听信有的人说，副教授不一定比讲师强，以致我们财专当时业务比较强的也都像我一样评了个副教授就不再评教授了，甚至有的连副教授都不愿意评，大有不评职称更光荣的味道。当有的人在我面前贬低职称较高而能力不足的人时，我不仅不制止，反而点头认可。现在想来，真是惭愧啊！一个群体，不管是副教授还是教授，里面有个别能力较弱的，不如低一个层级的，比如较优秀的讲师，很正常，但是教授作为一个群体肯定比副教授群体强，副教授肯定比讲师强。当时我就没有想清楚这个道理啊！”

“不过，那时大多数人都没有评教授的意识，有一个副教授职称教专科学生也够了。”

“那倒是。我自己就是这样想的。加上一想到评教授比较难，也就算了。但是，自我反思，我们当时滋长那种不评教授的文化是不对的。专科学校也属于高等教育，我们当时培养的学生也叫大学生。培养大学生的学校也属于广义的大学。当大学的老师不争取晋升教授，确实该好好反思啊！”

“谈到文化，确实要引起我们的高度重视，决不能让不评教授等不思进取的文化影响学校的发展，成为那些不想干事不想进步的人的借口和挡箭牌。我们要努力营造一种评上教授光荣，追求进步光荣的良好环境，我们需要的是这样一种文化，这样一种价值取向。没有这种价值观，学校难以办好！”林志刚见王学会谈到文化的问题，就禁不住说道。

“是！我们确实得重视学校良好文化的培育。”

林志刚端起茶杯喝了一口茶，继续说道：“不过，没关系。我们只要认识到了，就不晚。”

“是，是！不晚不晚。”王学会略一迟疑，然后说道：“我有两个建议：一是启动‘教授培育工程’，在中老年教师中选一些素质比较好、能力比较强的副教授进行培养，争取通过两至三年的培养，使他们成为教授，成为学科带头人。二是启动‘博士培养工程’，鼓励年轻人攻读博士学位。通过启动这两个‘工程’，既可以解决高级职称教师不足的问题，也可以解决高学历高学位教师不足的问题，不至于我们偌大一个学校就只有你们几个正教授，这叫我们怎么办本科大学啊？”王学会说得很激动，宽宽的脸盘上浸出了细碎的汗珠。

“按你的想法，启动这两项工程，每个人的培养费大致需要多少？”林志刚问。

“我进行了了解，培养一个教授大致需要二到三万元；培养一个博士大致需要六到七万元。”

“好，就请你把这两个教师培养方案拟出来，作为师资队伍建设方面的重要改革方案提交学校讨论，争取作为文件尽快出台。”

“教育教学改革，涉及的问题比较多，我建议分步实施，想好一个搞一个，否则，会乱了套。比如学分制，虽然是改革的方向，但是，我觉得在我们的校区没有整合、师资队伍建设还没有达到一定程度的时候就实施学分制，那肯定会出现混乱。”

“有道理。”林志刚知道如何激励部下。尽管王学会比他小不了多少，今年已经年满四十五岁了，但是他毕竟还是林志刚的部下，任何部下对领导的肯定都是重视的。林志刚进一步肯定道：

“学会校长啊，谢谢你做了那么多思考，要是我们学校的干部对待工作都像你这样认真，没有干不好的事情。教学这一块有你把住，我就放心了！”

“谢谢校长的信任！”王学会放下茶杯，站起来准备离开林志刚的办公室。可林志刚又示意他坐下。

紧跟着，林志刚说道：“改革，首先是观念的更新。许多人都习惯于墨守成规、安于现状，在今天的大学发展中，不引入新的观念，不大胆进行改革，亦步亦趋，我们的清江学院就很难发展。学校不发展，广大教职工就没有发展的空间；只有学校发展了，广大教职工才可能发展。我很希望，学校发展，教职工也发展。你提出的教授培育工程和博士培养工程，实际上是在拓宽广大教职工的发展空间啊。”

“林校长，我虽然年龄大一点，如果‘教授培育工程’能够启动，我都还想奔一下教授。到时，还请林校长帮助和支持！”王学会说完，抬起头看着林志刚。

林志刚微笑着说：“好啊，你的年龄不大，我还准备说请你带头。你奔教授，和普通教师奔教授还不一样，对大家有带动作用。我还希望老黄和小汪都奔教授，枫桥和盛军同志，他们从行政过来，没有这方面的基础，我就不要求了。这两个工程一旦启动，势必调动教师的工作积极性，拉着教师发展，形成一个奔职称奔学历学位的蓬勃向上的局面。那么，说闲话的人就会少了，想整人的人也整不了，慢慢地学校好的风气就形成了。”

“那就好了！”王学会话锋一转，叹息道：“可惜许多人没有认识到学校升本了，学历学位不达标，职称不符合要求，怎么当一个本科大学老师啊？”

“是啊！是啊！”林志刚边回答王学会边转身朝门外叫秘书小杨把娄青通知来。

不一会儿，娄青就快步来到了林志刚的办公室，向林志刚和王学会打招呼后就在旁边的沙发上坐下，把笔记本放在自己的膝盖上准备做记录。

林志刚见状，就示意她把笔记本放下，说道：“娄青啊，我刚刚和学会校长讨论学校的师资队伍建设问题。由于学校的教授和博士太少了，学会校长建议启动教授培育工程和博士培养工程，鼓励教师成为教授和博士。你看怎么样？”

娄青习惯地拢了拢她黝黑发亮的头发，然后不急不慢地说道：“我觉得是好事，也是应该做的事，但是呢培养教授可行，自己培养博士可能有点问题，一是很难考上，考上了是国家出钱，不能自己出钱培养，二是可能老师们不一定愿意去考博士。”

“哦。你说的是事实，我是这样想的，启动博士培养工程在于鼓励青年教师去读书，比如给他们一定的经费补助，读书期间的工资照发，视为在岗，读书是为了更好地工作嘛。”

“林校长，您这样想当然可以。不过，能不能把鼓励攻读硕士研究生一并列入培养计划。原来几个学校的青年教师绝大多数都还是本科学历，只有让这些人都成了硕士研究生才可能有更多人去报考博士。”

王学会点头赞成。

“有道理。”林志刚表示认同，他接着说道：“那就将博士培养工程改为‘学位提升工程’，你们看怎么样？”

王学会和娄青都回答：“可以。”

“那就请学会校长指导，娄青去把方案做出来。”

“好！”娄青站起身离去。

王学会还与林志刚讨论了一些其他事，等他从林志刚的办公室出来，外面的天已变了，早上探出头的太阳也不知跑到哪儿去了，遥远的天边有雷电在闪，而且起风了，吹得王学会稀疏的头发往一边倒。

王学会想：今天和林志刚讨论的要真能够一一落实，那我们清江学院就有希望了。

但能够落实吗？他心里还没有底。不过，他对自己是有信心的。当晚回到家里，他就把经济学方面的专业书籍翻了出来，一本本地抹去上面的灰尘，他要把他的专业重新捡起来，想想过去，他在专业方面是从不服输的，要不他怎么能够当上财专的校长？唉！还是理念的问题，人家林志刚怎么就想到去奔教授，还去读了博士了呢？自己当财专校长这几年到底在干什么？归根结底，还是自己的问题，所以，绝不能再这样下去了。这样想着想着，他那宽宽的脸盘渐渐地舒展开来。

黄群到来

黄群哪里是来找林志刚的麻烦？是她休假了，带着儿子来看林志刚了。她做了二十多年的公安工作，那照片一寄到她手里，就知道是别有用心的人想利用她去“炮轰”林志刚，想叫她丈夫的后院起火。她没有那么蠢，不会上那些人的当。更何况，她自己的男人她知道，就是年轻的时候，林志刚屁股后头跟着一大堆女人，他也没有越雷池一步，不过，写匿名信、打匿名电话告黑状的在所难免，开始的时候，她也生气，也找他林志刚的麻烦。但是正如林志刚所说，他也没有办法啊，他当领导不可能不工作，也不可能不和女部下接触，生活中总有那么一些人喜欢猎奇，喜欢捕风捉影，常常以小人之心度君子之腹，以为某某领导和哪位女部下多说几句话、多带她出几次差、多表扬她几次、多看她几眼、多帮她几次忙等就是喜欢她了。一些怀着政治野心的人就更可怕了，红的可以说成白的，白的可以说成黑的。有的人为了利益，什么事都干得出。后来，慢慢地她看清楚了，也相信了她丈夫说的话，再遇到类似的写匿名信、打匿名电话告状的往往一笑了之，这次打电话说找林志刚算账来了，是和林志刚开玩笑。她知道林志刚不会在意她说的话。黄群是个开明的女人，她知道如果她丈夫真有其他想法，那想挡也挡不住。每年从她手里过的类似的案子还少吗？何况，现在是什么社会什么时代了？她黄群离了他林志刚照样生活得好。

等林志刚回到家里，黄群和儿子早到了。一推开门，儿子就一个纵步从客厅中央位置扑过来抱住他并且哈哈大笑。林志刚一时没站稳，还往后退了一步才稳住身子，然后跨前两步，抱着儿子在客厅里旋了两圈。

“乖儿子，爸爸欢迎你到来呵！”林志刚满脸的笑。

“那你就不欢迎我了？”黄群正在给林志刚整理房间，听到林志刚回来了，和儿子在说话，就探出头来说道。

“老婆来了，当然欢迎啊！”

黄群虽然还是平时的一身警服，也许是一个多月不见了，林志刚觉得她今天格外丰润，来到卧室把她也抱起来旋了一圈。

“哈哈哈……”屋里响起了一串长长的笑声。

当天的晚餐在清江城区三江汇流处的中流砥柱西侧

的川主宫吃，三人在路上遇上张雪峰，便邀张雪峰一同前去。

黄群和儿子林周下车，上几步小坎，就走上一条斜斜地往江边走的、两边是高大的石墙围成的长长的巷子。巷子两边间或挂着红色的灯笼。虽然天还没有完全暗下来，但灯笼发出的红光却格外耀眼，使地面的青石板熠熠生辉。走进这样的巷子，好像走进了另外一个时代。

张雪峰边在前面带路，边介绍道：“川主宫是清江地区现存时代最早、保留最完好的古建筑。占地面积约五千平方米。始建于明洪武八年，为四川旅清江客民会馆，奉祀蜀太守李冰父子神像于其中，最后一次修复时间为清光绪年间。2006 年 5月，国务院将其列为国家级重点文物保护单位。现存有踏步、石栏平台、牌楼式大门、戏楼、两厢、正殿等建筑物。整组建筑群以高封火墙围护，墙体高低错落，庄重而不失灵秀，古朴而不拘于板滞，大门南北各设吊脚式飞檐眺窗，使得墙体、山门、窗台三者互为映衬，相得益彰。宫内，戏楼以十四柱托之，两层额枋均有浮雕木刻，系《三国演义》故事，或青梅煮酒，或乘骑挥戈。后金柱置‘八’字屏风，上绘福、禄、寿三星彩画，色彩古朴，栩栩如生。戏楼对角正殿与抱厦同向连为一体。抱厦坐于月台之上，画栋雕梁，穿斗勾连。值得一提的是川主宫精美的木雕、石刻、彩绘、泥塑，遍及宫内，是研究明清时期社会生活、戏曲、宗教艺术的珍贵实物，宫内现存的五通碑碣，均有极高的书法艺术价值和历史价值。”

随着张雪峰的介绍，他们走到了川主宫的正殿，里面摆放着许多精致的藤制品：藤椅子、藤沙发、藤桌子、藤茶几等。

“哪来那么多漂亮的藤器啊？”黄群禁不住问道。

“其实，这些藤器都是我们清江地区下面一个叫思州的县里制造的。”

“思州，我知道。”黄群说。

“哦，黄姐，您知道我们思州？”

“她不仅知道思州还知道黄土镇呢！”林志刚笑着说道。

“小张啊，你们校长说我的脚板大，是不是思州黄土的？”

张雪峰“噗”地笑出声来。

“我也知道思州和黄土。”林周抢着说，“思州斗篷，沿江伞，黄土姑娘大脚板。”

“其实，也有另外一种说法。”张雪峰有意停一下，卖个关子。

林志刚和黄群都看着他。

“另外一种说法是：思州藤器，沿江伞，黄土姑娘不用选！”

“好！看来我这辈子找黄土姑娘找对了。”

黄群笑得弯下了腰。

他们吃饭的地方设在正殿的左侧，清静优雅。林志刚见两边的墙上挂着几幅书法和绘画作品，就走拢去细细欣赏。

张雪峰急忙转过身指着他面前的那幅作品介绍道：“这是我们清江地区沿江县魏先生的作品。他的作品粗看朴实无华，细品则如飞流击石。魏先生自小就独钟书法，广临碑帖，博览群书，少有所成。”

“老婆、儿子，过来看看我们清江地区沿江人的作品。”林志刚的脸上洋溢着少有的自豪。

黄群用异样的眼光看着他问：“你才到清江地区几天？就‘我们清江地区沿江人’了。”

“哪怕一天，我都是清江地区的市民。儿子，你说对不？”

林周点头。

“雪峰，给他们娘俩介绍介绍咱们清江地区沿江人的书法。”

“好！黄姐、周周，我们清江尤其是沿江的书法确实不错。沿江县自古文风鼎盛，特别是书法艺术的成就之高和普及之广，世所少有，使沿江很早就享誉了‘书法之乡’的美名。到清代，沿江书坛上是名家辈出，最著名的有王道行、周以湘、潘登云、严寅亮四大家，其中又以题写‘颐和园’匾额的书法状元严寅亮最为有名。”

“叔叔，你对沿江那么熟悉，你是不是沿江人？”林周盯着张雪峰问。

“不是，但我喜欢书法。”

“张叔叔是我们学校的书法家。”

“林校长夸奖了，不敢当。”

“清江地区真是人杰地灵！”黄群由衷地赞叹。

“好，还是边吃饭边谈吧？”张雪峰见菜已经上齐就说道。

“好，吃饭。”林志刚边说边走到桌子边坐下。

张雪峰指着桌上的菜介绍道：“清水江里有四种鱼比较有名，叫鲭、鲨、鲈、鲤，可惜现在只有鲤鱼了。所以，我们清江学院尊贵的客人到来，经请示校长，我们今天就吃清水江里的鲤鱼。”

“我说呢，小张怎么知道我们娘俩喜欢吃鱼。原来是林大校长亲自指挥的。好，我们吃。”

林志刚笑而不答。

吃完饭，他们由正殿到戏楼、到牌楼式大门、到石栏平台。此时，天已经完全黑了，但外面却到处是团团的灯火，尤其是隔江相对峙的中流砥柱上的跨鳌亭，更是灯火辉煌。

“这就是我们清江著名的‘十二景’之一的‘中流砥柱’！”

“多美的风景啊！”黄群赞叹不已。

林志刚看着这美丽的夜晚，想起肩上的重任，禁不住轻轻地吟诵起清代诗人刘秉彝的题为《中流砥柱》的诗来——

铜岩真秀拔，
屹立水中央。
砥柱如长在，
何畏狂澜狂。

黄群从丈夫吟诵的诗句中能够体会他在这儿的压力和想干一番事业的雄心壮志，于是，跨前一步，挽住他的手臂，并肩站着，面对着中流砥柱和中流砥柱下静静流动的江水，忽然好心疼她的丈夫！是啊，他一个人在这儿打拼，家里没一个人在他身边，要是有什么想不通的事情，连个说话的人都没有。据说某地区的一个外地来的组织部部长，由于工作压力太大，居然跳楼自杀。

不管这些是不是真的，她每当听到这些传言，就忍不住为林志刚担心。看来她今后还是应该多过来看看他。

他们继续往下面走，来到江边，三江两岸的灯火和江水中的倒影，尽收眼底。

“那就是清江地区有名的东山。”林志刚指着对面的山告诉黄群。

“就是你说的想写篇游记的东山吗？”

“是。”

“那我和周周明天去看看？”

“好！我争取陪你们去。”

回到家里，已经晚上九点多钟了。一进门，周周就提出，今晚他要一个人睡。林志刚和黄群都拿吃惊的眼神看着他。黄群已经在另一间为自己铺好了床，因为只要林志刚回到家儿子都是要和他睡的。儿子提出要一个人睡，让他们觉得他一下长大了。

夫妻俩在客厅坐了许久。黄群几次去看儿子，儿子都没有睡着，直到她站在儿子的床前见儿子已经入睡了，才来到丈夫的卧室，轻轻地拉上门，紧紧地依偎在丈夫的怀里。

改革动员

又是一个炎热的下午。学校所有副科级以上的干部、所有讲师以上的教师，在校本部学术报告厅召开“清江学院改革发展动员大会”。会议由江枫桥主持，林志刚做清江学院改革发展的动员报告，分三个部分：第一，回顾过去办学的历史，总结经验和教训；第二，提出改革发展的必要性和现实意义；第三，进行改革的初步想法。林志刚讲了一个多小时，会场的秩序一直很好，没有人说话，也没有人睡觉，大家都听得很认真，因为这些既是学校的大事，也与广大干部和教师的切身利益有关。

林志刚见大家都非常认真地听他讲，也就放开稿子谈他对学校改革发展的思考和基本想法。他越讲越激动，谈到学校发展的蓝图和构想的时候，他甚至有些热血沸腾，一向紧锁的浓黑的眉头也完完全全地舒展了。广大干部和老师也为他的情绪所感染，给了他一阵又一阵热烈的掌声。

林志刚讲完，下面响起了经久不息的掌声。

但是会议一结束，汪兰就打电话给林志刚提意见，说：“校长，您说得很好，但不应该说‘如果有一天在某个地方把我们学校的新校区真正建成了，我死后就把我埋在能看得到学校的地方’。这些话，让我们听了不好受，我们不爱听！”

“好，我今后不再说这方面的话。”林志刚感动地回答道。

第二天晚上，学校各处室各学院办公室灯火通明，根据学校的统一要求，大家都在结合学校的实际，对林志刚的报告进行讨论。各讨论点气氛都非常热烈。

党群部门的讨论设在学校本部二楼会议室。会议由张雪峰和娄青主持，江枫桥到会指导。

张雪峰做了简短的开场后，娄青第一个发言：

“学校这么大一个摊子，一千多教职工，八千多学生，如果不走改革发展的道路，完全沿袭原来六所学校的做法，显然不可能把我们现在的清江学院办好。所以，我以为学校的改革势在必行。”

戴着一副老花镜的统战处处长李雯接着说：“改革是必要的，我赞同小娄的意见。但是改革是在原有基础上的改革。我们不能一说改革，就对原来的所有东西包括一些好的经验好的做法进行否定。我的意见是，对原来六所学校好的东西，我们要继承，并且要发扬光大。”

江枫桥点头赞许。

“我发个言。”赵晴雯带着满脸的笑意说道，“我觉得确实要改革，只有改革发展了，才能解决现在存在的许多问题。但是，如何改革？怎么改？我觉得应该有重点，不能各个方面一哄而上，否则，会出乱子。”

工会办贾西伟主任特别老实厚道，只表了个态：“同意大家的意见！”

宣传部龚小明部长个子不高人也比较瘦，脸盘窄窄的，但很精明，也很会说话：“谢谢江书记亲临我们党群组听取意见。我说两点意见：第一，改革很有必要。同志们都谈了，我不再谈。第二，改革的主要内容要明确，也就是改什么。林校长说了：改革以教育教学为重点，包括人事分配改革、招生就业改革、学校行政后勤管理的改革等三大块。我以为还应该进一步细化，每个方面都应该提出可以操作的东西来。”

江枫桥也在会上说了自己的意见：“改革发展，这是党和国家大的方针政策，无疑是正确的，只是我们清江学院如何贯彻落实的问题。是全面开花，还是有重点有先后？学校提出的以教育教学改革为重点，包括人事分配改革、招生就业改革、学校行政后勤管理的改革等三大块，行不行？我看是可以的，我的主要任务是思考人事分配的改革。单就人事分配的改革来说，肯定有必要，但是鉴于我们的教职工代表大会才召开两个多月，新的人事分配方案也才在会上通过，马上又改，可能反而不好。娄青，你说呢？”

娄青从江枫桥的讲话中听得出他对大面积进行改革的担忧，见他问她，就说道：“有道理，把人事分配的改革放在后面一点进行，走稳妥一点，是必要的。但是，我认为，人事分配还是应该改革，教职工代表大会通过的那个方案，只是一个过渡。通过改革方案的制定，来调动广大教职工的积极性，非常重要，方案制定得好，可以少做许多工作。”

行政部门的讨论设在学校本部五楼会议室。会议由杨昌明主持，汪兰到会指导。同志们就改革发展的必要性和改革发展应该注意的问题分别做了发言，因为汪兰协助林志刚组织拟定学校行政后勤管理的改革方案，她专门把这方面的问题提出来进行讨论。

在讨论中，杨昌明提出引入质量认证管理体系的问题。

“能不能再说得具体一点？”汪兰感到非常新鲜，很想了解更多的信息。

杨昌明慢腾腾地说道：

“实施质量认证管理体系的目的在于提升顾客满意度。凡是通过认证的企业，在各项管理系统整合上已达到了国际标准，表明企业能持续稳定地向顾客提供符合预期的合格产品。目前，我国已经有三十多所高校引入了这一管理方式。”

“谢谢！”汪兰听到质量认证管理体系这个管理的新方式，如获至宝，郑重地把质量认证管理体系写在她的红色笔记本上。

师范学院的讨论地点在原师专行政会议室。会议由蒋界冰主持，林志刚到会指导。参加会议的有学院的副科级以上干部和部分教师代表。林志刚的到来给他们以鼓舞，整个讨论气氛很好。

方骏也发了言，而且说得很动情：“尊敬的林校长，过去多有冒犯，很对不起。现在我才看清楚，原来林校长才是真正在考虑学校的发展，真正地在为我们广大教职工做事。昨天林校长从学习《为人民服务》一文说起，所讲的一段话，让我们很感动，尤其是校长您说的‘如果有一天在某个地方把我们学校的新校区真正建成了，我死后就把我埋在能看得到学校的地方’，让我的眼泪都涌出来了。有这样的校长，我们真的看到了希望。您说的‘教授培育工程’‘学位提升工程’等若能够实施，那真是我们广大教师之福、学校之福。过去我们想搞一点科研，学校不支持。这些政策若能够实现，我们教师就有奔头了。大学就该这样办啊！”

林志刚听了同志们的发言后，也做了热情洋溢的讲话。

王学会、黄威、杨盛军三位学校领导分别到医学院、经济管理学院和农学院进行指导。他们的讨论都很热烈，这几个组的讨论中，更多的人谈到了学校办学定位和整体搬迁异地办学的问题，认为学校应该尽快把办学定位的事情讨论清楚，把整体搬迁异地办学的事落到实处。这些都是学校的重中之重。

当晚，林志刚就听了各组讨论的情况汇报，他非常兴奋，回到家里，他还把已经入睡的黄群叫起来听他讲学校的情况。因为他知道，只有把学校教职工积极向上的情绪给调动起来了，才谈得上学校的发展。长期的学校管理的经验告诉他，最重要的就是学校教职工的精神状态。如果一所学校教职工的良好的精神状态垮了，那这所学校也就完了。他在他的《大学精神》一文里说过这样一段话：“大学最重要的是什么？是那些古朴典雅的建筑和现代化的楼房？是那满馆的图书和那些先进的仪器设备？是那些皓首穷经的教授和那些风华正茂的年轻学子？是那些不断贴出的花花绿绿的海报？是那慷慨激昂的演说？是那幽默睿智的辩论？是，也都不是。大学精神是我们每个校园人和走进校园的人都能感受到的一种无影无形的表现在大学校园的幽静的环境里、大学老师的滔滔不绝的演讲中以及青年大学生渴求知识的眼睛里的大学的精神。”

大学精神真的这样重要吗？至少林志刚的心里是这样认为的。东南师专的迅速发展，就得力于他对大学精神文化建设的重视。他主持的“关于东南师专大学校园文化研究与实践”的课题，曾经获省高校优秀教学成果一等奖。而大学精神文化就是大学校园文化最核心、最重要的内容。谈到管理的时候，他在东南师专的时候常常说：“最高的管理是文化的管理。”到清江学院后，他没有说这个话，他清楚地知道，清江学院的管理还没有到提文化管理的时候。

但是，他迟早会把这一问题在学校的层面上大张旗鼓地提出来。

校区选址

清晨，空气很好。林志刚早早地起了床，就走出家门，来到了清水江岸边长长的河堤上，先慢步来回跑了两趟，然后在河堤上散步。江水绿悠悠的。河面上，已有人划着船在撒网打鱼。河上的水雾在缓缓地升腾。

好一幅静默的水墨画！

林志刚想今后应该多来这河堤上走一走，看看这美丽的清水江，呼吸清水江畔清新的空气。

大概是早上到清水江畔走了一趟的缘故，林志刚的心情特别好，一进办公室，见上班的时间还没有到，就不像以往马上处理看不完的文件，而是打开音响，听起歌来。

他听的是一位著名歌唱家演唱的《我的家乡桃源山》。他喜欢这首歌，因为这首歌能引起他对人生的许多思考，能让他作为清江人感到自豪，听到那熟悉的音乐飘出来，他就禁不住轻轻地跟着哼起来。

“唱得好！”赵晴雯今天也提前来到学校，见林志刚的门开着，就轻快地走了过来，想不到居然听到了林志刚浑厚的歌声。

“晴雯啊，今天怎么这么早？”林志刚边问边关掉了音乐。

“来听林校长唱歌啊！”

“有事吗？”

赵晴雯坐下来，扑闪着她那双会说话的黑色发亮的眼睛看着林志刚，说：“有句话，不知道该不该说。”

“说吧。”林志刚也直视着她。

“学校改革发展的事，已经把大家的情绪调动起来了，是很好的事，但是，我以为您应该注意领导班子的意见统一，这很重要。否则，会影响学校改革发展工作的推进。”

“你是说，对学校改革发展我们班子里的人有不同意见吗？”林志刚追问道。

“是！我觉得有不同意见在你们领导班子里说是可以的，在下面说影响不好，群众会认为你们自己都没有统一意见。有许多人担心这些改革方案落实不了，就有这方面的原因。而且，你们每次开会下来，都有不同的意见在下面流传。当然，也有可能是下面的人胡乱揣测，不一定是校领导说出来的。”

“晴雯啊，谢谢你把下面的情况告诉我，好让我能够听到不同的意见，有利于做出正确的决策。但是没有关系，时间一长，真理就是真理，谁也否定不了。如果有校领导到下面乱说，肯定不应该，要讲就应该讲班子统一定的意见，不过，时间长了，人们也会看清楚。喜欢在下面乱揣测也不好。”

赵晴雯点头。

林志刚喝了一口茶，陷入了沉思之中。

“那我走了。”赵晴雯站起来准备离开林志刚的办公室。

林志刚招手示意她坐下，然后，问了一些关于共青团工作方面的问题，最后说：“晴雯啊，共青团工作非常重要，多开展一些健康有益的活动，帮助学生发展。学生到学校来，就是来提升和发展的。你们做青年学生思想工作的，也一定要有围绕学生发展开展工作的理念，不是为开展活动而开展活动，开展活动是为了促进学生的发展。”

赵晴雯说：“谢谢林校长的指导！确实应该坚守学生发展的理念，围绕学生发展设计各种活动。我们过去没有想明白，现在我知道了，请校长放心，我一定会把学生发展的理念落实到我们共青团的工作中去。”

“好！”林志刚点点头。

赵晴雯一走，林志刚就打电话找文同志，询问学校新校区的选址情况。

只听见话筒里传来文同志那粗壮的声音：“就按昨天给您汇报的时间，早上九点钟，请学校领导一起去实地察看，您看行不？”

“好！”林志刚看了一下表，见离九点钟还有半个多小时，于是打开电脑，想查一查资料，许久没有做学问了，心里好像有一点空落落的。他从百度进入，找到中国知网，可就只能看到论文标题看不了全文，就打电话问办公室，是不是没有给他的电脑开通中国知网。党政办秘书小杨跑来看了一下他的电脑，说：“是没有开通。我马上和电信联系给您开通。”

“什么？要去联系电信？”林志刚有些想不通，学校的数据库怎么还要让电信管。

林志刚这么一问，让秘书小杨一下蒙了，心想：不去联系电信怎么给您开通？嘴上只好说：“是，是要去联系电信。”

“那你去吧。”

小杨每次走进林校长的办公室都有些害怕，因为林校长对他们总是板着面孔，听到说让他走，就像一阵风一样转身飘走了。可林志刚马上想到一个问题，又打电话把小杨叫过来。

小杨一进门就战战兢兢地问："林校长，找我还有什么事吗？"

"我想问，是不是学校没有数据库？"

"数据库？"小杨摇了摇头。

"我们在网上查的中国知网、维普等就叫数据库，如果买了这些数据库，我们的教职工就能够顺利地进入这些数据库，查看这些数据库里面的资料，还可以下载。"林志刚看小杨有点紧张就耐心地笑着说。

"那我们学校没有买。"小杨说。

"好，不用去找电信了。你去吧。"

林志刚打电话向杨昌明询问数据库的情况，得知原来几个学校都没有买数据库。林志刚明确指示："请收集数据库的有关情况，并找几个人商量，拟出《清江学院数据库建设方案》，上报学校研究。"

林志刚放下电话，摇了摇头，心想这么大一所学校，在信息化高度发达的今天，连个数据库都没有，怎么做科研？怎么提高教育教学质量？他喝了一口茶，见九点钟已到，就关门下楼看新校区的选址去了。

新校区建设初选了三个地方。学校领导在文同志的带领下，先驱车到清江地区南面的谢桥区看第一个初选地址。那里地势比较平坦，但是面积只有四百多亩，而且靠近坝子最南端的山弯，远远地看去，那里青烟缭绕，给林志刚的感觉是北面城市的废气可能随时随风朝那儿飘去甚至堆积在那儿。看了以后，林志刚没有说话，只是江枫桥说那儿不错，可以利用城市的道路管网，可以少花很多钱，离城也近。

他们看的第二个地方叫巴雷岗。那里四周都是山，像一口大盆，可能有六百多亩，只是给人的感觉没有办大学的气象。

第三个地方是在清江地区北面的乌泥区。离城有六七公里，而且要上一个长长的斜坡，但是上了斜坡以后就是一片很大的开阔地。这片开阔地被一条潺潺流动的溪水一分为二。溪水两岸有几个村庄，人口都住得比较集中，村庄的周围大多是层层的梯田和大片的荒地。

当林志刚一行穿过清江城开始北上的时候，天下起了雨，而且雾很大，司机透过车窗只能看到几米远的距离，文同志很着急，心想今天完了，领导们肯定看不清楚。他心里知道，这才是一块真正的风水宝地。要是领导们看不中该多可惜！他回头看看林志刚。林志刚表情默然，其他领导也不说话。

他们乘坐的黑色面包车在浓雾的包围中缓缓地前行。可当车子开到文同志他们选中的那块地的公路旁的时候，雾开始散了，雨也停了，一缕阳光从云层中跌落下来，正好照在林志刚打开车门伸出来踩在地面的脚的脚背上。

由于天色比较暗，照在林志刚脚背上的那一缕阳光格外明亮，像一地黄金闪闪发光。周围的人都不约而同地发出惊叹声。

他们走过人行桥，爬上一座矮胖的山岗，环顾四周，有一种豁然开朗的感觉。面朝公路，背后是一座定海神针似的突兀的山，山上长满了青青的竹子和苍翠的松柏。一只老鹰正围着山盘旋。左下方，是一片人工栽培的碧绿的树苗，大约有三百亩。右侧是一坝梯田和一些稍微起伏的小山丘，一直延续到烟雨朦胧的村庄那边，至少有两千亩地。前面，就是潺潺流动的小溪水。由于当地村民需要用水灌田，就在溪流上筑起了河坝，也就形成了一个接一个的堰塘。就在这座矮胖的山的前面，有一个月牙形的小堰塘，如果在下面再筑坝，那就成一个月牙形的小湖泊了。

此时，天上仍然裂着口，一缕阳光洒下来，照在他们的头上。

王学会背着手在山顶不停地走来走去，口里自言自语："好！好！"

黄威看着盘旋的老鹰，说："有灵气！"

杨盛军面对着流动的溪水，不断地点头。

身材高挑的汪兰来到林志刚的身边，直接说道："校长，就是这儿！"

林志刚点头。

只有江枫桥脸上没有任何表情，也一句话没说。

在那座矮胖的山顶，他们大概停留了十来分钟，就下山，过桥，回到公路边。等他们一上车，天上乌云裂开的口一下又合拢了去，阳光在一瞬间不见了，天又暗了，雾又飘了起来，雨又开始哗哗地下了。

这一奇怪的自然现象，让他们目瞪口呆。

林志刚在想，莫非真是因为这块土地的主人到了？

就连江枫桥也在想，莫非这真的是天意？

偷拍曝光

就在快下班的时候，娄青办公室虚掩着的门被一个浓眉小眼的人轻轻地推开，然后传来战战兢兢的声音：“娄处长，我有事找您。”

娄青从文件堆中抬起头来，一看，问：“你是？”

“娄处长，我是刘本根校长的秘书小赵，赵东雨。”

娄青一听说是刘本根的秘书，心里“咯噔”了一下，于是冷冰冰地说道：“哦，有什么事，你说吧。”

“扑通”，赵东雨突然双膝跪在了娄青办公室的桌子前。

娄青看他“扑通”一声就跪了下去，尽管心里有所准备，也禁不住吃惊地问：“你、你，怎么了？快起来，快起来。”

“我、我，对不起您！”

“快起来，快起来！”娄青起身把他扶了起来。

“那照片是我偷拍的。”

“什么？那照片是你偷拍的？”娄青平时那一双和善的大眼睛一下像要喷出火来。

“是，是我。那天，我也在城市花园酒店吃饭，见您和汪主席、林校长进来，我就转身背对着你们，后来，我又从侧面到屏风背后听你们说话，趁你们不注意，就用我的手机偷拍了你们的照片。”

“你怎么能这样？”

“是我一时糊涂。刘校长虽然犯法了，但是他对我很好。只要一想到刘校长对我的种种好处，尤其是刘校长被抓进去以后，由于我当过他的秘书，不少人对我的冷眼，我就想不通，觉得这些都是因为林校长来了才发生的。所以，见有了机会就想发泄一下。”

“你怎么想到自己坦白了？是自己良心发现了？”娄青直视着他问道。

“不！不！哦，是！是！”

“你还不老实说啊！”

“好，我说，我说。昨天公安局找我去谈话了，他们说，只要你们能够原谅我，就不再追究我了。不过，不过，我，我，确实，确实心里后悔了。我错了，我错了！”

“好了，你走吧。”娄青知道是她老公在起作用了。

“那，对不起了，娄处长！”赵东雨打着哭腔说。

赵东雨走后，娄青的心里久久不能平静。心想幸好这件事没有传开，一旦传开，岂不把她、汪兰和林志刚的关系炒得沸沸扬扬？许多人对男女之间的事都特别敏感，尤其对领导这方面的事更为关注。只要有一个人随便说一句假设的话，第二个人就会说可能是真的，第三个人就说是真的，第四个人就会说得活灵活现。

娄青来到汪兰的办公室。汪兰的办公室比她的办公室宽不了多少，但是比她的办公室讲究多了，尤其是那几盆兰花点缀其中，给人以清新淡雅的感觉。汪兰正在看书。娄青坐下了，她还没有发现。

“兰妹妹好用功啊！”

“哦！娄姐，对不起！我还真对这本书着迷了呢！”汪兰合上书，从她的办公桌前走出来到娄青坐的沙发边挨着坐下，然后用那双永远都水灵灵的眼睛打量着娄青。因为娄青没有事一般不会在上班时间到她的办公室来，她有私房话要说常常是在下班后找她聊。今天来，一定有什么事。

娄青看透了她的心事，反而不想急于把刚刚发生的事告诉她，于是，用一种调侃的口吻说道：“既然喊娄姐喊得那么亲热，那就先给娄姐报告一下，你看的是什么书？是什么书那么让你着迷？”

汪兰站起身，把她刚刚看的那本书拿了过来，递给娄青。

娄青一看，原来是怀特海的《教育的目的》，她听林志刚说过这本书，但不了解具体内容，心想今天汪兰兴致很好，不正好请她给说说，反正快要下班了，也没有什么急事要办。于是，拢了拢她的头发，仍然以大姐的口气说道："那你讲给我听听，也让我长点见识。"

"好啊！我讲讲。"汪兰转身给娄青倒了一杯桃源山云雾茶，就开始说道："我喜欢这本书还不仅是因为林校长推荐。怀特海是英国人，他原来是一个数学家，我读硕士研究生时，在荆州大学图书馆看到过他与他的学生罗素合著的一本书《数学原理》，但不知道他还写了这么一本教育学方面的书。这本书还真的写得好，你看他在书的开头就说——"汪兰停了一下，从娄青手中接过书，翻到第一页，指着那一段说道，"支离破碎的信息或知识与文化毫不相关。一个人仅仅见多识广，他不过是这个世界上最无用而令人讨厌的人。"

"是啊！我们过去一般都会认为见多识广，是好事啊。"娄青觉得这句话讲得有新意。

"还有，你看。"汪兰翻到书的第七页，"你看。他说，要使知识充满活力，不能使知识僵化，而这是一切教育的核心问题。"

“还有，他说，大学存在的理由是，它使青年和老年人融为一体，对学术进行充满想象力的探索，从而在知识和追求生命的热情之间架起桥梁。你看，你看，他讲得多好啊！”

“他说什么，充满想象力地探索知识？”

“对！充满想象力地进行教学，充满想象力地开展科学研究，充满想象力地开展行政管理工作。学校要是能够达到这样的境界，就真的办好了！”

娄青不断地点头，然后，说：“你看完后，借我看看。”

“好啊！”

娄青还顺便问了一句：“兰妹妹，是不是在准备奔教授的事了？”

汪兰先叹了一口气，然后说道：“我是准备了一下，但是，要重新把学问捡起来，真是很困难。我看这些教育方面的书比较容易，再回去看那些数学方面的专业书籍真是很头疼。前一段时间，我想在数学与文化的交叉地带做一点研究，想写一本数学文化方面的书，但也有很大的难度。不做又不行。有点困惑。你呢，娄姐？”

“我还不是一样的，在慢慢地捡。现在不做，肯定不行啊！不做就落伍了。不过，我倒有个想法。”

“什么想法？”

“转专业。”

“怎么转专业？”汪兰急促地问道。

“我不想再去搞会计专业了，想做教育学。”

“评教育学的教授？”

“对！”

“有道理。那我也转到教育学方面来。对！做高等教育管理。”

“是啊！我们现在每天做的就是高等教育管理工作。试想，如果能够把这些行政管理工作当成学问来做，岂不是一举两得？”娄青说得有点激动。

“这样说起来也对，你看写这本书的作者怀特海，”汪兰指着还拿在手里的《教育的目的》一书说，“他不就是由数学转到教育学上来的，其间他还做过一段时间哲学，曾经创立了过程哲学学派，过程哲学认为任何事物都是有生命的，比如我们的大学也都是有生命的组织。在六十三岁时，他被哈佛大学哲学系聘为教授，讲授哲学，后来觉得哲学不好玩了，就来研究教育。这本《教育的目的》就是他研究教育的成果。”

“这老头真是了不起！”娄青说，“不过，湖南师范大学退休的老校长原来好像也是先学数学的，后来研究哲学，现在是我们中国高等教育哲学学科泰斗似的人物。

我看不仅数学离哲学最近，其实数学离教育学也很近，不是吗？你看你们一个个学数学的都来做教育学了。”

“应该说，包括你们会计学在内的所有学科离教育学都很近。”

“原来不知道高等教育研究已经发展成一门学科了。我国高等教育学的创始人是厦门大学的潘懋元教授，已经九十多岁了还在带学生，真令人佩服！”

“娄姐，看来你早就在关注高等教育学了。”

“高等教育学还真值得学！大学有其特殊的要求和运行规律，比如院系设置的规律、内部治理的规律、学科专业建设的规律、课堂教学的规律、教师发展的规律、学生成长的规律、校园文化建设的规律，等等。可以说，规律无处不在、无时不有，就像一张无形的大网密布在大学的天空，甚至隐匿在师生员工的心灵世界之中，以致有的管理者违背了规律而浑然不觉。在世界高等教育学的百花园中，先后涌现了纽曼、弗莱克斯纳、加塞特、雷丁斯等一批高等教育理论大家及其经典著作。我国自潘懋元开创高等教育学以来，也涌现了一批卓有成效的高等教育理论家，比如朱九思、张楚廷、杨德广、刘献君、陈学飞等老一辈高等教育理论家，他们不仅在理论上做出了卓越的贡献，而且在实践方面也做了积极的探索。还值得一提的是，在我国当代高等教育理论研究方面，张应强、眭依凡、阎光才、马陆亭、李立国、刘振天、别敦荣、周光礼、史秋衡、陈廷柱等一大批中青年高等教育理论家非常活跃，不断有高水平的理论研究成果问世。他们的著作和理论在一定程度上揭示了高等教育的规律。遗憾的是我们学校的高等教育管理队伍中愿意花时间自觉学习高等教育管理理论和知识的不多。”娄青把她所了解的高等教育学方面的情况一股脑都说了出来。

“娄姐，你怎么一下对高等教育学了解得那么多啊？”汪兰睁大眼睛看着她，并禁不住问道。

“最近从一篇文章中看到的。不过，我有个建议，往高等教育学专业转的事，我们暂时都不说，怕转不过来。”

“好！”汪兰回答道。略一沉思后，她又和娄青说了如下想法：

“不过，娄姐，我还想是不是应该先去报考博士？”

“那更好啊！只是不知道你的英语怎么样，现在就是怕英语。”

“我的英语基础还可以，英语课老师短缺时我还去给他们顶过课，一直没有放弃英语学习。”

“那我支持你先考博士，学校发展需要教授，但更需要博士，你作为领导正好带个头。”

“那你奔教授？”

“好！我奔教授，你考博士！”娄青回答得很坚定。

“他们男人能干的事，我们女人也能干！”汪兰还沉浸在对未来的憧憬中。

娄青看到汪兰的好心情，就不大想说赵东雨的事了，但转而一想，汪兰只有了解这些情况才能进一步看清人事关系的复杂，于是，说道：“我还是要把今天发生的事告诉你。”

“是啊，你今天到我办公室来，肯定是有什么事。”

“是有点事。我看你心情那么好，真不想说了。”

“不！不！一定要告诉我。”汪兰的语气有些急促。

“好！不急，不急，我告诉你。”娄青呷了一口茶，平定了一下自己的情绪，然后，不急不慢地把赵东雨的事说了一遍。

汪兰一脸惊讶地听完了娄青的叙述，要不是娄青给她说的，她怎么也不会相信。她与刘本根及赵东雨他们相处了多年。刘本根确实对人很好，他贪污被关进监狱，让她好长一段时间没有想通，一个人的外在表现与背后做的事相差怎么会那么大呢？直到有一天，她去听了人文学院龙群生老师讲《礼记·大学》的课后，才渐渐明白了。龙群生老师在那一堂课中对“故君子必慎其独也”一句做了详细的解读，原来在古人的眼里，最高的道德境界，就是在闲居独处无人监督之时也能够自觉遵守各种道德准则。而上了很多年古典文学课的刘本根可能压根就没有弄明白“慎独”的真正含义，或者，可能刘本根原本就不相信有人能够做到“慎独”。可她汪兰相信有人能够做到“慎独”，她自我审视，虽不敢说自己时时处处都做到了“慎独”，但原则性的问题，她绝不含糊，自己绝不当面一套背后一套，她讨厌那些虚伪的人！这样一想，刘本根留在她心里的阴影也就渐渐消失了。赵东雨给她的印象其实也是很好的，只是那浓黑的眉毛与那一双小小的眼睛看起来有些不太顺眼，平时汪校长汪校短地叫着，她在清江师专担任副校长的几年里，应该说，赵东雨在她的心里也没有留下什么让她讨厌的地方。她好像也没有得罪过刘本根和赵东雨。赵东雨怎么能这样对她呢？她这样想着，心里的怒火就自然地冒了出来，说了一句让她自己都吓了　跳的话：“我们去告他！”

“兰妹，这样的事能够去告他吗？没告着他，我们反而被伤着了！”娄青依旧很平静。她知道，汪兰说的是气话。

“那就打他一顿！”汪兰还在生气。

“我也想揍他一顿！”

“赵东雨这家伙真是可恶！”

“唉——”娄青长长地叹了一口气。

“就这样算了？”

“那有什么办法呢？不过，如果这些人多了，学校还真会被他们搞乱的。”

“绝不能让他们把学校搞乱！”一向温文尔雅的汪兰说得斩钉截铁，让娄青对她另眼相看，也禁不住重复了一句：“对，绝不能让他们把学校搞乱！”

汪兰把手伸过来，娄青也把手伸出来，她们俩的手紧紧地握在了一起！

此时此刻，她们肯定是敢于赴汤蹈火的战士！

刘成故事

林志刚回到办公室还在回想从县里调研返回学校途中的商务车上，王发生给大家讲的他们原商专刘成的两个故事——

在一个骄阳似火的日子，清江商专的青年教师刘成一脸的愁苦，明天就要带几千块钱到省城出差，这么一大笔现金怎么带呢？当时的小偷比较多，装在皮包里，当然不行，按当时最流行的办法，藏在三角短裤的裤兜里，似乎也不是好办法。

刘成冥思苦想，瘦长的身子在屋里坐立不安，直到晚上客厅的闹钟“当当”地敲过了十下，只见他一拍大腿，“好”的一声站了起来，不一会儿，就拿出一沓信封，将现金分别装入各个信封中，用糨糊将信封的封口一一封上，然后从他的衬衣口袋里抽出他经常用来写日记的那只黑色的钢笔，把信封摊在茶几上，做成未发出的信，就是小偷看到了，也不会要，那么，写哪些地址呢？既然是前往省城出差，那当然还是写省城的好，于是，就在十九个信封上分别写上了省城的十九个不同单位的地址。

干完这一切，刘成开心地笑了。

天仍然很闷热，连阳台上也没有一丝儿风。刘成把第二天出差要用的东西又检查了一遍，深信再也没有什么遗漏了，才长长地打了一个哈欠，钻进洗澡间，冲了一个凉水澡，上床睡觉了，可夜半醒来，当他想到他装钱的信封，又有些睡不着了，总觉得还有些不踏实，想来想去，他又拉亮电灯，翻身下床，把装钱的信封一一贴上邮票，才放心睡了。

这一觉刘成睡得很沉，一直到他的老父亲“咚咚”地捶他的卧室的门，他才一骨碌爬下床，提起包冲出门，往车站奔去。

刘成一路上坐汽车赶火车，精神很好。

晚上八点半，刘成按时到达省教育厅招待所，在那里，他意外地遇到清江教育局的王国龙。

王国龙年已五十出头，一脸的热情，见刘成到来，就邀刘成和他同住一间，好互相照应，刘成急忙点头称是，他们俩异地相逢，格外亲热，有说不完的话，当晚絮絮叨叨地聊到深夜。

第二天，他们俩各忙各的。刘成办完事，早早地回到招待所，斜躺在床上看他的《易经》。王老师经常出差在外，办完事，总要在街上溜达，帮人买这买那，他这次也不例外，直到晚上九点过他才提了一包东西回到招待所。

第三天早上，天才蒙蒙亮，刘成就摸摸索索地起床，取了两个信封装进衬衣口袋里，就轻轻地带上门，外出办事去了。但不到十点钟，就急急忙忙地赶回来了。推开招待所的门，直奔他的床铺，见黑皮包还歪歪斜斜地放在那儿，先松了一口气，但打开皮包，却又傻了眼，因为他清清楚楚记得还有两封信在皮包里，可这时却不见了。

正在这时，王国龙也外出回来了，见刘成在那儿翻皮包，就问："小刘，你找什么？是不是找信？"

刘成转过身，脸上沁着汗，点头答道："是，是！"

"哦，是信，你不用找了。"

"你看到我的信了？"刘成急切地问道。

"是的。"

"是两封信？"

"是两封。"

刘成明明白白地听清楚了王老师说的是两封信，他才像放下千斤重担似的，瘫坐在床上。

王国龙缓步走到他自己的床边，接着说道：“我早晨起来，准备去邮局交信，就顺便带去给你交了。”

“已经交了？”刘成“嘣”地从床上弹了起来，吃惊地问道。

“交了，交了，哪能不交呢。”王国龙边低着头脱鞋边回答道。

刘成哭笑不得，但转念一想，又觉得不好把事情说明，怕王国龙产生心理负担，急忙赔着笑脸说：“谢谢，谢谢！”

王国龙见刘成说谢谢，便掏出烟，点燃，深深地吸了一口，说道：“谢什么呀，顺便交封信算什么呢！”

回到家里，刘成几天没有睡好觉，脸明显地消瘦了。四百元钱虽然不是什么了不起的大数目，但对月工资不足百元的刘成来说，要贴上不是容易的事，加上自己这么周密地考虑，竟出现这样的差错，心里老想不通。后来，和他的好朋友，长得矮胖胖的林桔生商量，还是决定给他记得的省委宣传部、省委组织部、省委办公厅、省教委等单位一一发函询问，因为，他已记不清王国龙代他发出的两封信的准确地址了。

一个多月后，省委宣传部和省委组织部分别给了回信，说他们确实收到了两百元钱，但他们要经组织核实后方可奉还。

又是一个多月后，刘成被叫到清江商专的保卫科写了事情经过，才拿到那四百元钱。

尽管经过了很多折腾，但刘成的心中还是充满着感激，在收到钱的当晚，写了两封长长的感谢信，第二天分别寄给了省委宣传部和省委组织部。

政策刚刚放开的那会儿，刘成的心里痒痒的，吊在嘴巴边最多的词就是“下海”，总想找一个机会“下海”去游一游。

学校放假的第二天，刘成一觉醒来，天才蒙蒙亮，就一骨碌溜下床，早早地来到清江县城北的菜市场。那里空荡荡的，只有几个卖西瓜的人在忙忙碌碌地搬运他们刚运来的一车西瓜。刘成一打听，原来清江县城的西瓜都是从溶江买来的。当天下午，刘成就和他的好朋友林桔生租了一辆敞篷车急急地朝溶江赶去。

一路上，刘成虽然吹着多年没有吹的口哨，吹着走腔走调的只有他自己才能听懂的曲子，但心里则是七上八下的，这毕竟是第一次出门做生意啊。溶江，真是一个好地方，山清水秀。林桔生一下车就赞叹不已。刘成关心的是西瓜，对林桔生的赞叹不置可否。他们来到瓜市。果然，溶江的瓜，既甜又多，满街都是，他们把敞篷车直接开到瓜地旁。附近的瓜农立刻围拢过来，通过一阵讨价还价，结果与一个胡子拉碴的老头达成了协议：三毛钱一斤。

刘成看着满满一车圆溜溜的闪着光泽的青皮西瓜，心里美滋滋的，脸上堆满了笑容。但想不到的是当敞篷车快要开到玉屏的时候，突然熄火了，修了一两个小时后，虽然能勉强开走，但开开停停，停停开开，本来只需要四五个小时就能走完的路程，整整开了一天半的时间，才把西瓜拉进清江县城。这一天半的时间，可把刘成和林桔生急坏了。因为，他们知道商场如战场，时间就是金钱，尤其是刘成眼看着满载着西瓜的车子一辆辆地超过他们朝清江县城的方向而去，真想自已变成一辆车子装着西瓜就跑。

一进清江县城的瓜市，车子还未停稳，刘成就迫不及待地打开车门，跳下车。可眼前的景象却让刘成傻了眼，此时清江县城瓜市的大街小巷，都堆满了西瓜。原来不仅在这几天中相继拉来了许多溶江瓜，本地谢桥和川硐片区的西瓜也上了市。几乎是一夜之间，价钱已由原来的每斤一元降到了每斤四角。他们在街上卖了一个下午，只卖了两百来斤。刘成看着这一车瓜直想哭，好在林桔生一再地安慰他：赚不到钱也没关系，只要不亏本就行。刘成只好苦笑着摇摇头。

夜幕降临，清江县城街道两旁的水银灯就渐渐亮了起来。刘成瘦长的身影和林桔生矮胖的身影在那一大堆西瓜旁摇摇晃晃，但买瓜人的身影则很少，以致他俩的身影虽身处闹市却显得有些孤单。刘成的脸色在水银灯的照射下变得像纸一样惨白。林桔生就怕看他那惨白的脸色，一看到心里就沉重。刘成那次胃出血前的脸色就是这个样儿。于是，林桔生伸手拍了刘成的肩膀，慢吞吞地说道：“你回去休息吧，今晚我来守。”

“那怎么行呢？几天了都还没回家，嫂子肯定会着急的。”刘成擦着汗急切地回答道。

“那好吧，我先回家再来替你。”林桔生依旧慢吞吞地说道。

“好，行。”刘成回答得很干脆。

林桔生虽然长得矮矮胖胖，平时行动比较迟缓，但由于想早一点赶去接刘成的班，脚底生风，出北门，过电厂，不一会儿就回到了清江商专。

林桔生只在家里冲了个凉水澡，扒了几口饭，就和夫人杨女士赶往瓜市去接替刘成。可刘成变了卦，不肯走，坚持要林桔生和嫂子回家去，他说他晚上反正睡不着，倒不如让林哥好好陪陪嫂子，说得杨女士面颊绯红。林桔生拗不过他，只好和夫人带着说不清的滋味回家了。

刘成又脸色惨白地独自守在那堆西瓜前，直到下半夜，他才斜躺在已经旧得发黑的木条凳上睡着了。他刚睡着就起风了。凉风吹拂着他的黝黑的细长的头发，让他仿佛掉进了一个冰窟窿，而且分明看到到处是皑皑白雪。他奋力地奔跑。因为，他知道，跑能发热。但今天不知道是怎么了，身子轻飘飘的，而且老是那么冷，冷得浑身发抖。他仍在奋力地奔跑，跑着，跑着，前面忽然出现了一堆圆圆的青皮的西瓜。更让他吃惊的是，每个西瓜都长着一张怪模怪样的脸，而且每张脸都露出难以琢磨的微微的笑意。他伸手抱起一个西瓜。那西瓜却像雪一样一下融化了，他用手捧也捧不住，瞬时就从指缝间漏到地上不见了。他双膝跪地，泪流满面，禁不住仰天长啸："我的瓜！我的瓜呢？！"

"哦，瓜、瓜还在呢。"林桔生正好赶到，就急忙回答他。

刘成睁开眼睛，原来是一场梦。于是，不好意思地尴尬地笑了笑。

太阳像一个火球从东边的山口露出脸来的时候，风渐渐地停了。刘成的脸开始红润起来。林桔生的心里也轻松多了。不到八点，他们就卖出了一百多斤瓜，可中午和下午买瓜的人则比较少，一天下来，总数仍然不多，只有两百来斤。如此这般，这一车瓜不知要卖到猴年马月。随着夜色的弥漫，他们的心情又渐渐地沉重起来。

但想不到的是，晚上九点过，清江商专的几个老师路过他们的瓜摊，却一下买走了五十多斤。刘成满脸生光，似乎看到了希望，当夜就鼓动林桔生找车把西瓜搬运到了清江商专的校门口，果不出所料，仅第二天早上就卖出了五百多斤。他俩高兴得不得了。但下午买瓜的人又少了，他俩又在那一堆西瓜前颓丧起来。

林桔生回去后，刘成看着那一堆西瓜脸色又开始苍白起来，但既而又露出了淡淡的红晕。

他久久地陷入了沉思。

第二天早上，在清江商专的校门口贴出了一张轰动全校的《卖瓜广告》。广告词是一首打油诗。全诗如下：

卖瓜广告

文人卖瓜，运气不佳；
只求保本，再次削价。

不知是这张广告本身所固有的宣传效应起作用，还是这张广告所拥有的特殊的含义打动了清江商专教职工的心，广告贴出的当天，四千多斤西瓜就一售而空。

不过，想不到的是把瓜卖完后，刘成在家里喝得烂醉如泥，发誓不再经商。

王发生是把刘成的这两个故事当作笑话摆给大家听的。刘成的故事在原商专几乎家喻户晓。家喻户晓了，大家也就不以为意了。但林志刚这次听了，再想起娄青在职称评审时给他讲的刘成评职称的故事，让他在办公室有些坐不住了，于是，叫上娄青坐着他的那辆黑色的小轿车去原商专看望已经退休的刘成老师去了。

山洪暴发

经过一个多月的上上下下的讨论，清江学院隆重推出了《关于加快清江学院改革与发展的若干意见》，在此基础上，制定了《清江学院关于“教授培育工程”和“学位提升工程”的办法》《清江学院科研奖励条例》《清江学院关于引入ISO9001质量认证管理体系的决定》《关于清江学院发展定位的意见》等一系列文件。这些文件的先后出台，让人明显地感到浮躁的清江学院一下安静了下来。因为，“教授培育工程”中决定，凡是经本人申请、学校同意作为“教授培育工程”培养对象的，每人给两万元的经费资助，可以用于出版、进修等和晋升教授有关的活动。文件一下发，就有五十七人报名要求参加“教授培育工程”。“学位提升工程”规定，年龄在四十岁以下的中青年教师必须参加全国在职硕士和博士研究生的考试，四十岁以上的鼓励参加。考上后，学习期间的所有费用全部由学校报销。第一次报名参加全国在职研究生考试的中青年教师达到了一百零二人。有的准备第二年再报名参加考试。这两大“工程”的启动，给一大批中老年教师带来了奔教授的希望，给所有的中青年教师提供了提高学历或学位的机会。总的来说，这些文件的出台，给教师带来了希望。稳住了教师，也就稳住了整个学校。教师安静了，整个学校也就安静了。

但是，清江学院没有安静几天，一场暴雨又使它经历了严峻的考验。

这场雨已经下了两天两夜。天蒙蒙亮，林志刚还躺在床上，就接到文同志的报告，说清水江的水位迅速上升，目前已经超过历史上的最高水位线。如果再往上涨，校本部的食堂和学生宿舍区就有可能被淹。

“你说什么？校本部的食堂和学生宿舍区有可能被淹？”林志刚听了汇报，一下从床上弹起来，他怕自己听错了，再次问道。

“是，情况十分紧急。”

“好，我知道了。你现在派人密切监视洪水水位上升情况，随时向我报告。我马上赶到校本部学生宿舍区。”

他放下电话就拨通了张雪峰的电话：“马上通知学校领导和保卫处、学生处、团委等部门的负责同志以最快的速度赶到校本部学生宿舍外的清水江边。”

“喂，喂，我派车子来接您……”张雪峰还在说话，林志刚没有等他说完，就放下电话，从阳台上拿了一把伞，打开门，冲入了大雨之中。

这雨确实下得好大好大。林志刚几乎撑不住伞，行走非常艰难，不过，林志刚只走了十来步，他的司机李民看到雨下得那么大，估计林志刚要用车，在接到张雪峰通知之前就把车开了出来。林志刚钻进小车，十分感激地说：“好，来得及时。赶快把我送到校本部学生宿舍。”

“是！”李民像在部队接到首长的紧急命令，响亮地回答。

车子开到学校的运动场边，雨渐渐地小了。但是由于运动场地势比较低，暗沟里的水已经漫上来，把公路淹没了，车子过不去。林志刚就下车准备蹚水过去。当他走在公路被水淹的中间的时候，转身面对洪水冲来的地方一看，吓了他一大跳。原来铁门栅栏里一个很大的运动场已经成了一片汪洋，而且后面架梁山上的山洪已经暴发，几十股水闪着银光往下灌。他看着运动场里不断上升的水，再看运动场边上的围墙，心想，要是这一堵墙一下倒了，那满运动场的水一下冲出来，岂不把公路下边的学生宿舍给淹了！这样一想，他就把伞一摔，朝运动场的铁门栅栏边走去。由于水很大，行进很困难。李民把车停好，见林志刚往运动场的铁门栅栏边走，心想，那铁门栅栏一下被冲倒，林志刚不是很危险？于是，他迅速地不顾一切地冲过去，挡在了林志刚的前面，侧过身用几乎是命令的语气说：“林校长，这里危险，请您马上离开。”

“得赶快打开铁门栅栏，让水流出来。”

“是！请林校长马上离开。这任务我来完成。”李民转身扑向铁门栅栏。

林志刚急忙侧身往后退。但是他刚走到没有水的地方，就听到背后传来一声巨响。林志刚吃惊地回目一看，铁门栅栏倒了，铁门栅栏旁边的运动场的几十米长的围墙也倒了，满运动场的水“哗”地涌了出来，水一下漫到了他的腰间。

李民不见了。

“李民！李民你在哪儿？”林志刚边喊边扑向急流中去寻找李民。

正在这危急关头，张雪峰、文同志他们几个赶来了，急忙跳到水中把林志刚拉上岸来。

林志刚几乎是哭喊着说：“还有李民，快救李民！”

由于水流太大太急，张雪峰、文同志他们几次往水里走，都被水冲了回来。在水边站了一会儿的林志刚，看着汹涌的洪水不断地往学生宿舍区灌，果断地下达命令:“文同志,你留在这里想办法救李民。张雪峰,跟我马上赶到下面的学生宿舍区组织学生撤离。”

“好,林校长您放心走,我在这里想办法。”文同志的眼里已经浸满了泪水,他知道李民肯定凶多吉少了。

看着林志刚大步离去的身影,文同志跨前一步,拉着张雪峰的手动情地说道:“雪峰,你一定要保证林校长的安全!”

张雪峰紧紧地握了一下文同志的手,快步朝林志刚赶去。

等林志刚他们赶到学生宿舍区时,四栋学生宿舍中间的大水池已经灌满了水,并且靠近清水江的那一面已经开始往江里流。

林志刚大步流星地往江边赶。大水池外几十米处就是清水江。他站在清水江的岸边,看波浪翻滚的清水江,心想这温文尔雅的清水江怎么一下就变得如此凶恶啊!

一把雨伞遮挡在了林志刚的头上,同时一件雨衣披在了他的身上。林志刚抬起头来,见是娄青和汪兰站在他的左右,不知咋的,他的眼泪竟涌了出来。

汪兰递过纸巾。

林志刚擦了擦眼,面对已经赶到他身边的部下说:“同志们,现在情况十分危急,我们必须分头行动。老黄你带领学生处的干部组织学生安全撤离;盛军、娄青你们组织教职工抢险队，负责食堂抢险；汪兰、赵晴雯，你们组织学生抢险队，负责学生宿舍区和部分教职工住宿区的抢险。枫桥、学会你们回到办公室，汇总各方面的信息进行协调，组织后续力量，查漏补缺。”

林志刚布置安排完毕，清水江的水位线已经跨过离地面一米高的红线。他带着张雪峰首先来到学生宿舍。同学们并没有意识到问题的严重，才开始起床，稀稀拉拉地推开门来到走廊上看洪水。黄威带领学生处的干部叫他们赶快起床离开这里，有的学生还说没有问题，不肯走。林志刚和张雪峰也帮着动员。但是，学生就是觉得宿舍不可能出事。所以，整个撤离的行动比较迟缓。林志刚生气地吼了起来，撤离的速度才稍稍快一些。

林志刚和张雪峰来到食堂。杨盛军、娄青组织的教职工抢险队已经有二十多人在开始搬运大米和食油了。大米有十多吨，需要用麻袋装，才能一袋袋地运走。杨盛军和娄青都在冒雨帮着推车，已经被淋得像落汤鸡。娄青见林志刚和张雪峰走来，就过来给他们汇报这里的情况，说：“这里可能人手不够，是不是再组织点学生过来帮忙。”

林志刚见洪水已经漫到地面上来了，就叫张雪峰传达他的意见，请汪兰、赵晴雯派二十个学生过来帮助抢险。

不到十分钟，赵晴雯就带着学生抢险队跑步到来了，并且向林志刚报告：“林校长，我们学生抢险队已经到来，请您指示！”

“好！同学们，请你们帮助抢运大米和食油。”

林志刚说完，就和张雪峰赶到教职工宿舍区。这时洪水已经涌进教职工宿舍的一楼了。许多职工和学生在汪兰的带领下正在给老师搬东西。突然，有一个声音从江边的一栋砖木结构的厕所里传出来：“快来救我，我出不来了！”

汪兰急忙安排几个学生去把那位老师用竹竿拉出来。一看，竟然是矮胖胖的张冲。

“张老师，怎么是你啊？”汪兰问他。

“我来帮着抢险，肚子痛，见那儿有厕所就进去解手。想不到刚解好，准备从门边出，门边已经被水淹了，就出不来了。”

张冲刚说完话，那栋砖木结构的厕所屋就慢慢地塌下去了。

林志刚吓得一身冷汗。

“汪兰，你们抢救得及时啊！”林志刚表扬道。

正在这时，张雪峰接到报告，急忙告诉林志刚：“学生宿舍区的水已经漫到二楼。”

“什么，水已经漫到二楼？”

“是，那里地势低一些。”

“学生都出来了吗？”林志刚。

“还有两百多个学生不肯撤离，说学生宿舍楼结实，不会垮。”

“什么？”林志刚一听，气得脖子上的青筋都冒了出来，骂道：“简直乱弹琴！传达我的意见，所有的学生都必须迅速撤离，谁不听就处分谁！”

说完，林志刚和张雪峰就往学生宿舍赶去，走到那里，见黄威带领学生处的干部正在组织人扎竹排和木筏把学生运出来。这里的水虽然已经涨得很高，但是水流不急，比较平稳。学生宿舍一时半会确实是不会垮的。林志刚才松了一口气。这时，他才想起李民，就问：“李民，找到没？”

“找到了。”张雪峰回答道。

“情况怎么样？”

“已经淹死了，就被压在铁门栅栏下面。”

“唉！”林志刚的眼泪又涌了出来，沉痛地说道：“多好的同志啊，他是为我为学校而死的。”

张雪峰的眼泪也跟着流了出来，他说：“林校长，您要节哀！”

林志刚看着还在不断上涨的洪水，什么也没有说，就转身离开了学生宿舍区。可没有走出几步，他的眼前一黑，就往前一扑，差一点晕倒过去。张雪峰急忙扶住他。只见他脸上的汗珠如豆粒般往下滚。张雪峰要背他走，他不肯，说送他到医院看一下，他说，没有关系。张雪峰没有办法，就找人把汪兰和娄青请来。

汪兰和娄青看到林志刚苍白的脸和虚弱的面容，着急得不得了，两人一商量，也不管林志刚同不同意，就一人扶一边膀子强行把他拉上车送进了医院。

这场洪水一个多星期后才渐渐退去。洪水消退了的清水江，依旧碧波荡漾、温文尔雅。

在一缕夕阳的照射下，消瘦、个子稍高的汪兰和丰润、个子稍矮的娄青陪着刚出院的林志刚在清水江的长堤上散步。

他们的面色平静，眼光漠然地平视着前方，好像什么话也没有说，就那么静静地走。

攻读博士

三月下旬，天气还有些冷，汪兰来到西南大学，走进了西南大学的博士入学考场。考场纪律要求很严，气氛很紧张。不过，汪兰却很坦然，因为这原本就是她想象中的神圣的博士考试，考不上也心甘情愿。但考下来感觉还不错，英语考得很顺畅，高等教育学和教育哲学难度稍大。

不久，就接到面试通知。面试是在西南大学教育学院四楼的一间办公室进行的。开始问她原来学什么专业、为什么要跨学科报考高等教育学等问题，她还没有回答完，就听到面试老师一下转成了英语提问。本来她的英语是不错的，但由于没有心理准备，还是有一点慌乱，不过，只一会儿，她就镇定了下来，先用英语介绍她叫什么名字、从哪儿来、现在从事什么职业，然后才开始回答面试老师的提问。她还没回答完提问，面试老师就转成中文说：可以了。

她向面试老师深深地鞠了一个躬。她就这样成了一名博士生。她虽然已经过了容易兴奋和激动的年龄，但是当她真正地以学生的身份走进西南大学校门的时候，内心深处还是掀起了波澜的，只是不易被外人察觉罢了。其实考上博士真正让她高兴的，不在于今后能够拿到博士学位，而在于有了参加博士入学考试和攻读博士学位的经历，让她再次感受大学的学习氛围和体会博士学习的生活，感受终身学习的快乐。谈到终身学习，很多人偏向于一次性把中学、大学本科、硕士、博士等读完，认为能完成这一任务的才是第一流的人才，其实，这是不符合学习和教学规律的，科学的学习应该是学习、实践、再学习、再实践这样一种循环往复的过程，科学的教学应该是理论与实践相结合。所以，汪兰认为当今最先进的学习道路应该是大学专科或本科毕业即参加工作，然后再去读硕士，硕士毕业后参加工作，工作后再读博士。目前，英、法、德等国家的人基本上走的就是这种学习道路。这才是科学的终身学习的道路之一。

虽然博士入学报名的手续不多，但由于西南大学的校园太大，跑了大半天，也没有把手续办完。汪兰住的地方，叫杏园，是一个名字很温馨的地方。宿舍楼不大，最高只有六层。她就住在杏园 A 栋 611 号，里面有办公桌、洗漱间和厕所，还有一个三四平方米的阳台。重庆的天气确实很热，汪兰这样一个从凉爽的云贵高原下来的人，感到那热浪像火一样的烫，风扇吹了一晚上，身上的汗一直没有断，只好装了一个小空调。当空调装好后，推开窗户，见大多数博士宿舍也都是装了空调的，于是，也就心安理得了。在西南大学有那么一个虽然简单但安静的属于自己的读书和休息的地方，她很满意。

在学生宿舍住的第二天早上，天蒙蒙亮，汪兰就习惯性地起床，穿上自己在西南大学外的商店里新买的黑色运动鞋和白色短袖运动衣，带上手机和钥匙，拉开门，走下楼，沿着她住的A栋楼往右拐，然后斜斜地往下，不到五十米就是一个标准的四百米跑道的塑胶运动场。当她下到运动场时，那里已经有三三两两的人在跑步了。她沿着红色塑胶铺就的跑道慢慢地跑了两圈，感到有些累了，于是就慢步走，开始只敢在跑道上走，以为运动场中间绿色的塑胶草坪平时是不准踩的，后来见有人在上面随意走动，她也就跨了进去，踩在上面的感觉和踩在草坪上的感觉不一样，草坪上要柔和一些，塑胶草坪给人的感觉要硬得多。

汪兰洗漱后就去食堂吃早餐。杏园宿舍区有学生一、二、三食堂，在同一栋楼，一层一个食堂。一食堂在下面，人比较多，她就上二食堂去。二食堂没有人，一问才知道这里不做早餐。她只好上三食堂。三食堂人不多，有面条、米粉、鸡蛋、牛奶，这正是她喜欢的，但见前去打早餐的都用卡，也就不好意思问收不收现金。她转身下楼回到寝室，把剩下的饼和一个苹果吃了就算早餐了。课间，她办了校园一卡通。一、二、三食堂都有中餐和晚餐，而且品种比较多，她尤其喜欢吃用鸡蛋煎的饼，再加上一份青椒炒肉丝和一份清炒茄子。饭菜非常便宜，吃一餐只要三四元钱。她对饮食的要求不高。家人怕她吃不惯，其实，她感到吃得很好。

她在从食堂出来的路上还看到一只斑鸠正在路边的树根旁觅食，根本不把来往的行人放在眼里。鸽子不怕人，比较常见；斑鸠不怕人，她是第一次见到。这种人与斑鸠的和谐相处，体现了西南大学的人对自然和生命的尊重。她乡下老家的斑鸠比较多，但见人就跑，因为在那里无论大人或小孩，只要见到鸟就捡石头打。这样，哪里会有人与鸟和谐相处的场面出现呢？

第二天早上，博士生集中开会，她早早地就来到会场，她想知道，学校领导会对博士生说什么。果然，一开场就让她耳目一新。第一个讲话的是研究生院的梁红院长，他讲博士教育是最后一块精英教育阵地，一个国家需要更多的人关注现实，关注脚下的土地，但也不能没有人仰望星空，思考天空，博士就是思考天空的人。她知道，他讲的这段话是从黑格尔那儿移植过来的。所以，听起来格外亲切。第二个讲话的是学校的一个副校长，他主要介绍西南大学的科研情况，其中的一句话让她懂得了读博士的责任。他说，读博士就是做学问搞科研，西南大学50%的科研成果都是博士生取得的。在此之前，她以为读博士就是跟着导师学，大学的科研也主要是老师做的，想不到博士还有如此重大的责任和作用。这一下打消了她原有的依赖导师进行科研的念头。第三个讲话的是学校党委副书记，他主要讲修身，讲做人。他引用西方一位哲学家的话说，知识不足可以用品德来弥补，而品德的不足则不能用知识来弥补。一个人只有先修身才能治国平天下，只有“内圣”才能“外王”。可见，品德是多么重要！

入学教育的第二项议程，是听专家讲座，上午一个，下午一个。上午，是心理学院著名的黄教授的讲座，他说他是浙江乡下长大的人，虽然只有博士学历没有博士学位，但是他读本科、读硕士研究生在北京大学待了九年。这九年让他明白了许多道理。没有那九年，就不可能有他发表的三百多篇论文，就没有他出版的五十多部书。他讲的题目是《如何做一名优秀的博士生？》，他讲的三句话，让汪兰觉得既朴实又深刻。这三句话是：一是要对得起自己和自己的生命。二是要对得起父母和亲人。三是要对得起自己的民族、国家和所生活的时代。这三句话说得多好啊，他的话深深地打动了汪兰。下午做讲座的是教育学院的院长，他是西南大学第一个博士生导师张敷荣教授的学生，年纪不大但科研造诣较高，他说读博士是快乐的学问人生。中国的博士都是哲学博士，也就是搞研究的。搞研究是很苦的事，大家要学会在研究中寻找快乐。不管今后是出去当官还是做学问，这三年博士生活就是做学问，认认真真过三年，老老实实做三年学问，体会做学问的快乐！晚上，汪兰在寝室翻看一本关于张敷荣教授的书，当看到张敷荣教授是普安人时，与西南大学教育学院的心理距离一下拉近了，想不到在西南大学还有这样一位学人是贵州普安人。

几天下来，汪兰既感到新奇又感到压力很大。报到的第二天，汪兰就从西南大学的校园网上看到，博士生至少要在学科级重要学术刊物上发表论文一篇才有资格进行博士论文答辩，这是铁的标准，必须达到。虽然，这些科研要求对汪兰这样一个当了多年大学老师的人不是多大问题，但要完成也不是容易的事。

汪兰听的第一堂专业课就是她的导师周进教授讲的“教育研究的核心问题”。周进身穿白色对襟上衣，精神很好，他从哲学、历史、文化的角度，讲教育，讲教育的本真。她从导师的身上看到了一个真正学者的气度和风范。

汪兰在西南大学攻读博士学位的最初几周，觉得时间过得很快，两三个月后，就感到日子有些难熬了。不过，幸好导师只要求她在学校脱产学习一年，就可以返回清江学院边工作边做博士学位论文。她的博士学位论文选题就是《新建本科高校核心竞争力研究》。她就是想通过这个选题的研究，熟悉高等教育的基本理论，把握新建本科高校发展的基本规律，了解新建本科高校核心竞争力的构成要素，搞清如何培育核心竞争力等问题，以便她回到清江学院能够按照教育规律办学。在原清江师专担任副校长时，她按部就班地工作，觉得没有什么教育规律不教育规律的，但是成立清江学院后，尤其每次听林志刚讲清江学院发展的时候，她明显地感到自己跟不上林志刚的理念了，所以，她暗自下定决心要像林志刚那样把高等教育的规律弄明白，要按照高等教育规律办学。攻读高等教育学专业的博士学位，正好给她提供了一个难得的学习机会。

出让校区

新校区经过反复讨论，最后终于定了下来，就是乌泥区的那片开阔地。林志刚带着班子成员和新校区建设办公室的同志亲自划定了新校区的界线。同时，开始出让老校区。因为，不出让老校区，就没有钱征地和进行新校区的建设。

在出让老校区的过程中，林志刚体会到了作为大学校长的人生的另一面。

那是八月份的一个太阳早早就高高地悬在空中的日子。学校才做出出让原财专老校区的决定，就有人来叩他的办公室的门，想打原财专的老校区那块土地的主意了。因为这块土地就在清江地区火车站的旁边，地理位置很好。可以说，这是目前清江地区搞商业开发最好的一块土地。所以，许多人早就盯上了它。

随着一股热浪，推门进来的是一个操外地口音的中年人。他一进门，就顺手把门关上，首先送上一支烟，说：“请林校长抽烟！”

林志刚摆摆手，说：“谢谢，我不抽。”

那人把烟装进包里，然后，取出名片双手毕恭毕敬地递上，并同时说道：“我们是星星新时代房地产开发公司。我叫林飞禹，和林校长是本家。”

“哦，你也姓林。好，我们是本家。”林志刚听说姓林自然对他就比较客气。林志刚每当遇到姓林的就有一种亲切感。这或许就是千百年来重视血缘的传统留下的痕迹。就是如林志刚这般的读书人，面对千百年来留下的这种传统，也不能视而不见。

那人见打出的本家牌有了效应，就想沿着林姓的话题继续谈下去：“我们林姓……”

林志刚挥手，打断他的话：“我这里很忙，有什么事你直说吧。”

“唉，其实，也没有什么事。只是听说，你们原财专的老校区那块土地，要拍卖是不？”

“是的。”

“那我们星星新时代房地产开发公司也来参与，行不？”

“好啊，欢迎你们参加竞标。”

“那好，那好，今后还请本家多多关照！”那人边说边站起来边从包里拿出一个信封，放在林志刚的办公桌上，转身就走。林志刚喊也喊不住。

林志刚打开信封一看，里面装着的是厚厚一沓一百元一张的人民币，大概是一万元吧。林志刚把抽出的钱重新装了进去，把信封翻转来一看，果然如林志刚所预料的，写有一个电话号码。林志刚摇了摇头，伸手拨通了学校纪检监察室的电话，叫陈岗主任过来。

几分钟后，陈岗就微笑着推门进来："林校长，有事吗？"

林志刚从抽屉里取出装着厚厚人民币的信封交给陈岗，并说道："这是一个老板刚在这儿留下的。你去处理一下。信封的后面有他留下的电话，叫他半个小时来拿，若不来，就上交学校财务室，并报告地区纪委。"

"好，林校长，我去处理。"

不到十分钟林志刚就接到陈岗的报告，说事情处理好了，那老板把钱领走了，是一万元人民币。

原财专老校区那块土地有一百亩，以九千万起价出让。公示后，开始几天来询问的人比较多，一个月公示期满后，居然没有一个人报名竞标。林志刚叫人四处打听后才知道，他们这块土地被人暗中围标了。据说，是某大老板，暗中买通了前来竞标的人，大家达成默契，都不报名，迫使清江学院降价出让。他们知道清江学院急需资金支付新校区征地费。而且，据说年底土地补偿价还要上调。这确实让林志刚非常为难。清江学院在十月份之前还需要两千五百多万资金支付新校区征地费，而学校账上除维持正常运转的费用以外已经没有多余的资金可以调拨了。但是那些老板也把林志刚估计错了。

林志刚知道内情后，已经戒烟多年的他，把客人放在他桌上的烟盒打开，叫小杨给他送打火机过来，他“啪”地打燃火，点燃烟，深深地吸了几口，觉得烟真是个好东西，给他的感觉很好。不过，只一会儿，他就把烟摁灭，叫办公室通知代他分管新校区建设办公室的汪兰、兼任新校区建设办公室主任的文同志、财务处处长刘井生到他办公室商量事情。

几分钟后，他们几位就到齐了。林志刚说：“汪主席啊，我昨天请你思考的新校区建设筹集资金的事，有办法没有？”

汪兰抹了抹她的红扑扑的脸，说道：“我们几个商量过。一是向地区财政借，我们清江地区的财政本来就不宽裕，向他们借，估计有难度。二是向我们的教职工借，但需要给予一定的奖励政策，还得向人民银行汇报，要他们同意。我们估计只要奖励政策合适，工作做到位，向教职工借两千万，应该没有问题。”

“好，就走向教职工借款这条路。你们去拟定具体方案。我去给人民银行领导汇报，请求他们支持。”林志刚明确说了他的意见。

汪兰等都表示可以做，但是汪兰说：“不是我们怕什么，这是牵涉到学校很多教职工利益的事，而且必然有大笔资金存进取出，有可能影响清江地区的金融市场，还是召开校长办公会和党委会研究吧，有责任大家承担。”

林志刚觉得有道理，点头认可。

在学校党委会上，当汪兰把向教职工借款的具体方案提出以后，除江枫桥没有明确意见外，其他领导都表态支持。林志刚知道江枫桥心里的小九九，同意吧，有违规之嫌；不同意吧，又会让同志们小看他，说他不敢为学校的发展承担责任，所以，最佳选择是不明确表示意见，今后可以进退有余。但是林志刚偏不把这个余地留给他，在形成决定之前，转过头专门问他：“枫桥书记，好像你还没有明确意见呢。你是同意还是不同意？”

林志刚这一问，把江枫桥逼到了墙角，他只好说：“这个，这个嘛，按照金融政策还是有点问题，不过，是为了学校的发展，只要学校土地出让得钱了马上就还，并取得人民银行的支持，我觉得可以做，我同意大家的意见。”

林志刚见他表了态，就说：“今天大家一致同意新校区建设办公室提出的向教职工借款的方案。我们不仅要取得人民银行的支持，还要请示清江地委、行署。清江地委、行署同意了，我们才能实施。”

一散会，汪兰就给林志刚打电话说：“今天叫江书记明确表态，好！否则如果上面认为我们的做法不妥，他又会说他本来就不同意。对这样的人，就得采取您今天的办法。”

林志刚只嘿嘿地笑，不说话。汪兰在电话的那头说：“人家和您说正经事，您笑什么呵？”

“不笑什么，不过，人家枫桥书记还是看得远，讲原则啊。”

“但对他，也得防着点啊！”

“……”林志刚又只笑，没有作声。

向教职工借款的效果，比预想的好，在一个星期内就筹集现金两千零五万，而且还在陆续进账，再筹集五百万应该没有问题。之所以会有那么好的效果，一是讲清楚了向教职工借款的原因，希望大家为学校的发展做贡献，帮助学校渡过目前的难关，同时，也证明广大教职工关心学校的发展；二是奖励政策到位，借给学校搞建设既得名也得利。

腰包里有了钱，林志刚心里就有了底。

出让土地的工作仍在进行。正如那些围标的老板所期望的，清江学院提出再次挂牌出让，不到半年，就得降价10%，也就是只能以八千一百万的起价进行出让。林志刚认为这肯定不行，但又没有办法。第二次挂牌出让的日期越来越近，急得林志刚像热锅上的蚂蚁在办公室里团团转，终于他大胆地做出决定，改变过去守株待兔的办法，主动联系老板，并且在党委会上说，出问题他承担责任。这一下调动了大家的积极性，也打消了大家的顾虑。不到一个星期就联系了二十多家老板前来看地和面谈。

在一天早上快下班的时候，一个老板急匆匆地来到学校，要求见林志刚。

由于前几天林志刚见了许多老板，大多没有诚意，只是来看看，于是，他就说："请汪主席见见他们吧。"

对方坚持要和林志刚面谈。

林志刚灵机一动，摆出一副大的架势来，说："我的时间比较紧，要谈，可以，告诉老板先打五百万，以表示诚意，然后再谈，怎么样？"

对方传话："三百万，行不？"

林志刚心想，只要打三百万到学校账上证明对方也是有诚意的，就回答道："可以，半个小时，只要上了我们学校财务处的账，我们就面谈。"

对方很爽快，半个小时内，学校的账上真的打来了三百万。林志刚听到刘井生的汇报后，松了一口气，当即决定在学校本部二楼会议室与那老板见面。

那老板姓方，叫方明华，是浙江人，开口就说："我诚心诚意地想买你们这块地。我搞不赢你们当地老板，如果参与竞标，我担心被他们围攻。所以，我想，你们学校开个价，我认为行，你们就不公开挂牌。"

林志刚没有正面回答他，而是说道："看来，你是有诚意的，那我就说个意见。要想不再挂牌，就只有一个办法，价格不能低于前次的最低出让价——九千万。因为，那个价格是前次公示过的，没有人报名。"

"好，就九千万。那请你从行署撤出第二次公开挂牌出让的请示。"

"那你们再打一千七百万到我们学校的账上。"

"今天已经是周末了，来不及了。"

"只要下星期一早上九点钟以前打到我们学校的账上，我们就请求政府让学校收回第二次公开挂牌出让的请示。"

"好！一言为定！"

"一言为定！"方明华说边伸出手来和林志刚握手。

星期一早上九点钟以前，学校的账上果然收到了方明华打过来一千七百万。林志刚马不停蹄地跑到地区国土局去找他们，想不到反而挨了批评，说学校没有权利这样做，必须把钱退给老板，只能走第二次挂牌出让的道路，但林志刚坚决不肯，认为这能够保证卖高价。但国土局认为这不合法。林志刚一时也找不到更好的理由，从程序上来看，林志刚他们这样做确实是不符合有关规定的。最后，只好请行署领导出面协调，双方商量的结果是仍然要按国土局的意见进行公示，只不过，公示的起拍价仍然按九千万，公示时间缩短为十天。当时，林志刚不能理解地区国土局，觉得不给学校方便，后来他还是觉得国土局的意见是对的。这也给他减少了很多麻烦——已经又做了公示，至少人们不会怀疑他在其中有什么猫腻。

可好事多磨，在要正式签合同的时候，方明华却突然反悔了。当林志刚来到王先和副专员的办公室里，国土局的杨兴旺局长、方明华已经坐在里面了。

王先和叫方明华先说。

方明华说："主要是因为原先不了解清江地区的土地市场价格，经过调查认为九千万价格高了。所以，要求退出。"

杨兴旺："我们认为，这个价不高也不低，正合适。"

"我们不管，两千万已经到你们国土局的账上。我们要求退，你们没有权利卡。"方明华态度非常坚决。

王先和问杨兴旺："是不是可以退？"

“老板要求退，我们国土局确实不能卡。”杨兴旺回答道。

林志刚一听要是把押金退了，这宗买卖岂不泡汤了？禁不住插话道：“王副专员，我说点意见。”

“好，你说。”

“杨局长，我想问那两千万是不是我们学校打给你们的？”

“是。”

“如果要退给方老板，是不是应该先退给我们学校，再由学校退给方老板？”

“是，应该是这样。”

“那好，我们和方老板有协议，如果方老板反悔，这两千万就没有了。”

方明华一听，气得暴跳如雷，大声地吼起来：“我要拿两百万和你们打官司！”

林志刚也犟了起来，冷冷地说：“你用两百万，好。今天，你如果不签合同。我马上从国土局账上调走一千万，用来支付新校区建设工程款。剩下一千万用来和你打官司！”

林志刚的话一说完，方明华就像气球泄了气，跌坐在沙发上一声不吭。

怀念父亲

林志刚带着一脸的疲惫回到家里，家里空荡荡的。黄群和儿子林周回东南州去了。他放下包，在沙发上静静地坐了好一会儿，然后才想起自己还没有吃晚饭，于是，到厨房煮了一碗面条，三下五除二胡乱吃了下去，就钻进书房，看书去了。

最近几天，他一回到家里，就打开美国高等教育理论家布鲁贝克的《高等教育哲学》。这本书他在攻读博士学位的时候阅读过，但是那时读得比较粗，只是大致了解了一下，现在他要细细地研读，看对清江学院的办学有没有启示。

布鲁贝克说，大学有两种类型，一种主要是以认识论为哲学基础的大学，一种主要是以政治论为哲学基础的大学。以认识论为哲学基础的大学主要以追求知识为目的，以政治论为哲学基础的大学主要以服务国家为目的。那么，清江学院的哲学基础主要是什么？我们需要追求知识，但主要应该以服务国家为己任，即政治论是清江学院应该首先坚持的，在坚持政治论的前提下兼顾认识论。认识论主要是研究型大学应该坚守的，这类大学的任务中科学研究所占的比例较大，即追求真理、创新知识是其重要的职责。清江学院的科学研究基础还比较薄弱，将认识论作为哲学基础，显然不行。服务国家，也要从服务地方开始，从服务清江地区开始。对！从服务清江需求开始。林志刚想到这里，觉得为他提出的“清江需求，国家标准”找到了依据，于是，站起来在房间里禁不住来回地走动，并喃喃自语：“对，‘清江需求，国家标准’，就是清江学院政治论哲学基础的最好表现！”

林志刚又回到书桌前，继续翻看《高等教育哲学》一书，看到有些感兴趣的内容，或者朗读，或者用笔打上重点符号，或者将其感受注释在书页的空白处，完完全全一个学者的状态。其实，他原本就是一个学者，也常常以学者自居，称自己就是一个读书人，把自己推到校长岗位上，是组织的厚爱，他坚持“穷则独善其身，达则兼济天下”的信条，组织上要他当校长他就为全校服务，为学校做更多的事，如果有一天组织上认为有更恰当的人选，他也不会有怨言，就回到他的书房，看他喜欢看的书，写他想写的文章，岂不更加充实而快乐吗?

就这样一页页地翻看着书，他的心里平静如水，完全忘记了学校行政工作带给他的烦恼，刚刚回家时的疲惫也好像悄悄地消失了。他好久没有像今天这样静静地看书了。有时间看书真好！他心情不好的时候，常常用三种方法进行调节：一是朗诵诗歌；二是看书；三是写作。参加工作以来，他养成了一个习惯，那就是白天的精力主要用于行政管理工作，回到家里就进书房做他的科研工作，否则，他哪里能够写出几百万字的论文和著作，多次获大奖，很年轻的时候就当上教授，成为省内知名的高等教育学专家？不过，他也常常感叹大学校长实在太累，因为社会对大学校长的要求太高，既要是教育家、社会活动家，又要是专家学者，否则难以担任校长这个角色。因为不懂教育规律就办不好教育，没有社会活动能力学校就得不到更多的社会支持，没有业务专长在教师面前就没有威信。林志刚是深知其中奥妙的。因而，他不仅工作认真，而且在业务上也非常肯下功夫。他相信在学校尤其是大学单纯地走由仕途而仕途的道路是很难走得通的，应该走的是学术立身的道路。所以，每次召开学校干部会他都要讲学习的问题，讲钻研业务的问题。

当教授以来，他给自己定的目标是，每年发表四五篇文章，写一本书。但是到清江学院以后，他没有写一篇文章，甚至没有看完一本书。他几次坐到书桌前，想做一点科研，但每次都静不下心来，更何况按照他做科研的一般程序——找准问题、拟定题目后，就要进行“拓展”，然后是“归因”。拓展包括材料拓展、学科拓展和思维拓展；归因包括本质归因、规律归因和理论归因。他深信，拓展与归因是人文社会科学研究最重要的方法。拓展与归因的工作没有做，他是不会写论文的。每每想起来，他的心里就有些发怵。但是，来清江学院的这些日子，确实没有一天空闲，要找理由有很多，可林志刚是不能原谅自己的。在生活和工作中，他最喜欢设定目标，因为目标一旦确定，他就会从中寻找到无穷的动力。不过，一旦设定的目标达不到，他就会痛苦，就会烦恼，甚至无端地忧伤。在这样一个静谧的夜晚，他想到自己的科研没有如期进行，心中的不快就像海潮一样袭来，让他的心隐隐作痛。但这是非常短暂的，只一会儿就烟消云散了。

他放下书，突然有一种想写一点东西的冲动。写什么？不知道。怎么写？更是没有考虑。论文写作需要拓展与归因，不可能想写就写，他知道，这种写作的冲动是创作散文诗歌的前兆，他的几十篇散文都是在这种状态下创作出来的。他很少创作诗歌，但是受情绪感染，他也会用诗歌进行表达，比如他的《汶川脊梁》就是在汶川大地震发生后创作的。那时每天看电视报道，让他不能自已，就在汶川地震发生后的第六天晚上，他写下了这首诗并在当天晚上就发给了四川的一家文学刊物，很快就收到了用稿通知书，那家文学刊物正在组织关于汶川地震的诗歌专辑。他已经很久没有这种感觉了，学校不断发生的事几乎让他心力交瘁，他有时甚至产生了辞去校长职务、退回书斋的念头，不过，这种念头往往只在他的心头停留一会儿，就像下雨天的雷鸣闪电一样，一会儿就过去了，所以，他每天给人的印象虽然是严肃甚至有点刻板的，但总能给人以信心。

他就这么静静地坐着，任由思绪随意地飘荡。

他在等一种适合的心境，他在等那样一种让他不得不敲动键盘的情绪。

窗前是一片漆黑，只有远处才有稀疏的灯火。

不远处，那一片漆黑的夜色下面，有静默的清水江。

早晨随着水雾游出的清水江的水鸭，此时不知哪里去了，前几个月的呱呱的青蛙叫声也不知哪儿去了，以往每到夜晚就敲打着船梆的打鱼人，又到哪儿去了？

忽然，他想起了他去年去世的父亲，想起父亲对自己的疼爱，想起自己对父亲想做而没有做也来不及做的事，眼泪禁不住涌了出来。

林志刚的父亲去世已一年有余，在这一年多刻刻不停流转的日子里，父亲的身影时常在脑海中浮现，还多次悄然地不经意地来到他的梦里，而且总是穿着那件已洗得发白的青布中山装，面容消瘦，面色沉静，尤其是弥留之际那淡淡的留恋人世的幽怨的目光，每次都让林志刚的心如万箭穿过般疼痛。

平凡得如同普通的小草但可亲可敬的父亲，他实在走得太早，脚步太匆忙了！他去世时才六十六岁呀，六十六场春花秋月，六十六次辞旧迎新，六十六册薄薄的日历，就是他整个的生命。

在父亲去世后很长一段时间里，林志刚总也想不通父亲怎么这么早就离他而去，父亲的人生怎么就这么短暂。林志刚在心里曾多次仰问苍天，苍天不语；曾多次叩问大地，大地默然无声。

林志刚知道人死入土，归于自然，什么都不复存在，一切都已成为虚幻的过去，一切都已无法挽回，但他宁愿相信灵魂不死，相信父亲的灵魂就在他的周围，相信他此时在心底对父亲的呼唤，父亲能够真真切切地听到。

林志刚不愿疼他爱他的父亲就这么早早地离他而去，他不愿成为没有父亲的人！

尽管林志刚已多年没有和乡下的父亲生活在一起，并很少回去，尽管他已为人父并已人到中年，但每当他见到父亲，总觉得自己没有长大，还是个孩子，总觉得自己像一棵青青的小树苗还在向上生长。但自从父亲在他和弟妹们的呼喊声中安然地合上双眼，走完他短暂的人生，一夜之间，林志刚仿佛就感到自己不仅长大而且已经有一种饱经沧桑的感觉。此时此刻，林志刚最羡慕的既不是腰缠万贯的富翁也不是春风得意的新贵，而是父亲还健健康康地生活着的人，哪怕他是最最普通的人。有父亲疼爱的人多好！

林志刚的父亲属于乡下人中见过世面的那一类，当过工人，在省铝厂工作多年。林志刚奶奶因每天把自己的那份口粮都拿给林志刚那在世上只活了四年的哥哥吃而全身浮肿，病倒在床，一封电报把他父亲急急地催回来。父亲用他所有的积蓄挽救了奶奶的生命，但当他准备返回工厂的时候，奶奶和母亲希望他留下，于是，他就这么义无反顾地留下了。但他对工厂的那份感情直到老年也没有随岁月的流逝而抹去，林志刚知道他有一个愿望——回工厂去看看。林志刚工作后，每年都要多次往返省城，也想过带父亲去看看他曾经工作的地方，但每次都想等有更好的机会再说吧。哪知这一等再等，对于父亲，就再也没有机会了，当然，对林志刚来说，再也没有机会陪父亲去工厂走一走，了却父亲几十年的心愿。每每想到这些，林志刚都感到十分内疚。就像父亲一生喜欢喝酒，喜欢豪饮，林志刚也想过给他买瓶好酒，让他喝个高兴，但一直没有做到，直到他病倒在床并已意识到自己将要不久于人世的时候，林志刚才猛然想起，提着两瓶茅台匆匆赶到他的床前，但他已无缘品尝这人间佳酿了，因为他得的是胃癌，早已滴水不进，每天只能靠药物维持生命。看到他面对茅台的凄苦的微笑，林志刚的心里像打破了五味瓶，眼圈霎时湿润了，林志刚悔恨自己怎么就不早一点明白“子欲养而亲不待”这样简单得不能再简单的道理呢？这种情绪左右了林志刚很长一段时间，直到父亲的新坟垒起后，林志刚流着泪把满满的两瓶茅台洒在了他的坟前，才稍稍解脱。

林志刚的父亲从工厂回来后，在农闲时便学医。他仅有的几本残破得发黄发黑的书就是中医书。正因为他懂得一些中医知识，在缺医少药的农村，很受人尊重。给林志刚印象最深的，是每年腊月家家户户杀猪宰羊的时候，父亲总是被东家请去西家请来，每天都是醉醺醺的。那是他最快活的时刻。他一生给许多人解除了痛苦，给许多家庭解除了危难，到头来自己却患上了给人以晴天霹雳的不治之症，那是多么不公啊！

林志刚的父亲年轻时，脾气不太好，常常发火，大概是由一个在城里工作的工人一下变成农民，让他心里结下的难以解除的情结所导致的吧。但他对林志刚和弟妹们很好，从林志刚记事起，他从未被父亲打骂过，甚至较重的话也没被说过，父亲对林志刚十分宽容也十分信任。记得小学四五年级的时候，他不想上学，就给父亲说他后面的课文已会读了，父亲就摸摸他的头，笑笑地说："既然会了，不想去就不去吧。"于是，林志刚就欢呼着蹿进屋后的翠竹林用弹弓打鸟去了。所以，童年的林志刚虽然像乡下大多数孩子一样，缺吃少穿，却十分快乐，没有压力，没有忧愁，没有沉重的故事。

林志刚的父亲最高兴的，是林志刚考上师范。考上师范就意味着跃过龙门。要知道，能够走出农村，将来成为一个国家干部，在那小小的山村要有多荣耀就有多荣耀。当林志刚把录取通知书递到父亲手里的时候，他的双眼笑得眯成了一条线，马上对林志刚说："去，去把你的老师都请来，我杀猪款待他们。"故乡山村现在时兴的考上学校就杀猪宰羊感谢老师的风气，就是从林志刚考上学校那时开始的。林志刚还清楚地记得，离开山村到师范上学，是父亲送他上车的。从他的家门到国道上，还有两三里弯弯曲曲的小路。父亲一直送他到公路上，看着林志刚跨上公共汽车，才转身离去。父亲当时穿的就是青布中山装。

林志刚那可亲可敬的父亲，现在已长眠在青山翠柏之中，已和生养他的大地融为一体，已回归自然。

林志刚的父亲虽然一生没有干过惊天动地的事业，没有给林志刚及弟妹们留下多少钱财，只留下那栋低矮的布满蜘蛛网的老屋，但他能在那种艰难的环境中把林志刚兄妹五人抚养成人就已不易，更何况他们兄妹中有两人读完大学并成为大学教师，这一切难道不是他生命的延伸？林志刚他们兄妹今天对各自事业的那份执着难道不是父亲吃苦耐劳精神的转化？

林志刚想到这些，情不自禁地开始了《怀念父亲》一文的写作。写好文章的初稿，已经是深夜两点多了，林志刚擦了脸上的泪水，喝了一杯水，上床休息，但由于写文章写得很兴奋，在床上翻来覆去许久也睡不着，直到窗台边露出了一缕白光，才蒙眬地睡去，醒来已经是上午九点多了，赶快爬下床，洗了一把脸，就到学校上班去了。

代人开会

黄威的家住在清江地委、行署所在地花果山。据说过去满山栽的都是桃花，每年春天桃花一开，全城的人都去那儿赏花，后来桃树渐渐地被其他树种取代，桃花也就越来越稀罕了，但是地名依然叫花果山。

黄威每天都有起早锻炼的习惯。他早上接到通知，到花果山上开会，于是，就下到山脚沿着小江岸边的人行道多走了一会儿。

黄威到过许多城市，尽管每一座城市独有的气质和风韵都给他留下过很深的印象，但于黄威而言，就像匆匆过客看窗前的云舒云卷一样，只是欣赏，只是旁观。然而清江城之于他，就大不一样，它的呼吸，它的冷暖，它的变化，都和他的心连在一起，因为他的生命，早已和这座城市融在了一起。他就出生在这座城市里。五十多年的生活，让他生命的每一条血脉都与这座城市紧紧相连。每次出差归来，尤其是傍晚或夜幕降临之后，在石灰坡鸟瞰清江城斑斓的灯火，心里都有一种异样的亲切之感。

这座城市留给他很多美好的记忆。他出生在城东一个名叫渔梦滩的地方。他还记得“文革”的时候，他的父亲被反对派抓去关了起来，他就常常陪奶奶坐在阶沿上呆呆地看偶尔路过的汽车。那时的汽车，多是老式的解放牌，路过时的声音特别大，有些刺耳。早晚有时他也跟着奶奶来到渔梦滩江边，奶奶下河洗衣洗菜，他就站在江边看一叶扁舟在碧波荡漾的河面上轻盈地滑行，看渔夫站在小舟上用力撒开大网，看江对面苍翠的岛及岛上绿树掩映的红墙青瓦的楼房，尤其是那银白色的鹭鸶亮着翅膀，贴着水面自由飞翔的样子，勾起了他无限的遐想。时至今日，他仍然依稀记得自己站在沙滩上痴痴地看鹭鸶飞翔的情景。尽管如此，清江城留给他的最初的印象，依旧是朦胧的，如山岚如水雾，在他的记忆深处游离，若隐若现地存在着。

清江城由于三江汇合，江宽水阔。每年夏天下河洗澡游泳的人很多。当时，为了庆祝毛主席畅游长江，每年的七月七日都热闹非凡。西门桥上的彩球，伫立于水中央的坚挺的中流砥柱上的彩旗，以及沿江两岸攒动的人头，是这一天所特有的场景，至于那此起彼伏的划龙舟的号子声、鼓点声和一排排小红帽所组成的长长的游泳队，当然是这一天的主场景。不知是从哪一年开始，他的父母总会在这一天给他换上新衣服，让他去西门桥看热闹。而他倒不是想看游泳，而是想去吃城里小十字街好吃的东西——社饭、锅巴粉、马泡、煎包、酸辣面、粉蒸肉等。

那时的小十字街是整个清江城最繁华的地段，北面是一条两侧由一栋接一栋的低矮的厢房式的门面楼组成的窄窄的街道，而且两侧的厢房式的门面楼均为朱红色，路面呈灰黑色，偶尔还有被踩踏得泛出亮光的青石板夹在其中，隐隐约约透出这条街道年代的久远与过去日子的辉煌。他每次都是从北门进入这条街道，然后，看着两边的厢房，一步步走到小十字街的，所以，他对这条街道的记忆特别清晰。有时，他甚至想，要是那时的厢房能够保留，岂不是清江城别样的风景？现在的清江城确实比过去繁华，比过去更加现代，更加时尚，但是历史的沧桑少了，清江城文化的根好像也很难找到了。可清江城并不是没有历史文化根底的城市啊！据历史记载，远在新石器时代，清江这块土地上就已经有人类繁衍生息，不是吗？清江杜家园等处新石器古文化遗址出土的红陶、灰陶及石器残片，无声地讲述着数千年前人类祖先定居在这青山绿水之间的遥远历史。周代清江虽为荆州西部、梁州南部边地，但春秋时就属楚之重地，秦时属黔中郡，汉时属武陵郡，唐宋明清更是历史脉络清晰可见。总之，清江的历史是厚重的。这一长串厚重的历史怎么可能没有在这座城市留下明显的记忆痕迹？难道都被历史的烟尘自然吞噬了吗？不，不是，更多的是毁于战火，毁于人祸。远古的历史只能在文献中捡拾记忆，但清江城万家祠堂的消失却发生在黄威的眼前。淹没在小十字街西南面那一片城市中的万家祠堂，是清江城历史文化的象征，从古朴典雅的建筑风格可以想见其昔日的辉煌，但就是这样的古建筑却在二十余年前一夜之间被夷为平地，被没有任何特色的现代建筑取代。现在许多老清江人谈起那片古建筑都唏嘘不已。黄威曾经不知因为什么走进过万家祠堂，里面的朱甍碧瓦至今在他的记忆里时常浮现，每一次浮现都让他的心里隐隐作痛。因为他知道，这些都是清江城历史文化血脉的延续。把清江城的历史文化血脉割断，作为清江人怎能心里不痛？不过，清江城东山脚下的那片暗灰色的四合院式的古建筑终于成为国家级文物，被比较好地保留了下来。这是清江城的幸事，这是清江人的幸事！

就这样想着走着，黄威已经来到了城中的东山下，见时间还早，就索性爬上了东山。站在东山上俯视那片古建筑，看伏在古围墙上的轻纱般的薄雾，看水鸟从左侧贴着水面起飞，再贴着那片古围墙缓缓地飞、款款地飞，一圈又一圈，由雾、鸟与古围墙组合成的场景与画面，仍然能够让人感到这座城市历史的厚重，让人感到这座城市生命的灵动，也让人产生对这座城市的过去的敬畏、对这座城市的未来的遐想。因此，他始终相信一座城市就像一个人，既是历史、现实与未来的，也是有鲜活的生命的，并且其鲜活的生命就存在于历史、现实与未来之中，其城市的建筑、街道、河流、桥梁、行人等，都是其生命的表征。而古建筑古遗迹就是一座城市的历史最好的再现，其文化元素中透露出的城市生命的信息可以穿越时空，响彻过去未来。所以，不久后，当他听说中流砥柱旁边的川主宫被一把火烧掉，顿时就觉得清江城的天空暗淡了许多。当晚夜幕降临，他就一个人悄悄地来到被火烧掉的川主宫遗址面前，看着那被火烧焦的黑乎乎的断垣墙壁，心如剜肉般疼痛。他在那儿静静地凭吊了很久，在他离开的时候，竟然还有几个人如他一般静穆地站在那儿。他知道他心灵的痛楚，也是所有清江人的痛楚！他的悲悯，也是所有清江人的悲悯！后来听说政府准备花钱修复川主宫，但他心目中的川主宫已经永远地成为过去，成为历史，成为如烟云般缥缥缈缈的记忆了。

由于清江城处于龙笔峰、天太峰、架梁山、七姊妹山、五拐坡等高山的环抱之中，呈盆地状，气候温和，且湿度较大，非常适合女孩子生活，所以，清江城的姑娘大多水灵灵的，即使是皮肤粗糙的外地姑娘来清江城生活一段时间之后，皮肤也会渐渐地变得润泽起来。这种湿度较大的良好的空气，还源于大江、小江在清江城的中流砥柱处汇合，然后过渔梦滩，下七龙洞，到湖南汇入沅江，流入洞庭湖，进长江。大江、小江都发源于桃源山。大江由桃源山山麓的黑水河、长青河奔涌而来，水流湍急；小江则发源于地势平坦的凤口县和平镇，因而水流平缓，温文尔雅。黄威的家和小江有缘，无论是在清江师专当老师时的家，还是他现在花果山的家，都在小江的边上。小江由于发源地和上游流经的地方植被比较好，除了偶尔江水泛黄，全年大多数时候，江水都碧如玉带。早上薄雾覆盖水面，水鸭在上面悠闲地游动，划出一条条水纹，一条渔船在雾气中悄然出现，立在船头的渔夫把手中的渔网用力一抛，渔网呈圆形展开落入水中。这是他早上起来站在书房的窗前常常看到的水墨画。这幅水墨画不仅浓淡相宜，而且意境深远，以至于他常常一个人在窗前呆呆地一站就是许久，用心细细地品味和欣赏。有时起床立在窗前，他还会听到淡淡的歌声或丝丝的琴声从江的那边飘上来，时断时续，悠悠扬扬。面对此情此景，他又感到自己好像并不是生活在小江边上，而是生活在一个美妙的音乐世界里。夜幕降临，小江两岸的团团灯火渐渐亮起来，倒影映在水中，岸上的景物和水中的景物融为一体，更是如诗如画。夏天尤其是雨后的蛙声成片地从江面传来，也给人一种特别的感受。这些情景和感受，也许就是他生命中注定的与小江的缘分，也许就是清江城给他的生命的特别的关照。当然，久居清水江的小江、大江两岸的清江人可能都有他的类似的经历和感受，说不定别人的还更加特别更加强烈。如此这般，这些就不仅仅是命运对他个人的恩赐与眷顾，而是大自然给所有清江人带来的福气，是所有清江人的骄傲和自豪。

有江必然有桥。清江城的桥特别多，因此有人说“满城春花半城桥”，更有甚者建议干脆把清江城叫“桥城”。虽然他不赞成把清江城叫桥城，因为桥城这名字太俗，不能代表和概括清江城的精神和文化，但是，清江城横卧在江面上的桥确实很多，小江上就有清水桥、金丝桥、徐家桥、坝上桥、西门桥、杨家桥，大江上有鹭鸶岩大桥、大江坪桥，大江、小江汇合后的清水江上有碧江大桥、下南门吊桥、东门桥。这些大大小小、造型各异的桥横卧江面，把江的两岸连在一起，构成了由桥、水、城组成的画面，而且清江城处处都是这样的画面。因此，虽然不能说这是清江城所独有的风景，但是不能不说这也是清江城的一道风景。

由于清水江的水质很好，鱼也很多，鲭、鲈、鲤等，历来享有盛名。据记载，明朝万历年间有一喜爱钓鱼者将自己钓到的清水江里的鱼向清江总兵府进贡，还得到过奖赏；1998年，清江人曾钓得一鲤鱼有一米多长、四十七斤之重，刷新了中国竿钓的纪录。清江人喜欢钓鱼的很多，凡在清江城生活的男性市民没有没钓过鱼的。所以，清江城又有“钓城”的美誉。清江人钓鱼的方式很多，有岸钓、船钓、桥钓等。岸钓者，即坐在岸边的石墩或自然形成的树墩上，戴着遮阳帽或插着遮阳伞，把钓竿在同一个水平面上呈伞状打开，然后静静地守候；船钓者，即划着船找一僻静处泊在水面上撒下钓线，然后悠然地坐在船头等待；桥钓者，即在桥的人行道两边插上钓竿，钓线往下撒，然后伏在桥栏上专注地看着下面。岸钓和船钓自古有之，其他地方也有，只不过清江城较多而已。桥钓就不一样，是近十余年才大量出现的，据不完全统计，清江城长期参与桥钓的有四千多人。现在清江城的桥上大都能够看到成排的垂钓者，他们那么专注，那么旁若无人，不管桥的车道上奔跑着怎样的大车、小车，也不管他们身后的人行道上有多少人行色匆匆，他们只关心自己的钓线和下面流动的水。渐渐地，桥钓就成了清江城独有的风景。小时候，黄威随爷爷钓过鱼，所以，他一直特别喜欢钓鱼。由于工作太忙，钓鱼的时间越来越少，但钓鱼的情景时常在他的内心深处涌动，以至偶尔步行从桥上路过，会不自觉地在桥钓者的身后站一会儿，离开了大桥还会不自觉地转过头去看桥上垂钓者组成的风景。他知道，垂钓风景中的钓鱼者的心境和作为垂钓风景之外的看钓鱼的人的心境是不一样的，就像演戏和看戏一样，演戏的人更加投入，也更能体会戏剧中所包含的深意，所以，他就曾产生这样的想法，等退休了，也到桥上去放下一排钓线，如果从桥上放下的到水面十几二十米的钓线能够拉起一条鱼，大到一斤、两斤，那该是怎样美妙的感觉？不过从更大范围来看，比如从整个清江城看，钓鱼者和看钓鱼的人其实都是清江城风景中的人，也就是说，清江人都会因垂钓而成为风景。难道垂钓仅仅是风景吗？他的心底禁不住生出这样的疑问。他知道，垂钓是一种生活方式，是一种寄托，是一种梦想，也是一种精神的体现。试想哪一个钓鱼者纷乱的思绪不是随着钓线和鱼饵的抛出而逐渐趋于平静的？哪一个钓鱼者不是抱着要钓一条大鱼的梦想而去的？哪一个钓鱼者身上没有一种吃苦耐劳的精神而能够长时间坚守？因而垂钓也是清江人生命中不可或缺的元素，是清江城特殊的地理环境在历史的风雨中开出的灿烂的花朵，是清江文化在垂钓者身上的点滴体现。

也许正因为有水，清江城比较干净，尤其是当清江城的街道拓宽，并且“白改黑”后，整个清江城看不到多余的纸屑，也看不到汽车跑过扬起的尘埃。由于清江城的空气比较润泽，每天早上起来，整个城市就像刚刚用水冲洗过一样，到处湿淋淋的，街道两旁花坛里的绿叶和花朵还挂着水晶般透亮的水珠。清江城本来树就多，近几年在街道两旁新栽的桂花树，一簇簇的，长得很茂盛，桂花开时，满城都是桂花香。再加上清江城的天空大多数时日都是湛蓝的，让他感到清江城确实是一个非常适宜居住的好地方。每当他外出归来，想到有的城市那灰扑扑的情景，想到有的城市街道两旁堆满的垃圾和散发出的霉烂的气味，更加念起清江城的好处来。

不过呢，清江城的夏天却是火一样的热。如果逢天旱年成，清水江的大江、小江里的水一下就瘦了，瘦得露出了沙洲。烈日当空，清江城简直就是一个火炉，站在树荫下是热的，躲在瓦檐下是热的，只有把身子泡在河里才能感到丝丝凉意。晚上同样很热。那时没有空调，只有风扇。黄威一家人就把席子铺在客厅里睡。由于有小孩，风扇不敢整晚上吹。其实就是风扇吹出的风也是热的。只要一躺下，身上的汗水就往席子上流，不一会儿，席子就被汗水打湿，热烘烘的让人很难受，于是干脆翻身往旁边水泥地面上滚，身子刚刚接触水泥地面时确有一丝凉意袭上心头，但过一会儿又是同样的热。实在热得受不了，就爬起来往洗手间走，用水“哗哗”地冲一会儿，缓口气，才又回到客厅的席子上躺下。夏天的夜晚，就是这么熬过来的。不过，随着空调逐渐进入清江城的百姓家，清江城的夏天也就不那么热了，好像夏天也变得短了。空调进入清江城，似乎是在不经意间完成的，其实，那是清江人几千年漫长的等待。清江人祖祖辈辈的夏天都是在热浪滚滚中度过的，只是生活在今天这样好的时代，清江人才有生命中凉爽的夏天。

清江城就像人一样在不断成长，老城在改造，新城在拓展，教育园区、大兴工业园区，一派欣欣向荣的景象，但是散落在清江城里的星星点点的历史古迹是否会得到应有的尊重？能不能让清江城历史的文化血脉永远顺畅地汩汩地流淌？清江世代积累积淀起来的精神是否会丢失？他作为一个清江人还是有些隐隐的担忧，不过，相信清江人在未来岁月的洗礼中会更加平和更加理性，也相信清江城发展的步伐会更加平稳更加坚实。不是吗？清江最近几届领导对清江历史文化的前所未有的重视，尤其是“桃源清江”文化品牌的打造，“苦干实干，开放创新”的清江精神的提出与培育，让他看到了一个文化清江的未来与希望。

待他这样想着走着，猛一抬头，见离早上开会的时间已经只有一个多小时了，这样漫步走回去要迟到了，便不自觉地像年轻人一样大步流星地快走。他忘记了他已经不年轻了，果然，不一会儿，就满头大汗，气喘吁吁了，而且头也感到有些眩晕，他不得不扶住路边的栏杆慢慢地停了下来，只好拿出手机安排他分管的成人教育处的李小光处长代他去开会，并一再嘱咐要找到“清江学院”的座位牌并坐在那个座位上。休息了好一会儿，就慢慢地往花果山上走。

他回到家里，简单地洗漱之后，就躺在沙发上休息，休息了半个多小时，头不再眩晕了，看看表，会议才开始不久，从他家里到会场没有几步，心想还是自己去开会更好。

他来到会场的大门边，看了半天也没有看到李小光，但是会场又是坐得满满的，他只好弓着身子边看边慢慢地移动脚步往他平时开会坐的地方走去。他终于看到了“清江学院”的座位牌。但是，坐在“清江学院”座位牌前的却是一个他不认识的年轻人。于是，他轻轻拍了拍那年轻人的肩膀，压低着声音说：“请问你是哪个单位的？”

那个年轻人以为是行署办来查会议的，就一本正经地回答道：“清江学院的。”

“你是清江学院的？”黄威从来没有见过这个小伙子，就问道：“是清江学院的，你叫什么名字？”

那年轻人抬头看了黄威一看，明确回答道：“黄威，黄威！”

黄威一听，那人说他是黄威，呆了一下，不过，很快清醒过来，依旧用低低的声音指着自己的鼻子说：“那我，我是谁？”

那年轻人很诧异地望着他，说：“你，你是黄威校长？”

“好吧，你去吧，我自己来开会。”

“好，好，对不起啊！”那年轻人一脸的尴尬。

“不，不！该说对不起的是我们！”

会议结束，黄威刚一走出会场，就拨通手机质问李小光是怎么回事。

李小光说：“我今天早上有节课来不了，就安排处里的鲁明科长去了。”

“那你问清楚鲁明怎么没有来。”

黄威还没有回到家里，鲁明打电话来了，战战兢兢地说：“黄校长，对不起！我今天早上有点事，去不了，就叫我的表弟代我去的。”

黄威一听，气不打一处来，把鲁明痛骂了一顿，觉得不解气，又拨通李小光的电话把他也骂了一顿。

骂完了，黄威回到家里，往沙发上一坐，头又开始晕眩了起来。

班子调整

这时的娄青虽然刚刚接替汪兰进了党委当了学校工会主席，成了一名副地级干部，但她怎么也高兴不起来。

因为早上她走进林志刚办公室看到的那一幕还浮现在她的眼前。

她作为学校组织人事处处长，知道地委组织部受省委组织部委托，今天要来学校宣布王学会担任常务副校长、汪兰担任新增的副校长职务和她娄青进党委担任学校工会主席职务的文件，就早早地来到学校，做一些准备工作。

当她上到二楼，看到走廊那头林志刚办公室的门虚掩着。她知道林志刚已经来上班了，就走过去想给林志刚说句感谢他关照她的话。她才走到门外，就听到林志刚不停的像喘不过气来的咳嗽声。她急忙推门进去，见林志刚正坐在办公椅上满脸通红地在大口大口地喘粗气。

她把提着的包一摔，马上跑拢去扶着他，轻轻地拍他的胸口，拍他的背，帮他喘过气来。好在不一会儿，林志刚的呼吸就渐渐平稳了。

林志刚示意她坐下，好像有话说。

“你别说话！”娄青见林志刚说话困难，就边说边转身回到沙发上坐下，可当抬起头看到林志刚仍然很疲惫的样子，眼圈一红，泪水就从她那双大眼睛中滚落了下来。

林志刚像诓小孩似的说：“别哭，别哭！这是我的老毛病，没关系的。”

娄青抬起头，吃惊地看着他。

林志刚也看着娄青，缓缓地细声地说道：“娄青，学校领导班子在不断加强，你也即将进入班子，清江学院有希望！”

“谢谢林校长的认可！您不能再拼了，您的身体垮了，清江学院就完了。”

这时林志刚又像平时一样微笑地看着她，说道：

“我知道我的身体状况，过去，抽烟抽多了，我之所以不再抽烟，就是怕支气管炎。不过，我今后注意就是了。没关系的。”

娄青现在想起早上的那一幕，心里还在为林志刚的身体担忧。这几年，学校发展了，学生规模已经达到一万多人，正教授数量也得到了快速增长，她与黄威在王学会之后也都晋升为教授了，林志刚还晋升了二级教授，成为名副其实的大教授。学校里副教授已经突破一百二十人，硕博已经突破一百五十人，汪兰的博士学位已经拿到，并且她们两个都转到教育学上来了，她评的是教育学教授，汪兰获得的是教育学博士学位，就是高等教育学方向，并且也顺利评上了教授。学校坚持走服务地方社会经济发展的办学之路，在教育教学改革方面，也取得了一定的成绩，但是，林志刚的身体却有些下滑了，几年前刚来清江学院时，身体既魁梧又结实健康，而现在才满五十五岁，两边的鬓角已经可以看到稀疏的白发了，脑门上的光泽在不知不觉中渐渐消退了许多，说话的底气也好像不足了，走路时矫健的步伐也很难看到了，明亮而有神的眼睛也暗淡了一些。她真的担心他支撑不住，突然像一座大厦一样轰然倒下。

她走着想着。

一阵晚风吹来，把人行道旁边树上枯黄的叶片吹得飘飞起来。她踩在刚刚落下的枯黄的叶片上，发出“哧哧嚓嚓”的声响。她今天好想就这样走一走，理一理纷乱的愁绪。许多人可能以为她今天过得非常快乐，心情特别好。要不是为林志刚的身体担忧，那确实应该是值得高兴的。一个女人，能够当上处级干部就已不易，更何况是副地级干部，那就真的是很少了。她没有理由不高兴、不快乐。但是，林志刚已经变成如此模样，她怎么能不心急如焚？哪里还高兴快乐得起来？

她本想就这样一直走回家，但是走着走着，觉得还是应该把她早上所看到的林志刚的身体情况告诉汪兰，让汪兰一起监督他，迫使他重视自己的身体健康。这样一想，她就放慢脚步，掏手机打汪兰的电话："汪校长吗？"

"你是娄姐吗？"

"是，娄青。"

"我是汪兰。有事吗？"

娄青在听到汪兰的声音的同时，还听到话筒里传来的喝茶聊天的声音，她一下才想起今天是汪兰当副校长的特殊的日子，肯定是朋友们在为她高兴。她到了嘴边的话又退了回去，就说："没有事。只想问问汪校长在干什么？"

"没有事，几个朋友在吃饭。"

"那好，你们慢慢吃。"娄青挂断了电话。

天渐渐地黑了，城里的霓虹灯开始闪烁了，公路上往来穿梭的大大小小的车子的灯光也都亮了。

娄青迈着懒散的步伐，还在慢慢地走。随着她缓缓行进的脚步声，她的思绪又飘飞了起来。

人啊，真的是个奇怪的动物。年轻的时候，自己曾经如痴如醉地爱自己的男人，爱他的聪明和智慧，爱他的勤劳和坚韧，总之他身上的一切，哪怕是明显的缺点也爱。应该说，她的男人，虽然读书不多，第一学历只是中师毕业，但是在参加工作后的二十多年的人生中也还是发展得不错的，由一个普通的办事员到副乡长、乡长、局长，再到副县长，然后改任县委副书记，一步一个台阶，虽然与她相比，发展缓慢一些，但是他所走的道路要艰难得多。应该说，他的人生也是辉煌的。是啊，一个农村长大的孩子，要学历没学历，要靠山没靠山，完全凭自己的打拼，成了一名县级干部，而且长期担任副县长、县委副书记这些重要职务，还有什么不满足的呢？就是站在她的面前也丝毫不逊色。可是，奇怪的是随着他的地位一步步升高，对她的吸引力反而越来越小了。刚刚结婚的那几年，他让她独自守着空房，那日子真是度日如年，每当夜深人静的时候，她好想好想她的丈夫。但是慢慢地就淡了，有时他忙了，几个月不回家，她好像也习惯了。该吃的时候就吃，该睡的时候倒床便睡。有他，没有他，已经无所谓了。刚结婚那几年，别的女人多看他几眼，自己在旁边站着，心里就不舒服。他任县级干部后，有人写匿名信说他和某某女人关系不正常，她为此而痛苦过，后来接到匿名电话匿名信多了也就习惯了，久了也就淡了。二十多年来，好像并没有发现他真正爱哪个女人。倒是她觉得，要是真有一个女人爱他关心他，何尝不是好事，反正她关心照顾不到他。大男人一个，长期在外奔波，也确实不易。有一次，她就曾经半开玩笑地说："老公啊，你在外面，要真的觉得苦，就找一个知心的，我没有意见。只是不要带回来就行。"他只"嘿嘿"地笑。她也发现，丈夫可能和她的感觉一样，虽然是在县里工作，但是如果想她也只要坐三四个小时的车就可以到达，更何况他有专车。十天半月不回家，还说得过去，几个月不回家，就让她怎么也想不通。工作就真的这样忙吗？她知道他不是那种花心的男人，就像她不是花心的女人一样，但他们之间的那份曾经如火如荼的爱，好像真的已经走了，像鸟一样悄然飞走了。双方都清楚，他们之间已经只有亲情和友情了，但谁都不愿意捅破这一层纸，就这样敷衍着过。不过，环顾左右，好像许多家庭也都是这样，也就释然了。

"嘟嘟嘟……"娄青打开电话一看，见是汪兰的电话，就问："兰妹，有什么事啊？"

“娄姐，你今天打我电话一定有什么事，对吗？”

娄青停了一下，觉得还是不告诉她，就说：“没有事，真的！”

“我不相信。你在哪儿？”

“我一个人在水星阁清水江畔散步。”

“我过来陪你？”

“好吧。”

科研先行

汪兰担任副校长后，林志刚与王学会商量，叫他专门抓教学，把科研工作交给汪兰。汪兰任工会主席期间负责的后勤工作移交给了新任工会主席娄青。

汪兰刚刚接手学校的科研工作，一时不知如何着手，但是她知道，一是进行调研，二是查阅资料。就在她接手分管科研工作的当晚，就去图书馆查阅资料到深夜，要不是怕图书馆管理员难等，她还会查阅下去。连续一个多星期，她都泡在图书馆里。她把借来的有关论文、著作等资料搬到她的办公室，每天一有空闲，就抱着有关资料看，她相信她能够从里面找到提升清江学院科研水平的良方。既然林志刚把科研工作交给她分管，她就不能事事去问他，否则，还要她这个分管副校长干什么呢？汪兰外表温柔，但内心刚强而又倔强，领导交办的事一定要尽可能做好，这已经成为她工作的信条。林志刚在分工时所说的话——“汪兰啊，科研如何上水平，就看你的了！”这句话一直在她的心里回荡，她暗下决心，一定要让清江学院的科研快速得到提升。当她把能够找到的关于科研工作的资料都看了以后，她渐渐地明白了——原来在大学的基本职能中，之所以要把人才培养放在首位，不仅仅是因为它在大学职能中的重要性，还因为人才培养职能产生最早——欧洲最古老的大学比如意大利的博洛尼亚大学、法国的巴黎大学、英国的牛津大学和剑桥大学等在早期均只有人才培养职能，只是当历史发展到德国洪堡大学时期，科研职能才产生。科研包括后来产生的社会服务等大学职能，都需要教师去履行。新的大学职能不断产生，即新的工作任务不断加码，而教师的工作精力始终是有限的，这就必然产生教学与科研，包括与社会服务的矛盾。科研与教学的矛盾如何调和，是许多学校都没有解决的问题。这一问题，同样横亘在汪兰的面前。

她百思不得其解，只好在一天下午来到林志刚的办公室请教。

林志刚微笑着用他那特有的带磁性的声音说道：“不急！要是仅仅凭你把那些有关资料看完就能够解决这个问题，那这个问题就不是大学发展的‘哥德巴赫猜想’了。你问我，我也没有现成的答案，答案还得你来找。我国高等教育法明确规定：‘高等学校应当以培养人才为中心，开展教学、科学研究和社会服务，保证教育教学质量达到国家规定的标准。’这就告诉我们，人才培养的中心地位不能动摇。”

“哦，林校长，在我们原来的师专提得比较多的是教学中心，而不是人才培养中心。这怎么理解？”汪兰疑惑地看着林志刚。

林志刚略一迟疑，回答道：“师专作为教学型高校，只做教学不做科研和社会服务，谈坚持教学中心地位，应该说有一定的道理，但是作为一所本科高校，那是绝对不行的，更何况，教学的目的还是培养人才，而培养人才不仅仅是课堂教学的事，课堂教学是主渠道，但不是唯一的渠道。所以，严格地说，就是师专时期提坚持教学中心地位也是不准确的，正确的表述还是坚持人才培养中心地位，即只有人才培养才是中心，教学只是培养人才的主渠道。主渠道和中心地位是两回事，不能混为一谈。”

“我明白了！”汪兰接着说道，“只能在坚持人才培养中心地位的前提下考虑科研工作！”

“对！人才培养的中心地位我们必须坚守，但是并不是说只有等人才培养的工作做好了才来做科研工作。其实，教学与科研并不矛盾，而是统一的。”

"一个教师的时间和精力都是有限的，花在科研上的时间多了必然要影响教学，怎么不矛盾？"

"磨刀不误砍柴工，这个道理你应该明白吧？"

"明白！"

林志刚抬头看着汪兰说道："因为做科研就相当于磨刀，只有做好了科研，才能真正把课上好！"林志刚说到这里，站起身，走到他的书柜前，打开书柜，从里面取出一本书页已经有点破损的书递给汪兰，说道："这是德国哲学家教育家雅斯贝尔斯写的《什么是教育》。你拿去看看。雅斯贝尔斯在这本书中有一句话说得非常好——'只有自己从事研究的人才有东西教别人，而一般教书匠只能传授僵硬的东西。'美国高等教育理论家布鲁贝克在《高等教育哲学》一书中也说过：因与知识前沿的难题搏斗兴致勃勃地来到课堂的大学教师，能够为学生带来第二手材料不可能给予的某种东西；同时，对一个探索者来说，促使其用他熟悉并理解的术语向一个聪明的外行阐释他的研究发现，这是一种很好的有益的训练。"

汪兰没想到，她的关于教学与科研矛盾的问题引发了林志刚这样一番话，她真是受益匪浅。为了不占用林志刚更多的时间，她主动提出让她消化一段时间再来请教，说完就站起身准备离去。

林志刚的话还没有说完，就示意她坐下，于是接着说道："汪兰啊，我在想能不能搞一个高等教育学研修班，把我们的相关领导和处室的负责人弄来学一学高等教育的名著，便于他们把握高等教育的规律。只有大家熟悉了高等教育的规律，才能把学校办好。"

"当然好啊！林校长您来指导，我来做具体组织工作。这个班如果能够开起来，大家一起学习，用高等教育的理论指导办学，就会少走很多弯路，就不会干违背教育规律的事。"汪兰很兴奋，脸上又泛起了一片红潮。

"那你就去做个方案，先搞一期看看，如果大家认同，我们就一期一期地开办下去，让大家都成为办大学的行家里手。"

"好的，林校长，我去做方案。我想这说不定就是我们清江学院崛起的重要抓手。升本以来，大批干部一下走上处长、部长、院长领导岗位，包括我们校级领导，都会无所适从。本科大学到底该怎么办？心头是一团雾水。自己都没有搞清楚，怎么办好我们的学校？林校长，办这样一个班很有必要！我甚至建议学校所有的校级领导参加研修班。"

林志刚犹豫了一下，说道："校领导先不做硬性要求，自愿吧。先把职能部门的负责人弄来培训。"

"好吧。"汪兰站起身，往门边走了两步，似乎又想起了什么，转身说道："林校长，人才培养是中心，是不是可以理解为，只要坚持人才培养中心地位不动摇，教学与科研谁先谁后并没有定论，是不是一个教师要想把课上好需要先做科研？只有先做科研，才能有新的东西教给学生？”

“对！你说得对！等一会儿，让我想想，好像有谁说过类似的话。”林志刚也站了起来，在他的办公室来回地走。

正在这时，王学会跨进门来，加入了他们的讨论。林志刚见状就叫张雪峰干脆把杨昌明和王长忠一并请来，专题讨论教学与科研的问题。

在讨论的过程中，办公室主任张雪峰通过网络查到了原华中工学院校长朱九思说过的一句话：“科学研究要走在教学的前面。”

“对！就是这句话。”一向沉稳的林志刚也显得有些激动，接着说道：“华中工学院如果没有这个理念，也就没有今天的华中科技大学。可以说，华中科技大学能有今天的发展，起关键作用的就是当年朱九思提出的‘科学研究要走在教学的前面’的理念。清江学院不能与华中科技大学比，但是华中科技大学发展的道路，尤其是成功的经验，我们完全可以学习和借鉴。”

“我赞同！”王学会首先表态，并进一步说道：“凭我教学的经验，尤其是我最近也看了一些资料，我相信要真正把大学的课上好，不做科研是绝对不行的，那种不做科研也能够把课上好的说法，打死我也不相信。”

“现在确实有这种说法。不做科研，也能够上出学生欢迎的课来。”杨昌明补充道。

“但是学生欢迎的课不一定是有水平的课。”王长忠插话道。

“是的。这种课，说得刻薄一点，老师不做科研，学生越欢迎的课对学生的伤害越大。因为这样的课不可能把学生带到学科的前沿和知识的前沿，肯定是炒现饭，让学生嚼别人嚼过的馍。遗憾的是，有的人站了一辈子大学讲台，却没有讲授过一堂真正有水平的称得上大学课程的课！”王学会做了进一步阐释。

林志刚接过话说道：“好的大学课堂，不仅要有教育性、实用性、丰富性、艺术性，还要有前沿性和思辨性，尤其是研究性。英国哲学家、教育家怀特海说过：‘大学应该成为青年和老年人共同参与的探险活动的家园。’既然整个大学都应该成为师生共同参与的探险活动的家园，课堂教学作为大学最重要的组成部分，也应该成为师生共同参与探险活动的地方，即大学教师更应该利用课堂教学带领学生进行知识的‘探险’。日本哲学家藤田正胜在其《西田几多郎：生与哲学》一书中记录了这样一件事：有一天，西田几多郎老师于授课期间停下来，沉默了一段时间来思考，然后突然开口说：‘我不明白！’课堂就此结束，西田几多郎老师就回家去了。西田几多郎虽然中途离开课堂遭人质疑，但是他把课堂当作一个认真思考的地方，让作为学生的藤田正胜非常感动并留下了深刻的印象。西田几多郎把课堂当作一个认真思考的地方，和怀特海提出的教师带领学生进行知识的‘探险’，都属于科研与教学高度融合的范例，既属于教学进行时，也属于科研进行时，教学过程与科研过程完全重合叠加在一起。可以说，这才是大学课堂教学的最高境界。这种大学课堂教学的境界不是所有的大学教师都能够达到的，因为这是大师级的大学课堂教学水平，但是可以作为我们大学教师努力的方向。”

汪兰、杨昌明等都不断点头称是。

汪兰回到家里，站在窗台前，还在想下午关于教学与科研问题的讨论，尤其是林志刚关于大学课堂的那一番宏论，心里热乎乎的。

是啊！有这样的领导和同志，尤其是能够形成这样的共识，科研工作肯定能够快速提升。

党校学习

组织上派林志刚到中央党校参加全国高校党委书记校长专题研讨班学习。他从清江出发，在长沙转机，当天下午五点多到达中央党校。林志刚过去记不清是因为什么曾经从中央党校的门口路过，现在还能够模模糊糊地回忆起当时看到“中共中央党校”那几个大字的情景。

林志刚拖着行李箱从中央党校校门的右侧进入，首先扑入他的眼帘的是长方形的绿茵茵的草坪，草坪的两侧是十几米高的苍翠的松柏成排地护卫着，给人一种庄严肃穆的感觉。沿着长方形草坪的边沿走，自然想起清江学院校门口的宽草坪。大学之大，不仅仅是大师之大，学问之大，它体现在大学的方方面面。宽阔的大草坪，置于校门，虽然不能说是大学之大的体现，但是它确实能够在一定程度上彰显大学恢宏的气度与海纳百川的包容精神。所以，他庆幸自己坚持要对清江学院校门口设计方案进行修改，感谢农学院高琼等老师保留大草坪的大胆的设计。

中央党校的校园道路不宽，有四五米，两侧是人行道。车行道是沥青路，人行道是灰色地砖铺就的。林志刚拉着行李箱在人行道上走，由于砖与砖之间有缝隙，行李箱的轮子被碰得“啪啪”地响，他觉得那声音有些难听，就干脆下到车行道上，果然那“啪啪”的声音没有了，且拉着也轻松多了。

绿树掩映间稀稀疏疏地坐落着一些灰色的建筑。就在车行道的旁边，有一栋三层的古旧的砖房，进门处的门廊上刻有几个字，由于天快黑了，他看不清楚，一开始以为是图书馆，走近了才知道是档案馆。把档案馆置于这样显眼的位置，他想一定有中央党校建设者们的考虑。其实，档案资料比图书资料更珍贵。但是档案资料在大学的地位并没有引起人们的重视。清江学院同样如此。他在审定清江学院图书馆内部设计方案时，就明确说道：“图书资料并不是最重要的，公开出版的书籍只要有钱就可以购买，而有些档案资料等无形资产是不可再生的资源，一旦丢失就永远丢失了。”看着中央党校的档案馆，他在想，回去后，他还要再讲清江学院档案馆建设的事，并督促他们落实，否则，今后会遗憾的。

林志刚住在19号楼517房间，里面有书柜、办公桌、电脑、电视机，在床的旁边还放有两个木制的单人沙发，中间有一个茶几，墙壁上挂有几幅吴冠中先生的风景油画作品，给人以清新淡雅的感觉。林志刚不懂画，但是他听说过吴冠中的名字，知道吴冠中是中国当代著名画家，曾经远渡重洋到欧洲留学，获得过法国文艺最高勋位，但是不了解他的画作。所以，见墙上挂的几幅画作都是吴冠中先生的作品，不由得就细细品味起来，尤其挂在盥洗间的《花篮》让他驻足良久。

北京的气候与清江的很是不同。林志刚尽管一到中央党校住下，就换上了皮衣，但晚饭后独自在校园里散步，还是感到有点冷。不过，走着走着就不觉得冷了。离他住的19号楼不远处，有一个书店，两层楼，他散步时还开着，见里面还有人在看书，就走了进去。书店不宽，有七八十个平方米，但布置得不错，进门书架上醒目地写着“人民出版社图书”“中央党校出版社图书”“商务印书馆图书”等字样，还在书架间隙处安放有几个供阅读的书桌和沙发，开始林志刚还以为那里是阅览室，后来见有人买书，才知道是书店。林志刚在里面走了一圈，并走上了二楼，见里面存放的主要是政治、经济、历史、文学方面的书籍，想到还要在这里待十余天，改天再来看，不一会儿就走出了书店，反身看书店上的门牌，才知道，这家书店名叫“大有书局”。现在叫书店的多，叫书局的少。林志刚觉得叫书局比书店有文化味。

出书店往左拐，行几十米，再左转，行十几米，又见到一排松柏树，且里面有草坪，草坪那边是一个小广场，广场上有雕塑。那雕塑是一个人背着手，林志刚猜想可能是毛主席的塑像。于是，带着好奇心，穿过林间小道，来到了塑像前，果然是毛主席的塑像。塑像下刻了一行大字“我们的老校长”，下面还有一行小字注释：“一九四三年三月至一九四七年三月，毛泽东兼任中共中央党校校长。”在毛主席塑像前是一个小广场，与毛主席雕塑相对的是一块书写有“为人民服务”几个字的石碑。石碑的另一面，对着校门，上面书写有“实事求是”几个大字。林志刚抚摸着石碑，看着毛主席的塑像，真正理解中央党校同志们的良苦用心了。他在小广场上走了几圈，还郑重地在毛主席塑像前鞠了一个躬。在林志刚的心里，毛主席占据着特别重要的位置，不管什么时候，只要想到他、提到他，林志刚都会顿生敬意。

中央党校校园里早上的空气真好。林志刚从 19 号楼出来，向左直走，穿过一片栽有马尾松的草坪，就走到了昨天报到的大礼堂前。站在那里面向校门口看去，原来前面的广场就是毛主席塑像广场。他站在大礼堂前，能够看到毛主席塑像的高大的背影。毛主席那高大的双手叉腰的背影，林志刚太熟悉了，可以说熟悉得已经融入了他们这一代人的血液之中。绕过大礼堂，见大礼堂后面有一栋造型似六边体，青砖墙面、白色屋檐和窗沿，古朴素雅、精巧别致的小楼房，林志刚就走过去，一问，正好就是他要找的育园楼。

开班仪式按时开始，由中央党校副校长主持，教育部副部长讲话。副部长的讲话不长，副校长的主持词也不长，整个开班时间只用了十几分钟。这样的会风很值得提倡。纵观当今社会，把短会开长的大有人在。林志刚到清江学院那年，学校召开教代会，办公室给他起草的《校长报告》有三十多页，吓他一跳，心想不念两个小时，至少也要念一个多小时，只好不客气地打回去，叫办公室控制在六七页之内，最后还是超过了十页。后来，林志刚给办公室定了规矩，凡是给他写讲话稿，大的报告不能超过十页，小的讲话，一般情况，他自己即兴演讲，如果是非常正规的场合，必须有讲话稿，一般控制在三四页之内。林志刚以为，自己难得念，参会的更难得听。所以，他赞成开短会。

九点钟，专题报告正式开始。做专题报告的是中央党校副教育长、哲学部主任韩教授。韩教授是一级教授。在中国，人文社科一级教授很少，中国只在 1956 年评定过，比如冯友兰、熊十力等哲学家就是人文社科一级教授的代表。遗憾的是，后来中国人文社科一级教授的评定就停了下来，直到 2009 年中国人民大学才率先打开僵局，重新开评人文社科一级教授职称。方立天、刘大椿、纪宝成、吴易风、宋涛、张立文、李文海、陈先达、周新城、郑杭生、胡乃武、黄达、曾宪义、戴逸等十四位就是在 2009 年被中国人民大学聘为首批人文社科一级教授的。第二年即 2010 年，山东大学紧跟着也开评人文社科一级教授职称。至此，中国人文社科教授也有机会进入一级教授的行列，成为人文社科领域里的“院士”。林志刚目前是二级教授，他的奋斗目标也只是二级教授，因为像清江学院这个层级的高校不可能设一级教授。所以，看到一级教授，自然对其比较佩服。林志刚想不管他的报告做得怎么样，既然是一级教授肯定有他过人之处。

韩教授讲了三个多小时，其间只休息十分钟，滔滔不绝，确有大教授的风范。他的许多观点和看法，引起了林志刚的共鸣，比如他说“思想的力量最强大”。林志刚知道拿破仑曾说：“世界上只有两种强大的力量，即刀枪和思想；从长远看，刀枪总是被思想战胜的。”大学的治理何尝不是如此呢？只有先进的办学理念才是带领学校不断前行的最根本最重要的力量，才是大学的内在逻辑起点。谁放弃了对大学先进理念的追求，就放弃了大学的发展。林志刚作为大学校长，始终把用最先进的办学理念治校看作制胜的法宝。他重视对高等教育理论的学习，就是想获得更多的先进的办学理念。一个不懂得用先进的理念、思想治校的大学校长，是不可能把学校办好的，哪怕他把其他的资源利用得再好。

还值得一提的是，当韩教授讲到一个人应该有担当时，还专门表扬他们的常务副校长何校长，说他来到中央党校后解决了许多棘手的问题，有担当的意识，并说何校长没有节假日，整天都在办公室或在校园里转，把学校当成了他的家。林志刚听韩庆祥介绍他们校长，心想看来不是他林志刚一个人作为校长喜欢待在学校办公室里。林志刚也听到他的部下表扬他，说他每天晚上和节假日都要去学校办公室工作。其实，不完全对。就他而言，去办公室确实也有工作要做，但更多的是看书和写作。那么，家里不能看书写作吗？为什么非要到办公室去？那不是作秀是什么？林志刚的回答是“习惯”。不为了什么，就是习惯了。

下午没有课，是自习。林志刚按要求看了一个多小时的书，就站在窗前，看对面的青砖楼房，看楼房上面纯净的天空。谁说北京的天空不湛蓝？现在呈现在他面前的天空不就像林志刚在清江学院办公室透过窗户所看到的湛蓝的天空吗？正在此时，他还看到了一只喜鹊扇着黑中带白的翅膀、拖着长尾巴从林志刚眼前飞过，在楼顶的上空腾跃了几下，然后落在了屋脊上。林志刚小时候，在乡下老家，看到的鸟比较多，有各种各样的山鸟，特别不喜欢的是乌鸦，大人们说，见到乌鸦不吉利，他们每次看到乌鸦都吐口水，但是看到喜鹊就不一样，因为大人们说看到喜鹊有喜事。为什么几十年过去了，他现在每次看到乌鸦从眼前飞过，心里还会觉得晦气，看到喜鹊心里会高兴？他也明明知道，一个人的运气好坏与乌鸦和喜鹊无关，但就是会有这样的感觉产生。他想，也许这就是思想的力量吧。

第三天早上，林志刚迎着刺眼的阳光走向育园楼。到达三楼报告厅时，见离听报告还有半个多小时，就下楼，左拐走到育园楼的背后。抬头一看，前面是邓小平雕像园。在宽阔的绿茵茵的草坪中矗立的是高大的披着风衣的邓小平雕像。雕像下镌刻着几个大字——总设计师。林志刚在邓小平雕像前伫立了一会儿，就走进了围绕草坪一周建造的栅栏长廊。

呈现在林志刚面前的栅栏长廊是另一番景象。头顶上铺满了藤蔓植物，并有青灰色的葫芦瓜从木栅栏间吊下来悬在空中，一排排的，一个个憨态可掬，煞是可爱。大约每十米，就有一条木栅栏回廊，每一条回廊处置放了一尊雕像。在雕像旁均挂有一块小木板，木板上书写着关于雕像的说明。林志刚一一地看过去。原来这里是文人雕塑园，里面有孔子、老子、王羲之、范仲淹、周培源、熊秉明、费孝通、吴冠中等文人雕像。这些置放在栅栏长廊里的雕像与草坪中的邓小平雕像相互映衬，共同组成了雕像群。

林志刚不懂雕塑，看不出雕塑的艺术价值，但是他感受得到这些雕塑所蕴含的强大的文化力量。每个人都生活在现实空间和心灵空间之中，有的人现实的空间被挤得满满的，有用不完的财富，但其心灵的空间则未必如此，而另一些人虽没有多少财富，其心灵的空间却是充实而丰盈的。人的心灵的充实与丰盈，需要的不是金钱与楼房，而是文化与精神。因为只有文化与精神的东西，才能抵达人的心灵深处。在林志刚看来，绝不能把蕴含在雕塑中的文化看成是静止的、死的，其实，文化是流动的有生命的。那表面静默的雕塑园，其所承载的文化精神是鲜活的，它能够让置身其中的人们追溯历史、遥想未来，尤其是它能够不知不觉地将其文化的基因投放于人的血脉之中。所以，不能小看校园文化设施的建设。清江学院的新校区正在建造各种人文景观，绝不能草率上马，每一处人文景观的建设都关乎文化血脉的传承，都关乎人才的培养。

周日，没有安排具体学习任务。但是林志刚出于习惯，仍然早早地醒来，然后去吃早餐，在校园里走了半个多小时，就回到房间开始看他从清江带来的阿什比的《科技发达时代的大学教育》一书。近半年来，他在实施一个系统地阅读西方高等教育经典的计划，想通过两年左右的时间，把西方高等教育的名著重新阅读一遍，并且每读一本书就写一篇解读性的文章。目前，他已阅读了卢梭的《爱弥儿》、雅斯贝尔斯的《大学之理念》和《什么是教育》、纽曼的《大学的理想》、怀特海的《教育的目的》，写出了《雅斯贝尔斯大学整全人教育思想的探讨》《大学是一个传授普遍知识的地方》，其中《深刻的思想探索成就了一部伟大的作品》一文已经在《贵州社会科学》杂志发表。这篇文章的发表，使他产生了解读西方高等教育名著，既可以重温西方高等教育名著，从中吸取理论的营养，不断丰富和提高自己，又可以为高等教育写一本专著的想法。由于高等教育专业起步较晚，在这方面研究不深，可查找的书籍不多。他从大学校长的角度对西方高等教育名著进行解读，肯定会有其特殊的意义。他就是基于这样的想法开始实施他的解读西方高等教育名著的计划的。

林志刚是下午六点钟左右去吃的晚饭。在清江，下午六点钟，天还亮堂着，而这里却已经黑了。

林志刚漫步湖滨小道。杨柳依依，亭台楼阁掩映其中，妙不可言。行至二味书屋，见里面灯火通明，他也就信步走了进去。一楼进门两侧各放了一壁书，中间设了几张座位，供读者坐着看书。楼上还有一层，他把一楼的书目浏览了一遍，就走上了二楼。二楼和一楼的布置一样。由于书不多，他同样一本本地看过去。本不想买书，担心回去时行李箱太重。但看到两本好书，又禁不住买了下来，一本是《民国时期大学校园文化》，另一本是《冯友兰自述》。他提着两本书，走出二味书屋，心想这“二味书屋”的名字可能是根据鲁迅的《从百草园到三味书屋》中的“三味书屋”取的吧。这样想着走着，不觉走上了一个长满了竹子的小山坡。他停下脚步，周围阴森森的，就像当年朱自清《荷塘月色》里描述的“没有月光的晚上的小路”一样，有些怕人。于是，就转身匆匆折回二味书屋处，举目望去，原来是自己走错了方向。他沿二味书屋的右边行走，不到两百米，就到了学员食堂的背面，在路口处，见一巨石，上书“荟名园”。回到房间，打开电脑一查，原来这个湖，名叫“掠燕湖”，是中央党校文史部著名学者、红学家刘景禄教授取的名，即有无数的飞燕在湖中穿梭戏水之意。此人工湖确实很美，他觉得对整个校园的布局有“点睛”的作用，据说还有“小颐和园”之称。一个校园如果没有水，再大也没有灵气。

调解冲突

一天傍晚，一缕晚霞涂抹在西天。在清水江畔长堤上散步的汪兰，接到文同志打来的电话，说："新校区工地的工人和当地村民发生冲突了，听说两边都有几十人拿着木棒、锄头等工具，分别在溪水北岸和南岸对峙着，一触即发。"

"那你马上报告地区公安局和光明镇镇政府，请他们火速赶到现场。"

"地区公安局和光明镇镇政府已经知道，他们已经赶去。"

"那好，我们马上赶去。"

汪兰完成西南大学的博士学位课程学习，回到清江学院上班的第一天，就被林志刚叫到他的办公室，安排她兼任新校区工程建设指挥长，具体负责新校区工程建设工作。她曾经为当地村民与学校建设工程队的矛盾调解过多次。她知道，主要还是当地村民的问题。她的老家就在新校区山那边一个名叫麻阳坪的地方，她的父亲是一个退伍老兵，立过战功，所以在他退伍转业时就被安排在清江林业局工作。汪兰从小就在清江林业局职工大院长大，不过，每年她都要随父母到麻阳坪看望在那里生活的爷爷奶奶。所以，新校区也算是建在她的乡下老家。她当然希望清江学院能够建在她的乡下老家。在学校选址的过程中，当地村民还找过她，并说如果能够帮忙把清江学院建在他们乌泥，她的家乡乌泥人将为她汪兰立碑，后来他们见学校选址一事迟迟定不下来，还组织村民在一条长长的红色条幅上签名，请求学校领导把清江学院建到他们那儿去，并承诺给予大力支持。但是清江学院新校区建设一开工，有的村民就把原来的承诺抛到了脑后，公开向学校要工程做。经过协商，一些小的他们能够做的工程，比如建校园围墙、土石方运送等，尽可能交给他们去做。但这显然不能满足他们的需求，经常出现他们挖路、堵车的现象。汪兰对这些行为是又气又恨，可又无可奈何。她曾向她的爸爸抱怨过："他们怎么会是这样呢？"

退伍老兵坐在他那据说是从麻阳坪老家搬来的古旧的长椅上，慢吞吞地说："兰兰啊！你们也不要怪他们，他们把世世代代生活的土地都卖给你们了。"

“我们学校都给钱了。”

“付了多少？”

“每亩5.8万。有的一家得了几十万，还有几家得了一百多万。”

“钱是付了，但不算多，不过，他们愿意出让了，也得钱了，按理不该这样做。但有的人一下转不过弯来，我知道，有的人就是榆木疙瘩，你们还是要多做做工作。”退伍老兵对他的那些父老乡亲还是一往情深，怕他的女儿伤着他们。他知道，他的女儿兰兰平时温文尔雅，但柔中带刚。记得有一次，她才三四岁，他用卷着的旧报纸打她，其实也只是吓一吓她，哪知一下把她激怒了，拼命地向他扑来，她的妈妈抱也抱不住，从此他再也不敢打她了。

“放心，爸，我们会耐心地做工作的。其实，我们还担心有的村民从来没有见到那么多钱，不知道如何管理，三下五除二花光了，或者，几下就赌博光，就像您说的把世世代代生活的土地都卖给我们了，今后土地没有了，干其他工作又不会，怎么生活？”

“你们应该帮他们提升能力。”

“我们可以办培训班啊！不过，这需要政府出面，我们说他们不听。”

“是啊！是该政府出面组织，你们支持。”

汪兰在最近一次去看望她的父亲时，还请她的父亲回乡下去帮着做一做工作。她的父亲说：“好啊！过几天，我回去和我那些儿时的伙伴唠叨唠叨。”

汪兰的父亲还没来得及去，他们又闹起来了。不过，汪兰想就是她父亲去做工作，可能也没有用。因为他们有的人胃口太大了，已经有人扬言要把工程队赶走，把整体学校的新校区交给他们来建。他们没有资质、没有能力，怎么建啊？就是有资质和能力。这么大的工程也需要按照国家的招投标程序办理才行。这是起码的规矩，学校没有让步的可能。对此，汪兰是十分清楚的。所以，面对这种难以调和的矛盾，只有按国家的法律法规办，舍此没有他途。

当汪兰带着清江学院新校区建设办公室的同志赶到现场时，南岸的村民正开始扑下溪沟，扛着木棒、锄头等工具，举着火把，准备冲上去和北岸工人进行决斗。

汪兰一下车，就带着新校区建设办公室的同志冲到溪沟边，她大声吼道：“不准打架！”

“不准打架！”这一声吼在夜空中久久回荡，使文同志他们都吃一惊，平时温温柔柔的汪兰怎么一下变得那么刚强，甚至有点凶狠。

想不到汪兰的这一声吼，还真把南岸的村民给镇住了，他们马上停止了向前冲的脚步，北岸的工人本来就不想和当地的村民发生冲突，他们知道“强龙压不过地头蛇”，希望有人来调解，也马上静了下来。

汪兰见大家安静下来，就大声地说道：“乡亲们，工人兄弟们，乌泥是我爷爷和奶奶生活过的地方，应该说，是我的家乡。”她又侧身对着南岸的村民说：“所以，我称你们为父老乡亲，我们把清江学院办到这儿来，有利于带动乌泥这个片区的发展。我们清江学院早一天把新校区建设好，就早一天搬过来，这里就早一天发展。我的老家在这儿，我是这块土地的女儿，我不会骗大家。请父老乡亲们一定要理解和支持！”

听了汪兰满含深情的讲话，南岸的村民中马上有人高喊：

“我们对清江学院没有意见！”

“我们感谢清江学院把新校区选到我们这儿！”

“我们支持清江学院的建设！”

“我们听汪兰校长的调解！”

文同志就接过汪兰的话说道：“那就请工人兄弟们首先退回去，我和汪校长与地区公安局和光明镇镇政府的同志一起，给大家进行调解。请你们派两个代表到我们新校区建设办公室来。”

工地上的老板听文同志这样一说，就急忙把大家喊回了工棚。

文同志见工人兄弟们退了回去，就面对南岸的村民们说：“我们汪校长就是你们这个地方的人，你们信不过我们，也应该相信她，大家都回去吧，留两个代表，和我们一起商量解决问题。”

在新校区建设办公室里，双方的代表在汪兰、文同志和地区公安局、光明镇镇政府的同志的调解下，各自都讲了自己的意见。事情的起因是，天气太热，中午的阳光悬挂在空中，晒得正在施工的工人有点受不了，就下到乌泥溪的堰塘洗澡。乌泥村的人就说，这个堰塘是他们修建的，不准外人到里面洗澡，要到里面洗澡就得付钱。

汪兰知道，在他们这一带，平时下堰塘洗洗澡谁会管呢？这分明是在为难工程队，于是，就说：“溪沟是自然形成的，你们花钱围起了堰塘，确实把水蓄起了，方便了大家，天旱时也可以灌溉农田，但是，不能说堰塘就是你们的吧？”

“是啊！河流都归水利局管。”文同志接过话说道，“我们都是本地人，我们本地人都知道，平时哪个在河里洗洗澡、钓钓鱼，谁说要收钱呢？”

“我们就要管，不给钱就是不行。”一个长头发的村民说。

“对！不给钱不行！”另外几个村民附和着说。

“不准耍横！”公安王忠扫视了那几个村民一眼，就严厉地说了一句。

看来王忠这一句还是有一点作用的，他们几个暂时不再吭声了。

光明镇镇政府的龙科长急忙说道：“今天这事还是我们乌泥村不对。”

“龙科长，我们怎么不对了呢？你的胳膊不要往外拐！你不给我们讲话，我们自己有办法。”那个长头发村民边说边把头一甩就气鼓鼓地推开会议室的门走了。

不一会儿，就听到有人在外面高声喊：“我们工程队有人被他们抓到村里去了。”

会议室的人一下都傻了眼，你看看我，我看看你，不知所措，连公安王忠一时也不知道怎么办，只见他说：“让我请示一下我们领导！”

不过，汪兰毕竟见的世面多，稍一迟疑，就问道：“他们这样抓人违法吗？”

“肯定违法！”工程队的杨成队长愤怒地说道。

“你们怎么不讲道理抓人呢？”龙科长也吼了起来。

汪兰说：“大家静一静，等小王请示一下，他们处理这些事有经验。”

不一会儿，王忠就打完电话回到会议室，然后，对汪兰说："我们领导说了，这肯定是违反治安管理条例了，是绝不允许的，一切听您汪校长的指挥。"

汪兰把王忠和龙科长几个叫到一边听他们的意见，大家一致认为，现在不抓人肯定是不行了。汪兰略一沉思就斩钉截铁地说："好，该抓就抓！不过，你们公安抓人时注意一下方法，不要犯众怒。先叫他们放人，他们不放人就抓他几个！"

"好吧，等我再调几个人来！"王忠说。

龙科长见状，就自告奋勇地说："还是让我先去做做工作，怎么样？"

汪兰说："好啊！能做通工作，大家都好！"

大约等了半个小时，王忠调来的几个公安刚走进办公室，龙科长气喘吁吁地边跑边说："不用去抓人了，他们把那个工人放了。"

大家听到被抓的工人放了，也就松了一口气。

汪兰回到家里，已是深夜十二点过了，是文同志和另外两个新校区建设办公室的同志一起送她穿过那个长长的巷子回到家里的。

当晚，大概是由于从未遇到过这种事情，汪兰满脑子还是那些扛着木棒、锄头等工具，准备冲上去和北岸工人进行决斗的场面，心里想着就感到害怕，要是他们晚去几分钟，两边一旦接触，动起手来，不死就伤，那该是怎样的后果啊？她躺在床上许久都没有入睡。

第二天中午，汪兰听说抓工程队工人的那几个村民还是被公安抓了，她叹了一口气，虽然为她的父老乡亲们惋惜，但不抓那几个带头闹事的，新校区建设很难顺利完成。

县里遇险

大千世界本来就充满各种各样的风险。生活在这个大千世界的芸芸众生，遇到风险，轻者受伤，重者可能危及生命，这都是正常的，正常得像潮起潮落，正常得像月亮的阴晴圆缺。

林志刚早早地来到办公室，习惯地打开电脑，先浏览一遍新闻，然后翻阅头天的报纸。他一直订有《人民日报》《光明日报》《中国教育报》《贵州日报》《清江日报》。每天翻阅报纸都是从《清江日报》开始，然后是《贵州日报》，再是《中国教育报》《人民日报》《光明日报》。他还在翻阅报纸，汪兰带着杨芳就推门进来，林志刚叫杨芳自己倒水。汪兰坐下后就给林志刚汇报他们的想法："林校长，教育部明年要评全国大学生就业五十强。我觉得这是一件很好的事。我们学校应该争取。"林志刚喝了一口茶，皱了一下浓黑的眉头，没有说话。学校争取硕士学位授予单位和硕士点授权的工作还未结束，同时临床医学专业、体育教育专业等迎接专业认证的工作还在紧锣密鼓地进行，学校老师们已经很累了，想休息了。几年来，学校为了争取硕士点授权单位和硕士授权点，基本上没有节假日，每年大年初二或初三就开始开会研究工作。有一年，某处长一家去外地过年，不知道林志刚大年初二要开会，还挨了他的批评，并叫其马上赶回来。现在想来，林志刚觉得自己还是做得过分了，应该检讨！所以，在这样一个时候，汪兰和杨芳提出争取全国大学生就业五十强的工作，确实让林志刚有些为难。放弃吧，不符合林志刚一贯的想法，只要有机遇就不能放过；争取吧，老师们肩上的担子太重，他心疼大家。杨芳见林志刚没有表态，有些着急，圆圆的脸庞上禁不住冒出了细细的汗珠，就又补充了一些理由，并且说："我们恳请林校长支持我们的工作！"汪兰也再次建议："林校长，这个工作应该搞。"林志刚何尝不知道，这个项目应该争取，但是林志刚不能直接表态，于是，就叫办公室通知学校领导到二楼会议室开会，专门就此事进行讨论。其实，林志刚同意专门召开会议进行讨论，就已经是一种态度了。林志刚要让大家先有一个意见，不想造成都是他推着大家走的局面，让大家对他有想法，他也有压力。在会上，杨芳介绍情况。林志刚首先问汪兰的意见。汪兰自然讲了应该争取的建议。然后，大家进行讨论，一致认为应该争取，并且要全力争取。就这样，全国毕业生就业典型经验高校的争取工作，又提上了学校的议事日程，一场新的项目争取工作在清江学院悄然拉开了序幕。

近几年，学校的就业情况有了好转，但是到底好转到哪种程度，林志刚心里没有底。他决定在正式报出之前，先做一次调研。

在沿河调研结束后的第二天早上，天色一改前两天的阴霾，开始放晴，淡淡的阳光从灰蒙蒙的天空中跌落下来，照在房屋上、街道旁。乌江航道里，三三两两的游轮在缓缓地不慌不忙地行驶着，显得很从容。公路两旁的农田里，农民正在收割稻谷。一切都那么平静，没有任何要出事的征兆。林志刚他们一行七人早上在沿河召开了毕业生座谈会，简单地吃了中午饭，分别乘坐一辆黑色小轿车和一辆黑色商务车，轻轻松松地从县城出发，沿着窄窄的弯弯曲曲的公路往德江赶，准备入住思州。

黑色轿车是清江学院毕业生冉进标驾驶的，他要回沿河官舟，而官舟正好在从沿河到德江的途中，他想和老师多待一会儿，所以盛情邀请汪兰坐他的车，汪兰点头答应了。林志刚站在餐馆的屋檐下，看着他们上车，心里想着，冉进标的驾驶技术怎么样？安全不？本想把汪兰叫回来坐自己的车，但觉得不好说，犹豫了一下，说道：“你们开慢点，注意安全！”

林志刚担心他们，想不到出事的却是林志刚乘坐的车。可以想象，在林志刚上车出发的时候，那辆要撞他们的货车已鬼使神差般悄悄地朝他们靠近了，每个人都没有未卜先知的能力，林志刚他们也都不知道，也许，这就是哲学家们所说的未来的令人恐惧之所在。

林志刚乘坐的车跟在冉进标的车后面，不紧不慢地向前行驶。在杨家坪呈之字形上坡的公路的拐弯处，林志刚乘坐的车正向左转，只见一辆乳白色双排座中型货车，从公路上面快速向下开来。平时坐车，林志刚很容易睡着，常常是上车几分钟就开始打呼噜，这次却例外，他还在回想刚刚召开的座谈会的情景，同学们一个个可爱的身影还在林志刚的眼前浮现。所以，那辆货车撞上来的情景，林志刚看得一清二楚。在那一瞬间，那货车直朝林志刚乘坐的车的左边撞来，当林志刚意识到事故已经不可避免时，能够做的，就是伸手抓住坐在他左侧已经睡熟的杨芳，并用力往他这边一拉，只听到“砰”的一声巨响，那货车就撞上来了。随着那一声巨响，林志刚乘坐的车子发生了剧烈的抖动，林志刚的五脏六腑都好像在翻滚。不过，万幸的是，他们的车子像一座小山稳稳地挡住了那辆凶猛而来的货车。司机徐万峰很冷静，迅速把车熄火停下，那货车也停下了。顿时，山野一片宁静，听不到一点声响。等他们回过神来，几乎同时把目光投向杨芳，问她怎么样，受伤没有。而她好像才从睡梦中醒来，反而急切地问大家怎么样、林校长怎么样。大家都说没事，杨芳才松了一口气，林志刚也才松了一口气，打开车门，叫大家都下车。下车后，林志刚站在旁边看那现场，禁不住出了一身冷汗。那货车已经撞坏了司机位置的车门，那“砰”的一声巨响就是撞击时发出的，车门已经完全变形，向里面凹陷。而林志刚乘坐的车的车头已经紧贴右侧公路边的护栏，只差一点，他们的车子就被撞下坎了。那坎有七八米高。车子如果翻下去，该是怎样的后果？但是，大家看到那种场景，没有任何的惊慌，都是那么淡定，那么从容，仿佛这场事故的发生与他们没有任何关系。只是后来听汪兰说，她从上面跑下来看到那情景时，腿都吓软了。稍稍冷静后，林志刚叫他们报了警，并再次逐一询问是否有人受伤。这时才发现，杨芳的左腿擦破了皮，杨昌明的上嘴唇被撞出了血，蒋界冰的鼻梁两边撞出了两个小红印，唯独林志刚好像一点问题也没有，但第二天早上咳嗽时却发现两肋的软组织有点拉伤了，这是后话。

大家聚集在一起，徐万峰主动要求留下处理事故，蒋界冰提出留下陪他，杨昌明要求林志刚同意他留在德江好去看望那里的学生，汪兰、杨芳陪林志刚赶往思州继续看望毕业生。

看着大家首先想到的都是自己的职责、自己的工作，林志刚的心里多了一份宽慰。

学校党政办的同志接到信息，反应也很快。十几分钟后，林志刚就接到张雪峰的报告，学校办公室的另外两个司机已经驾车从清江城出发赶往思州来接应他们，办公室副主任杨英打来电话说她马上结束与家人的团聚赶到思州，给林志刚他们安排晚饭和住宿，并接受安排主持第二天的毕业生座谈会。

沿河组织部雷勇部长得到消息，马上赶到现场并安排两辆车接送林志刚他们分别前往德江和思州。近晚上七点，林志刚他们顺利到达思州，入住远航酒店，等洗漱完毕，夜幕已经降临。林志刚下到一楼，走出酒店，来到街上，看着闪烁的灯火和来来往往的行人，心里有许多感叹，尤其是事情发生后同志们不断打来的电话和发来的信息，让他感慨不已。

文同志说："林校长，我带几个人马上赶到您那儿去！"

黄威说："好人一生平安！"

娄青说："接到电话，我急死了！"

王长忠说："惊闻撞车，幸人员无恙，念上苍之德，佑好人平安！"

张冲说："校长你们没事就好，祝你们平安！"

赵晴雯说："你们明天回来，一定要慢慢地开啊！"

王学会说："校长，为了学校的发展，您太辛苦了！要注意保重身体，别太累了！学校的事我们会处理好的，您放心！"

……

大家的问候和牵挂，让林志刚倍感学校大家庭的温暖，同时让他更多地想起大家的可贵之处，并且伴有自责和内疚。因为一件又一件干不完的工作让许多同志都感到很累，甚至把有些人的身体都拖垮了。但工作上，大家从来没有不听安排的。这次下县，正值国庆长假，谁家没有事？但他点到名的，没有一个人说"不"。杨昌明家里刚刚发生意外，妹妹在车祸中丧生，他还没有从悲痛中解脱出来，就跟着他们出发了。汪兰按预先安排，要去广州、深圳看望学生。整个假期，他们没有一天休息，都安排得满满的，但叫他们下县，他们都欣然应诺。商务车平时不是徐万峰驾驶，林志刚点到他，他没有半句推脱的话，更令人感动的是，在货车撞上来的那一瞬间，他完全可以加大油门，只要向前再行驶半米，就能避免货车撞上自己左侧的车门，但想到后面的领导和同志，他选择了让车撞向自己的位置，所幸无恙。多么可亲可敬的同志们，有了他们，学校没有过不去的坎！

夜半醒来，想到这些，久不能寐，久不能自已，干脆起床，打开灯，顺手拿起酒店放在床头的便笺和铅笔，开始了写作，他要把这次遇险的情况记录下来，尤其是要把同志们在这次遇险中让他感动的细节记录下来。

不知写了多少时间，也许两个小时，也许三个小时，当林志刚放下笔，拉开窗帘，晨曦已经淡淡地映在了窗台上，还听到不远处有斑鸠在“咕咕”地叫。

新的一天又要开始了。

过去的就让它过去吧，未来还有许多事等着我们去做。

但是在林志刚的心宇中回响的却是这样两句话：愿所有清江学院人和他们的家里人都平安，愿所有的好人都平安！

壮士断腕

清江学院的院系调整，最早是娄青给林志刚提出的，杨昌明、王发生等也极力主张进行院系调整。王学会也非常赞同院系调整的想法。于是，林志刚就请王学会牵头，组织接替娄青担任组织人事处处长的赵晴雯、杨昌明等做前期研究方案。他们在前期调研的过程中，提出了撤销、合并相关学院的大胆设想。这些设想一度在校内引起了一定的反响，有人赞成，有人反对。林志刚也开始琢磨这件事，觉得学校发展到这个阶段，是需要对院系进行适当调整了，但是一想到这一调整牵涉面很大，既要重新考虑专业归属、教师调配、教学设备等资源的划分，还有干部问题，就暂时搁置了下来。一搁置，几个月就过去了。林志刚记得重新把这件事提上议事日程，是在2013年春季的某一天，杨昌明和他说原物电学院同材化学院教师在实验室资源使用方面的一些牵扯与争议，让林志刚再次想到凝聚态物理重点学科的归属等问题，觉得这种专业、学科之间的壁垒实在太影响学校的发展了，不说要创建一流大学、一流学科，硕士点争取，就是正常运行都是问题。看来，不进行院系整合，已经不行了。

林志刚召开专题会进行论证。

杨昌明首先发言：“二级学院整合与学科专业结构优化调整工作既是学科、专业发展的必然选择，也是外部环境影响下的必由之路。我校自2006年升本以来，随着办学规模不断扩大和学科专业的持续发展，学校的学科、专业结构与二级学院设置整体上呈现出学科、专业的特色不够突出，应用型学科、专业与产业衔接不够等问题。我们清江学院正在积极通过产教融合项目工程建设，准备进入国家一百所‘应用型高水平’高校建设单位试点。这就使我校必须紧紧围绕‘上水平，出特色’的总体要求，密切对接地方产业链、创新链和人才链，优化资源配置，创建特色鲜明的‘应用型高水平’一流大学。”

赵晴雯跟着发表了自己的意见：“如何才能抓住机遇，争创应用型高水平一流大学、一流学科、一流专业？就需要聚资源、强特色、错位发展、重拳出击。我校作为新建地方本科院校，办学资源有限，只有聚合资源，打破二级学院在学科、专业建设与师资、教学科研资源配置与利用上的壁垒，缓解学校整体资源不足的矛盾，提高资源利用率与效益，才能提高学科竞争力、专业竞争力，打造核心竞争力。”

一向沉默寡言的王长忠也说道：“对！只有明确并强化特色发展之路，打造桃源山品牌，形成生物与农林工程类专业集群、创意服务与文化旅游类专业集群、新材料与化学工程类专业集群、现代教师教育类专业集群四大专业群与桃源山林业生态、桃源山锰钾汞高效利用与治理、桃源山文化生态、桃源山区域职业教育四大特色学科群相融互补的学科专业体系，才能更好地实现我校服务地方经济社会发展的办学定位，做到‘清江需求，清江标准’。”

“是‘清江需求，国家标准’，仅仅做‘清江标准’还不够。”杨昌明纠正道。

“哦，是，才能做到‘清江需求，国家标准’。”王长忠说道。

江枫桥点了点头，以他一贯的平稳的口气说道：“我觉得，大家说得都对，我非常赞同调整，并希望林校长牵头抓这件事。仅仅是校级副职领导很难完成这项工作任务。”

“是，是！我来牵头难以完成这项工作。”王学会也说了自己的看法。

两鬓斑白的黄威深深地吸了一口烟，露出他那被烟熏得有些发黄的牙，也说道："林校长，可能应该您亲自牵头才行。"

林志刚微笑着说道："好！大家说得有道理。这确实是一件涉及学校方方面面的大事。好，我来牵头，组建清江学院院系整合领导小组，我当组长，江枫桥副书记、王学会副校长、黄威副校长、汪兰副校长、纪委杨盛军书记、娄青主席为副组长，王学会副校长为常务副组长，组织人事处赵晴雯处长、教务处杨昌明处长、科研处王长忠处长、办公室张雪峰主任等为领导小组成员。并组建院系调整专家工作组，其成员由张雪峰、赵晴雯、杨昌明、王长忠、王发生组成，张雪峰任专家组组长。"

专题论证会结束后，院系调整专家工作组就紧锣密鼓地展开了工作，他们一方面进行校内院系调研，把每一个二级学院都走到，并听取他们的意见；另一方面从国内、国外两个方面查找相关资料，然后提出清江学院二级学院整合方案。张雪峰查找到国内一篇硕士研究生关于新建本科高校二级学院设置的研究论文。这篇硕士研究生学位论文认为，像清江学院这类地方新建本科高校一般应设置十个二级学院。杨昌明查了国外的相关资料，通过计算得出的结果是，像清江学院这类高校设置 9.8 个二级学院比较合适。9.8 按照"四舍五入"的计算规则，也是十。即清江学院设置十个二级学院比较适合。

院系整合领导小组听了汇报，大家都表示，既然国内外都有研究成果支撑，那就按照十个二级学院的方案进行整合。

“多出的处级干部怎么办？”心直口快的黄威有些着急，就直接提了出来。

“这个问题请枫桥书记牵头组织人事处具体拿出解决方案。”

“没问题。”江枫桥很爽快地接受了任务。他心里想，在县里换届，干部问题那么复杂，他江枫桥都能够摆得平，这几个干部问题算什么。“不过，大家要支持，不能拆台，只要大家想法一致，没有解决不了的问题。”

“枫桥书记说得对，清江学院是大家的学院，集体决定的事大家都要自觉维护，更不能到下面说不同的意见，我特别赞同有不同意见在会上提，或者，当面提，阳奉阴违，当面一套背后一套，学校就会乱。也请枫桥书记放心，我相信大家有这个自觉。”林志刚觉得江枫桥提醒得对，这么大的调整，如果大家意见不统一，很容易搞出乱子来。通过近几年的磨合，林志刚越来越觉得江枫桥是一个比较成熟的领导干部，他身上有不少可贵的品质，是值得林志刚他们长期在学校工作的干部学习的。他明显地感到他们的心越走越近了，准确地说，林志刚越来越认可他了，他也越来越理解林志刚的办学理念了。

六月下旬，学校按照实施方案，进行了院系的实质性整合，将原来的十八个二级学院整合为马克思主义学院、文学与历史学院、艺术学院、教育学院、数学学院、体育与护理学院、材料与化学工程学院、农林工程与规划学院、经济管理学院、国际学院，学院数由十八个减少到十个，在学校引起的震动很大。为了使整合工作能够顺利进行，及时解决在整合工程中出现的问题，林志刚带领院系调整专家工作组和相关职能部门的负责人对新组建的学院再次进行全覆盖的调研。

在教育学院调研时，林志刚强调的是："学校强力推进二级学院整合工作，就是要用'聚'的思维和理念，改以往'张牙舞爪'式的发展为'紧握拳头'式的发展，做大做强学科专业，从整体上提升办学质量，增强对接地方产业链——创新链的能力。各二级学院要紧密围绕提升学科专业实力开展工作，按照'清江需求，国家标准'的要求，立足于清江的政治、经济、文化、社会、生态等开展科学研究，形成国家水平的科研成果。"

在文学与历史学院调研时，林志刚强调的是："一流大学要有一流的人文精神为支撑，地方高校也要坚守人文精神，这是大学的根本。学校在转型发展的同时也要坚守大学的根本，不能丢失大学文化和人文精神。我校大学文化和人文精神的坚守正是依靠文学与历史学院、艺术学院的学科和专业……大学要用‘理念’来引领。学校是办学的主体，二级学院是人才培养的主体，职能部门应该为二级学院服务。立地才能顶天，大学不能悬空，我校处于清江这个地域，就一定要为地方服务，立足于地方，做到‘清江需求，国家标准’。新的文学与历史学院要有自己的理念，并结合学校的理念、国家的理念指导文学与历史学院的发展。”

对二级学院的职能和职责，大家都有一个逐步认识的过程。为进一步深化教育教学改革，优化学科专业结构，在一次座谈会上，汪兰的发言引起了大家的关注，她说：“二级学院是人才培养的主体、科学研究的心脏、社会服务的中坚。只有开展二级学院整合与学科专业结构优化调整，才能聚合资源，打破二级学院在学科、专业建设与师资、教学科研资源配置与利用上的壁垒，提高资源利用率与效益，充分发挥其主体作用、心脏地位、中坚力量，提高学科竞争力、专业竞争力，打造核心竞争力，争创高水平、应用型一流大学、一流学科、一流专业。”

林志刚当场肯定汪兰：“读了几年的高等教育学博士，还真是不一样了，讲得很好，确实二级学院是人才培养的主体、科学研究的心脏、社会服务的中坚。”

“那我们今后是不是在各种正式场合就按照这个提法给二级学院的工作任务定位？”张雪峰问道。

“好啊！”林志刚喝了一口茶，接着说道，“我还想说的是，大学推崇的不是官位，而是教授。至于有的大学出现几十个教授去争一个处长职位的现象，并不能代表大学本身，这是大学的异化形成的怪胎，证明有的大学已经偏离了学术至上的价值取向，这样的大学需要反思，否则就不像大学了。大多数教授不是在处室，而是生活在院系。大学是教授的大学，这一点不明确，大学一定办不好，连这一点都想不明白的大学校长，也一定当不好校长。大学是干什么的？是培养人才、进行科学研究和服务社会的。培养人才的主体不是学校，更不是学校职能部门，而是各院系。汪兰副校长说得好啊，二级学院是人才培养的主体、科学研究的心脏、社会服务的中坚。因此，我常常对各院系的院长、系主任讲，学生培养不好，你们要负主要责任，因为你们是培养人才的主体，学校是办学的主体，整个学校办不好，学校领导负责，我是校长，我负主要责任。”

“确实啊，过去我们没有把这个道理想清楚，过多地强调了职能部门的重要性，对二级学院有所忽视。”王学会有感而发，心情沉重，以致常带笑意的宽宽的脸盘也比平时暗淡了许多。

院系整合后，管理工作明显顺畅得多，尤其是十个二级学院的实力增强了。省教育厅高教处陈处长到清江学院调研后认为，把十八个学院整合为十个学院，是壮士断腕。林志刚到教育厅给何副厅长汇报工作，他也对清江学院的院系整合给予了高度评价，认为这是治本。后来，教育厅还转发了清江学院上报的关于院系整合的工作简报。在院系整合的过程中，林志刚认识到了清江学院的发展绝不能走“大而全”的发展之路，而“小而精”发展战略的提出，则是他阅读了普林斯顿大学、巴黎高等师范学校、加州理工学院、浦项科技大学、香港科技大学五所袖珍型世界名校形成与发展的相关资料之后，才逐步认识到的——清江学院只能走小而精的发展之路，才能走向高水平。

在一天下午，林志刚为学校教职工做了题为《袖珍型世界名校与清江学院发展》的讲座。在讲座中，他明确谈了这样的想法：“清江学院在其悠久的办学历史中，发扬苦心励志、追求卓越的大学精神，成功通过了教育部本科教学工作合格评估和地方高校应用转型的重大转折。硕士点申报是学校建设清江大学的关口，是走向高水平应用型高校的第一道坎，不论是从长远发展，还是从目前情况来看，学校都必须调整发展战略，走小而精的发展之路，压缩学生规模、聚拢学科专业，在人才培养、科学研究和社会服务等方面追求‘极致’。”

后来，林志刚根据这次讲座稿进行整理，形成的文章刊发在《教育学术》上。

“小而精”的战略确定后，清江学院在原有专业的基础上，进行了专业缩减，一次性撤掉了十三个专业，即由原来的四十九个专业，压缩到三十六个专业，招生人数也提出了一万人的控制性指标的要求。

正因为“小而精”的战略的实施，清江学院各项申硕指标一下排在了全省地（市）州高校的最前列。

担任专家

清江的天气非常好，阳光灿烂。林志刚乘坐的是下午一点四十分由清江到长沙的飞机。走进清江机场，候机厅一角正好有一排位置被透过玻璃窗的阳光照射着并且没有人坐，由于刚从室外来，虽然外面有阳光朗照着，但在这个季节，清江机场所在的地方还是挺冷的，从车上下来，寒风一吹，身上禁不住发抖，于是不自觉地朝被阳光照射着的那一排座位走去。

坐在被阳光照射着的候机厅的座位上，享受着阳光的温暖，很惬意，但不一会儿就感到身上有热气在拱，不过，等林志刚准备挪位置时，登机的喇叭响了。在出发之前，他得知北京的天气特别冷，并且说是历年来最冷的一个冬天，所以在托运箱子时他特地把一件内衣取了出来放在随身带的电脑包里，并想好了等到达北京机场时再加上。林志刚一上飞机，就习惯性地闭目养神，但不一会儿就睡着了，等被飞机一“抖”从梦中醒来时，飞机已经停在了长沙机场。长沙的天气依旧是阳光朗照，天空没有一丝云彩。由于摆渡车没有及时到达，林志刚在飞机上坐了好一会儿。不过，下飞机后办转机手续比较顺利，等到达前往北京的9号登机口时，才三点过一刻，见离登机还有半个多小时的时间，他来到上网服务专区，拿出电脑，插上电源，打开电脑，开始了他的学术日记的写作。

在飞机上，林志刚看了《长沙晚报》上刊登的一篇文章，很有趣。文章讲述的是当年德国的“沙漠之狐”隆美尔派了一支德军精锐部队长途跋涉，迂回穿越非洲原始丛林，直插英军后方，不幸遇到了非洲黑刺大腭蚁，一千多名士兵无一人幸免，全部被黑刺大腭蚁吃掉。世界真是无奇不有！从长沙到北京的飞机，要飞两个小时，那几张报纸，没一会儿工大就看完了，然后就是长长的等待。在这种等待中，林志刚不自觉地想到了一篇文章的标题——《技术·技术文化·技术创新文化》。尤其是想到了技术文化之外的普适文化、技术文化和普适文化共同构成应用型高校校园文化，技术文化培养学生的技术品质，普适文化培养学生的普适品质，它们是应用型高校校园文化的不同的方面。林志刚对校园文化关注了很多年，对技术文化也关注了很长一段时间，但是想到普适文化还是第一次。一下飞机，他就在手机上查“普适文化”一词，果然有这样的条目，让他更加坚信对技术文化和普适文化的理解。应用型高校人才的培养，不能只有技术，还需要技术文化，也不能只有技术文化，还需要普适文化，应用型创新人才的培养还需要技术创新文化。这些是他在科研方面跳出的火花。这种火花的进一步发展，就是一篇文章的雏形。他的文章大都是这样产生的。

到达北京，已经是晚上九点多了。这次是被教育部聘请为“国家特支计划”教学名师（高等学校）评审委员会委员，参加教育部组织的“国家特支计划”教学名师评选工作会议。在此之前，林志刚还被教育部聘请参加了这次“国家特支计划”教学名师评选的网评工作。在参加网评时，看到参加评选教师的材料，有很多感慨，尤其是感到清江学院教师与这些名师比差距太大了。大楼重要，大师更重要。这个道理，他懂！尽管清江学院的教师队伍中具有博士学位的已经超过了两百人，但还远远不够，尤其是对高端人才队伍建设重视不够，他想，这次回去后，要拟定出台《高端人才管理办法》，努力营造高端人才成长的良好氛围。只有这样才能把清江学院真正地推向高水平。

这次会议安排在北京铁道大厦召开。

北京的天气确实很冷，一出站，一股寒风吹来，感到裤子像一张纸，幸好出租车就在门外几步远的地方，钻进车一下就暖和了。在北京铁道大厦报道后，入住 526 房间，里面也挺暖和。简单地翻阅会议资料，才知道这次评审会议的规格很高，评审委员会的主任委员是教育部原副部长。坐了一会儿，觉得有点饿，就下楼看有没有吃的东西，一楼除了茶饮店外什么也没有，只好在一个卖文具的小商店买了一包木糖醇核桃酥。透过窗户，看到外面草坪上有零星的积雪。在这一年，林志刚还是第一次见到雪，于是不顾外面的寒冷，推门走到了户外，并在积雪上踩上几脚，寻找雪的感觉。由于风太大，加上穿得太少，顿时有虫子在脚杆上爬的感觉。前几年，他到北京被寒风一吹后，就出现这种症状，医生告诉他，可能是干燥的原因。林志刚在雪地上走了几步后，就赶快退回到室内了。在上电梯和回到房间打开电脑时，手指都被静电打，麻酥酥地疼。他知道，这也是干燥的缘故。清江不仅天气暖和，而且常年空气湿度很大，他从那样一种环境来到北京，感到寒冷，感到干燥，都是很自然的事。

回到住处，他自己烧了一壶水，泡了一杯宾馆里提供的绿茶，开始吃木糖醇核桃酥，味道还不错。正在这时，房间的电话铃响了，林志刚以为是工作人员或服务员有什么事，没想到的是，打来电话的居然是教育部高职高专处刘处长，林志刚知道他最近调到全国科协去了。刘处长说，他也住在北京铁道大厦，天晚了，就不来看他了。林志刚放下电话，心里感到很温暖，感到刘处长不仅是位好领导，而且把他当成了朋友。

会议在三楼多功能厅召开，林志刚到达会场时，里面已经坐了黑压压的一大片人，他只好往里面走，一直走到最里面的一张座位上坐下。这时主席台上教育部杜副部长、吴主任委员等领导已经就座。他正准备打开放在桌子上的资料袋，刘处长微笑着朝他走来，两人轻轻地拉了一下手，就在林志刚的前排坐下了。杜副部长首先讲了这次评审工作的重要性，然后着重强调指出：一要坚持师德为先；二要突出高端，重点支持代表国家一流水平的教师；三要坚持教学为重；四要注重教学团队建设；五要坚持科研为基。吴主任作为评审委员会主任委员做了关于评审办法及会议日程的说明。她的话讲得简短，她的话讲完了，会议第一阶段也就结束了。

林志刚分在高职组，会议室设在二楼5号会议室。刘处长主持，他说："我虽然已经调离，但借调回来把这件事干完。"他接着开玩笑地说："我是借调来的。"待他讲完后，职业成人教育司葛司长讲话。他说：“这是国家的大事。对每个评上的学校，国家要拿一百万元支持其进行教育教学改革。这是名副其实的大奖。高职教育作为高等教育的组成部分，也是大奖。”他还讲了他下到基层进行调研，听到人们对职业教育的肯定。正式评审会由上海师范大学原校长主持，他说：“这是教育部的事，也是国家的事。”跟着他提出评审的建议依据，大家都赞同。接下来，看资料、讨论、投票、电话答辩等一系列的工作，忙得大家晕头转向，直到晚上六点钟，才拿出小组推荐意见。对高职教育，林志刚比较认同，尤其是其培养的学生动手能力比较强，就业率比较高，但是他也有自己的看法，对高职院校只抓专业不谈学科想不通，因为在他看来，只要是高等教育就应该既抓专业又抓学科，学科专业一体化发展是高等教育的基本规律，不过，高职教育既不能主要建基础学科也不能主要建应用学科，而应该建具有职业教育特色的职业学科。他曾经对一些高职院校的朋友谈过这些想法，能够接受的不多，但是他相信，只要学科专业一体化发展是高等教育的基本规律，高职教育迟早都会回归到这一轨道上来，即职业学科建设一定会引起高职教育界的重视并成为不二选择。

吃好自助餐，林志刚习惯地想到外面走一走，已经一天没有走出北京铁道大厦的大门了。刚刚来到自动旋转的大门边，就已经感到外面的寒冷了，不过，他还是随着门的旋转往外走。外面确实很冷，风吹得红色标语“哗哗”地响，雪地里的雪还是昨天看到的那么多，根本就没有融化的意思。他走了几步，怕感冒，就退了回来。北京的冬天还是待在室内好。

第二天早上九点钟，林志刚准时来到三楼多功能厅会场，同那天开会一样，里面已经坐满了人，他只好在门口站着看清楚了哪儿还有空位，才往里面走，看了好一会儿，才看到中间靠后一排还有两个位置。他坐下时，吴主任已经宣布评审委员会开始。首先是各组介绍情况，然后就开始大会投票。十点半左右，投票就结束了。不过，等到计票组得出结果却是十二点多了。这次参加评审最大的感受和体会就是清江学院的落后。落后得让林志刚感到汗颜。作为全省高校团队中的一员，他也有责任，他应该反思。但是，仅仅靠老师们自己的努力是不行的，仅仅靠学校的努力也是不行的，学校发展需要政府和整个社会的支持，否则，很难赶上全国的水平。

在北京期间，林志刚还见到马超、李进森、李雨时、华桂明等老朋友，在会议间歇，他们就感兴趣的问题进行探讨，共叙友谊，心情自然很好。他还得知他的论文获评省社会科学优秀成果一等奖的消息。作为一个学术人，自己的作品能够获奖，内心有喜悦，那是自然的。

北京的天气仍然很冷，也仍然很干燥，不过，林志刚内心的原野上却燃烧着一团火，一团永远都不会熄灭的火。

不是尾声

申硕答辩结束后，清江学院排在全省同类高校的前面，顺利获得硕士学位授予单位及教育学一级学科硕士、艺术硕士和农业硕士三个硕士授权点的入场券。全校欢欣鼓舞，林志刚自然也很高兴。就在获得硕士授权单位及其硕士授权点正式公布后短短的几周时间里，林志刚、王学会、黄威、汪兰等几位校领导都先后被同类型的兄弟院校邀请去做报告，介绍清江学院在应用转型的同时成功地获得了硕士学位授予单位及硕士授权点等办学经验，尤其是林志刚还被北京某大学郭教授邀请在他主持的全国应用型高校校长论坛上做了半个小时的报告，题目为《走向高水平：地方本科高校应用转型的内在选择——以清江学院为例》，引起了较大的反响，得到多个在全国有一定影响力的专家的肯定。

长春工业大学的老校长王教授给林志刚发了这样一条信息："昨天听了林校长的报告，很受启发，很受激励。

林校长深厚的教育情怀、执着的责任担当、可贵的研究激情、高明的办学智慧给我留下了深刻的印象。您的办学实践再次说明，一个好校长就是一所好大学。”

长江理工学院的顾教授在信息中说：“院校研究引领、助推应用转型与高水平发展，真的很好！”

临川大学的李教授在信息中说：“林校长好！学习您的治学方略，引领学校实现了一个又一个突破性发展。”

西湖学院的孙教授在电话中说：“清江学院创造的在应用转型中走向高水平的办学模式，即清江模式，很值得我们学习！”

……

林志刚面对来自各方面的认可与鼓励，浓黑的眉头舒展开来，脸上露出了少有的微笑。

在一个秋高气爽的早上，他坐小车赶往省城，走进了省委组织部。

不久，省委组织部考察组来到了清江学院。考察结束后，过不了几天，省委组织部就到清江学院宣布了新一届党政领导任职情况：王学会任校党委书记，汪兰任校长，娄青任校党委副书记，杨盛军继续任校党委委员、担任校纪委书记，张雪峰、王发生、王长忠和文同志任副校长，赵晴雯任党委委员、校工会主席。林志刚不再担任校长和党委副书记，到教育学院做教授；江枫桥调到省教育厅工作，任一级巡视员，享受正厅级待遇；黄威不再担任副校长，到人文学院做教授；杨昌明调任清江职业技术学院校长。

林志刚在离任演讲中说了两件他想办还未来得及办的事：一是学院更名为清江大学；二是博士学位授予单位及博士授权点的争取。

王学会、汪兰都做了简短的表态发言。

林志刚感到前所未有的轻松，身子骨好像没有半点亏损，还是那么硬朗。他说，再美妙的音乐盛会也总有终场，再精彩的人生舞剧也总有谢幕的时候，他已经很满足了，他谢谢大家了！他要趁身体尚好，看他想看的书、写他想写的文字，好好地当一回教授。他在东南师专当了十年的校长，又在清江学院当了近十年的校长。大学校长该有的经历，他好像在将近二十年的风雨中都实实在在地经历了。虽不能说没有遗憾，但他能够做的事，承蒙上苍的眷顾，好像基本上都做成了。因此，“郴江幸自绕郴山，为谁流下潇湘去”的感慨似乎在他心灵的深处找不到藏身之所了。有人说，人生最大的财富是经历。大学校长的经历，像一壶老酒，已够他的余生慢慢品尝了；而对于做教授，实实在在地说，他做得还很不够，既亏欠了学生，也亏欠了他自己。不能说他学富五车，他的“首先是教授然后才是校长”的说法没有错。

他应该把他平生所学传授给学生。所以，回归教授岗位，就成了他最好的选择。林志刚知道，人生的选择不在于别人怎么看，而在于选的是不是自己想过的生活，只要是自己想过的生活，是经过自己审视的生活，就是最有意义和最有价值的生活。因为，未经自己审视的人生不值得过！

林志刚和黄威都微笑着走向属于他们的大学讲台。

清水江依旧在不声不响地流淌。

清江学院的故事依旧在不断地演绎。

温文尔雅的清水江有一天会翻起滔滔巨浪吗？

清江学院的明德湖依旧静静地躺在那儿默然无声。

后　记

我年轻时梦想当一个作家，结果走上了岔口——做了一辈子的高校管理及高等教育理论研究工作。不过，对于文学的热爱似乎并没有随着岁月的流逝而消减，像一条光带时隐时现地出现在我的生活之中。正因为如此，才有了我的《风雨两板桥》《过去的烟云》《即将辞去的旧楼》等文学作品的出版。但是，美好的青春年华毕竟已经如滔滔江水东流去，我不可能再有时间做一个专业的作家。做不了专业作家，是不是可以用文学的形式来讲一讲我认同的教育尤其是高等教育的新理念，以及我对人生的理解与哲学的反思呢？英国莫尔的《乌托邦》和培根的《新大西岛》，以及意大利康帕内拉的《太阳城》就是采用幻想小说的手法来描绘其各自理想中的未来社会图景的；法国卢梭用长篇小说《爱弥儿》构建了他的自然主义教育理论体系；德国尼采的《查拉图斯特拉如是说》几乎包括了他的全部哲学思想，以至于绝大多数人都将其视为哲学著作，其实是用散文诗体创作的、非常哲学化的文学作品；丹麦克尔凯郭尔的《非此即彼》是由散文和日记书信体小说组成的集子，比较全面深入地阐释了他的关于自由与奴役的选择的哲学思考；日本西田几多郎的《无事于心，无心于事》用诗歌的形式表达了他的“深沉的人生之悲哀”的哲学观及其日本的“物哀”美学思想……更何况，我花了很多精力撰写出版的十多部理论著作，有的是在业内得到比较高的认可与评价的著作，好像还没有我的《往事回望》散文集中记录我的学术活动和学术思考的文章受人喜欢。究其原因，显然主要是我的那些比较随性记录的文字比我的那些冷冰冰的理论著作阅读起来要容易得多。基于上述的认识与体验，我想，是不是也可以写一部长篇小说，采取鲁迅所说的“杂取种种人合成一个”的写作手法塑造人物、虚构故事，让读者在一种轻松的文学阅读中了解我所认同的教育尤其是高等教育的新理念，以及我对人生的理解与哲学的思考，同时，也了却我一直想写一部长篇小说的心愿呢？我的这部长篇小说就是在这样的思考驱动下完成的。在这里，我还想说的是，尽管这部长篇小说断断续续写了十余年，但是，在写作的过程中，我依然感受到了文学创作带给我的情感上的愉悦。所以，我把我的这些文字看成温暖的文字，我也更喜欢这些温暖的文字！

侯长林

2022 年 5 月 29 日

于铜仁学院行政楼 8358 工作室